AF201104

DER PAKT DES TERRORISTEN

BOOKS on DEMAND

Zum Buch

Als Kriminaloberkommissar Daniel Brechter in einem Hamburger Hospiz von den bizarren Hintergründen einer nie aufgeklärten Mordserie erfährt, erwacht in dem selbst ernannten Spezialisten für außergewöhnliche Fälle erneut der Jagdinstinkt. Zusammen mit seinem anderen *Ich* begibt sich der psychisch angeschlagene Polizist, der vor Jahren nur knapp dem Folterkeller des Terroristen Wolfgang Möller entkam, auf die Suche nach dem *Glasaugen-Mörder*. Unvollständige Akten, verloren gegangene Beweisstücke und manipulierte Informationen erschweren seine Bemühungen, doch plötzlich nehmen die Ermittlungen einen unerwarteten Verlauf. Brechter scheint die Kontrolle über den Fall zu verlieren. Außerdem ist er völlig auf sich allein gestellt, denn die Stadt wird von einem mysteriösen Attentäter erpresst, der anscheinend wahllos Menschen tötet. Alle Kräfte konzentrieren sich jetzt auf den *Drohnen-Killer*, der die Hamburger Behörden vor ein unglaubliches Ultimatum stellt. Das Morden geht weiter, bis das neue Wahrzeichen der Stadt in Schutt und Asche liegt.

Zum Autor

Gerald Gräf, Jahrgang 1957, lebt seit frühester Kindheit in einer kleinen Ortschaft am östlichen Rande Hamburgs. Neben zwei autobiografischen Werken, »DIE LIQUOR-STRATEGIE« und »WO BITTE GEHT'S DENN HIER ZUM LEBEN?« (letzteres zusammen mit Iris Lewe) veröffentlichte der Autor bisher den Mystery-Science-Fiction-Roman »DER SCHATTEN VON APOPHIS« und den Thriller »GOTTES UNSICHTBARE ARMEE«. Mit »DER MODELLBAUER« folgte 2016 ein weiterer Thriller. Das vorliegende Buch »DER PAKT DES TERRORISTEN« ist der zweite Fall für den Hamburger Kriminalbeamten Daniel Brechter, der bereits in »DER MODELLBAUER« mit dem abgrundtief Bösen konfrontiert wurde.

GERALD GRÄF

DER PAKT DES TERRORISTEN

Thriller

Impressum:

Bibliografische Information der Deutschen Nationalbibliothek.
Die Deutsche Nationalbibliothek verzeichnet diese Publikation in der
Deutschen Nationalbibliografie; detaillierte bibliografische Daten sind im
Internet über http://dnb.dnb.de abrufbar.

© 2017 Gerald Gräf
Alle Rechte vorbehalten

Autor: Gerald Gräf
Umschlaggestaltung: Astrid Winter / grafik, Ahrensburg
Coverfoto: Laurenz Winter

Herstellung und Verlag:
BoD - Books on Demand, Norderstedt
www.bod.de

ISBN: 978-3-7448-9812-6

Das Morden stirbt nie …

PROLOG

Oktober 1977, irgendwo im Osten Hamburgs

I ch erzittere vor Erregung. *Es fühlt sich an, als wenn ich durch die Tür hindurchsehen könnte. Ein lebloser Körper, schlaffe Gliedmaße, totes Fleisch, das sich mir willig hingibt. Ich kann ihn bereits riechen, diesen süßlichen Duft des Todes, der sich wie ein Parfüm um ihre weichen Konturen legt.*

Ich muss nur die Tür öffnen …

Spüre ich Angst oder Skrupel? Eigentlich nicht. Beihilfe zum Mord? Wird mir niemand anhängen können. Wie denn auch? Es wäre ein völlig haltloser Vorwurf, der sich durch nichts beweisen ließe. Der Glasaugen-Mörder tötet die Frauen, ob ich nun in Erscheinung trete oder nicht. Es ist ganz allein seine Entscheidung. Ich kenne die Gründe nicht, die ihn antreiben, und will sie auch gar nicht wissen. Er ist das Monster, nicht ich.

Eines ist allerdings nicht zu leugnen: Meine postmortalen Aktivitäten sind ungewöhnlich, erfüllen aber nicht einmal den Tatbestand einer Vergewaltigung. Und dennoch: Jeder, der davon erfahren würde, wäre zutiefst schockiert. Es ist ein riskantes Spiel. Früher oder später könnte mir die Sache zum Verhängnis werden, doch ich kann immer noch umkehren. Niemand hindert mich daran. Ich muss diese Tür vor mir nicht öffnen. Im Gegenteil, ich kann den ganzen

7

Wahnsinn hier und jetzt beenden. Ich muss endlich damit aufhören. Ich muss es. Sofort …

Als der Mann mit dem grauen Trenchcoat den unbekleideten, leblosen Körper der jungen Frau vor sich liegen sah, zerfloss die Welt um ihn herum wie die Bilder auf einem Zelluloidstreifen, der in der Hitze einer züngelnden Flamme dahinschmolz. Konventionen, Gewissen, ethische Grundprinzipien, Gesetze und Moral, Schuldgefühle und der eigene Anspruch auf ein verantwortungsbewusstes Handeln in einer Gesellschaft, deren Funktionalität auch auf seinen schmächtigen Schultern ruhte: All dies war innerhalb weniger Momente verflogen. Was zum Vorschein kam, hätte einen heimlichen Beobachter an das krankhafte Gebaren eines tollwütigen Tieres erinnert.

Die Verwandlung war von hemmungsloser Intensität, dauerte nur Minuten, in denen er all seine moralischen Grundsätze über Bord warf, und hinterließ, als sich ein kurzzeitiges Gefühl der Befriedigung eingestellt hatte, einen verwirrten, fassungslosen Mann, der nicht glauben konnte, was er eben gerade getan hatte.

… was er zum wiederholten Male getan hatte!

Sein Blick fiel auf die Frau. In ihren Augen spiegelte sich das fahle Licht seiner Taschenlampe. Wie verabredet befand sich die Leiche in vorbereiteter Weise auf einer alten Matratze, die in der Ecke des Raumes auf dem Fußboden lag. Er hatte lange gebraucht, um in der Dunkelheit die richtige Parzelle auf dem riesigen Kleingartengelände zu finden, und wollte bereits den Rückzug antreten, doch dann entdeckte er das hölzerne Pferd im Vorgarten des kleinen Grundstückes, schlich vorsichtig um das marode Schrebergartenhaus herum und betrat den Geräteschuppen, in dem sich die Frau befinden sollte.

Und tatsächlich …, da lag sie.

So leblos wie eine Schaufensterpuppe, und dennoch von dieser begehrenswerten Frische, die seinen Idealvorstellungen sehr nahe kam.

Alles so, wie sein *Lieferant* es beschrieben hatte …

Jetzt, nachdem er sich dem unbändigen Trieb – der wie ein bösartiger Tumor in ihm wucherte – hingegeben hatte, verspürte er vor lauter Ekel den aufkommenden Drang, sich zu übergeben. Er biss sich kraftvoll auf die Lippe und verließ hastig das Areal, in dem sich um diese fortgeschrittene Uhrzeit keine Menschenseele mehr aufhielt. Die schwarzen Wolken am Himmel rissen kurz auf, sodass eine helle Mondsichel zum Vorschein kam, die den morastigen Weg vor ihm in ein gespenstisches Licht tauchte.

Der Wagen stand weit außerhalb des Kleingartengeländes. Auf halbem Weg suchte er Schutz hinter dem Stamm einer alten Eiche, um sich seines Mageninhaltes zu entledigen. Der Schweiß trat ihm auf die Stirn; seine Knie wurden weich, und als ihm der plötzliche Schwindelanfall die Sinne zu rauben schien, krallten sich seine Finger in die raue Oberfläche des knorrigen Baumes. Schwer atmend lehnte er sich gegen den Stamm und nahm mit zitternder Hand das Taschentuch, um sich die Kotze aus dem Gesicht zu wischen. Dann setzte er seinen Weg fort. Schwankend erreichte er schließlich den weißen Daimler und ließ sich kraftlos in den Ledersitz der Luxuslimousine fallen.

Es war wieder geschehen ...

Ein vertrautes Geräusch riss ihn aus seiner Lethargie. Es fing an zu regnen. Mit leerem Blick beobachtete er die zahllosen Tropfen, die sich auf der Windschutzscheibe sammelten, um dann im spärlichen Schein der Straßenbeleuchtung zu einem undurchsichtigen Film zu verschmelzen, hinter dem die Welt ihre gewohnten Konturen verlor.

Plötzlich kam ihm der Beginn dieses seltsamen Arrangements in den Sinn, das er vor ungefähr einem Jahr mit dem *Anderen* getroffen hatte.

Eine Vereinbarung, eine stillschweigende Übereinkunft, die keiner von beiden jemals wirklich ausgesprochen hatte. Ein vages, alkoholbefeuertes Konstrukt, das damals plötzlich im Raume stand und sich auf seltsame Art und Weise verselbstständigen sollte. Von Faktoren belebt, die vermutlich irgendwo zwischen Zufall, blindem Vertrauen, Kontrollverlust und Seelenverwandtschaft anzusiedeln waren.

Eigentlich war der Zeitpunkt für einen derartigen Rückblick alles andere als günstig. Das lähmende Selbstmitleid wurde dadurch noch verstärkt, aber ihm fehlte die Kraft, seinen Geist durch einen befreienden Impuls aus der Schockstarre herauszulösen.

Warum kann ich mich nicht dagegen wehren ...?

Die bizarre Symbiose mit dem *Anderen* war auf Treibsand gebaut – er wusste das –, doch in den letzten Jahren hatten die Fantasien einen derart hohen Stellenwert in seinem von Einsamkeit geprägten Leben eingenommen, dass selbst die verantwortungsvolle Position in der Hamburger Justiz ihn nicht davon abhalten konnte, in den Sumpf des Verbrechens hinabzusteigen. Von Berufs wegen eigentlich keine Besonderheit für den jungen, aufstrebenden Staatsanwalt, auf dessen Schreibtisch sich zahlreiche Akten türmten, aus denen das Blut förmlich herauszuquellen schien, doch es gab ein dunkles Geheimnis im Leben des unauffälligen Einzelgängers …

Seit seiner zufälligen Begegnung mit dem Mann, der die Hamburger Polizei unter dem Pseudonym *Glasaugen-Mörder* seit Jahren in Atem hielt, wechselte der hochrangige Beamte bisweilen in die Rolle des Täters, um sich dem unstillbaren Hunger nach Befriedigung hinzugeben.

Zuerst hatte er lange gezögert – aus gutem Grund.

Der entsprechende Passus im Strafgesetzbuch ließ keinen Zweifel aufkommen: Die von ihm praktizierten Handlungen wurden als Straftat eingestuft. Allein hierfür käme eine Freiheitsstrafe von bis zu drei Jahren in Betracht. Wenn dann noch bekannt werden würde, dass er mit einem gesuchten Serien-Killer zusammenarbeitet, dürfte dies das Fass endgültig zum Überlaufen bringen. Schließlich profitierte er auf außergewöhnlich niederträchtige Weise von den brutalen Morden des *Glasaugen-Mörders* und nutzte seine Funktion als Staatsanwalt geschickt aus, um die Fahndung nach dem mehrfachen Frauenmörder zu erschweren.

Hierbei war äußerste Vorsicht geboten.

Der kleinste Fehler könnte ihm zum Verhängnis werden. Außerdem: Seine Zukunft – beruflich wie privat – befand sich in den Händen eines unberechenbaren Killers. Er hatte sich erpressbar gemacht, und was noch viel schlimmer war: Der Mann hätte sicher keine Skrupel, ihn mit in den Abgrund zu reißen, falls er der Polizei doch noch in die Fänge gehen sollte.

Eine beängstigende Vorstellung.

Bisher war es ihm immer wieder gelungen, schützend die Hand über den *Glasaugen-Mörder* zu halten, doch die Welt war voll von zufälligen Faktoren, die sich nicht in vollem Umfang kontrollieren ließen. Auf Dauer wäre er nicht in der Lage, die Spur seines Schützlings zu vertuschen. Der Mann schien professionell und gewissenhaft zu arbeiten, dennoch könnte ihm irgendwann ein gravierender Fehler unterlaufen.

Und wenn schon, mein Wort gegen sein Wort. Man würde einem Verbrecher dieses Kalibers nicht glauben. Nicht so eine abstruse Geschichte …

Trotzdem nagten Zweifel an ihm. Vermutlich würde niemand dem Killer Glauben schenken; außerdem gäbe es keine stichhaltigen Beweise für seine Mittäterschaft, doch allein die im Raum stehende Anschuldigung wäre von einer derart monströsen Dimension, dass die Presse sich wie ein Rudel hungriger Löwen darauf stürzen würde.

Es wäre sein sicherer Untergang.

Doch jetzt gab es kein Zurück mehr.

Letztlich musste er sich eingestehen, dass er Gefallen an dem ungewöhnlichen Arrangement gefunden hatte, das, so seine Hoffnung, so schnell nicht außer Kontrolle geraten konnte.

Und falls doch …?

Eine Katastrophe, die ihm das Genick brechen würde. Ein vorbestrafter Staatsanwalt, noch dazu mit einer derartig abscheulichen Straftat im Gepäck, wäre untragbar. Er würde nie wieder eine Tätigkeit im öffentlichen Dienst ausüben können. Mehr noch: Man würde ihn an den Pranger stellen und wie einen geisteskranken Freak durch alle Instanzen der Boulevardpresse treiben. Der Skandal würde ihn bei lebendigem Leibe auffressen. Er wäre gebrandmarkt, und das für den Rest seines Lebens.

Für diesen Fall lag im Wandsafe seines Hauses in Hamburg-Volksdorf ein geladener Revolver, den er für fünfhundert Mark auf dem Kiez gekauft hatte. Die Waffe vermittelte ihm ein Gefühl der Sicherheit, das allerdings trügerisch war, denn tief in seinem Inneren pulsierte eine diffuse Ahnung, dass er sie aus Angst vor dem Tod nicht benutzen würde.

Es gab nur einen Faktor, von dem sie wirklich profitierten. Die gegenseitige Abhängigkeit war der Klebstoff, der beide zusammenhielt – und der für eine gewisse Stabilität sorgte. Name, Adresse, Tätigkeit, persönliche Angelegenheiten: Nichts davon war jemals Gegenstand ihrer Kommunikation gewesen. Doch genauso, wie es dem *Anderen* gelingen könnte, seine Identität zu ermitteln, so wäre es auch für ihn ein Leichtes, die Ermittlungsarbeiten entsprechend zu manipulieren, um dem Killer endgültig das Handwerk zu legen.

Schließlich hatte er dem *Glasaugen-Mörder* von Angesicht zu Angesicht gegenübergestanden.

Der erste Kontakt war reiner Zufall gewesen. Eine

groteske Situation, die so aberwitzig trivial war, dass sie einem Jerry-Cotton-Roman hätte entsprungen sein können. Die Erinnerung daran zauberte ein Lächeln auf sein schmales, von der Übelkeit gezeichnetes Gesicht.

Wie so oft hatte er im Schutz der Dunkelheit das Aktualitätenkino im Bahnhofsviertel besucht, um unerkannt einen der drittklassigen Schundfilme zu sehen, die Tag und Nacht in Endlosschleife über die Leinwand des *AKI* in der Kirchenallee flimmerten. In dem Schmuddelkino saßen zumeist nur wenige Männer im Zwielicht des Vorführraumes. Sie trugen oft dicke Hornbrillen, hatten Hüte auf ihren spärlich behaarten Köpfen und waren sichtlich bemüht, sich gegenseitig aus dem Weg zu gehen. Mit hochgeklappten Mantelkragen, die Hände tief in den Taschen vergraben, starrten sie stumm auf die Leinwand, auf der sich die Episoden des desaströsen Film-Geschmacks aneinanderreihten.

Sie suchten Zerstreuung und Ablenkung, verspürten aber nur wenig Lust, die nervtötende Anwesenheit eines Gesprächspartners zu akzeptieren. Einige liebten es, von erotischen Obszönitäten überrascht zu werden, die in vielen der Filme präsentiert wurden, und andere wiederum nutzten das flackernde Dämmerlicht und die spärliche Belegung des Saales, um sich selbst zu befriedigen.

Da die Filme generell ohne Unterbrechung liefen, kam und ging jeder nach Belieben. Die Männer begegneten sich nur selten und redeten fast nie miteinander. Manchmal allerdings erhoben sich zwei gleichzeitig aus ihren Sesseln, um im Foyer bei voller Beleuchtung aufeinanderzutreffen.

Auf diese Weise war er dem *Glasaugen-Mörder* begegnet.

Als sich ihre Blicke kreuzten, tat er etwas, von dem er selbst überrascht wurde. Er sprach den Fremden augenzwinkernd an. Es waren nur wenige Worte, die sich auf den eben gesehenen Film bezogen, doch aus einem unerfindlichen Grund sprang sofort ein Funke über, der die beiden Männer gleichermaßen zu elektrisieren schien.

An den reißerischen Titel des Filmes konnte er sich nicht erinnern – es war irgendetwas mit einer perversen *Todesgöttin* –, doch die anstößigen Praktiken, die darin tabulos thematisiert wurden, entfesselten ein Gespräch zwischen den beiden Kinogängern, welches sie bei Bier und Korn in der Kneipe gegenüber fortführten.

Hierbei ließ sich keiner in die Karten schauen. Im Gegenteil: Entrüstet echauffierten sie sich über die zügellosen Szenen – um dann das Gesehene Stück für Stück zu relativieren.

Auf diese Weise tasteten sie sich gegenseitig ab, ohne ihre wahren Gefühle offenzulegen. Der Alkohol lockerte ihre Zungen, aber nichts wurde offen angesprochen. Während des gesamten Gesprächs gelang ihnen das Kunststück, die Kontrolle über das seltsame Spiel der Andeutungen zu behalten, in dem nichts anderes geschah, als um den heißen Brei herumzureden.

Es blieb bei einem Dialog zwischen den Zeilen,

doch am Ende der Begegnung erahnte jeder, was sich wirklich hinter der Fassade seines Gegenübers verbarg. Es bedurfte nur noch eines Beweises, um das theoretische Konstrukt auf eine tragfähige Ebene zu versetzen, in der sich Absichten in Realitäten verwandelten.

Als sich ihre Wege an jenem Tag wieder trennten, gab es einen – natürlich rein hypothetischen – Plan, wie die Annäherung vonstatten gehen könnte. Die Lösung war ein toter Briefkasten, über den sich Informationen oder Objekte austauschen ließen. Ein sicheres Versteck an einem geheimen Ort, den beide kannten und in dem sich eine Mitteilung sicher verwahren ließ. Und zusätzlich hierzu ein vorab abgesprochener Zeitplan für die Leerungen des Briefkastens, sodass sie sich nie begegnen würden, um jede Art der Auffälligkeit zu vermeiden.

Er erinnerte sich noch genau an das seltsame Gefühl, als er zum ersten Mal das Versteck aufsuchte, um den endgültigen Beweis für die Richtigkeit seiner Annahme in Händen zu halten.

Ein kleiner, vollgekritzelter Zettel, mit dessen Existenz sich alles verändern sollte.

Natürlich begab er sich ohne allzu große Erwartungen zu dem verlassenen Werksgelände, auf dem der verrostete Sicherungskasten hing, den sie für ihre Zwecke auserkoren hatten. Keine Frage, dachte er auf dem Weg dorthin, das Ganze war nur ein Bluff, ein prickelndes Spiel, das mit der Realität nichts zu tun hatte. Ein kurzer Ausflug in die Welt des Hypothetischen, der mit einem befreienden Aufatmen enden würde. Kein Deal, nichts von Bedeutung, keine verbindliche Absprache, kein Abstieg in die Untiefen des Verbrechens.

Und dennoch …

Irgendwo tief in seinem Inneren gab es eine Gewissheit, die sich sachlich nicht erklären ließ. Eine Signatur von einem Gefühl, welches ein Kribbeln in seinem Bauch auslöste, das sich mit jedem Schritt verstärkte, dem er seinem Ziel näherkam. Hin- und hergerissen zwischen dem unbändigen Verlangen, endlich einen Weg gefunden zu haben, mit dem sich die eigenwilligen Fantasien in die Realität umsetzen ließen, und der heuchlerischen Hoffnung, dass ihre doppeldeutige Konversation nichts weiter als ein trügerischer Akt der gegenseitigen Verarschung gewesen war, fingerte er zitternd das bedeutungsvolle Papier aus dem grau lackierten Sicherungskasten.

Und tatsächlich: Ort und Zeitpunkt der ersten Leichenplatzierung waren ebenso darauf vermerkt wie die Gegenleistung, die der Absender für seinen ungewöhnlichen Service erwartete.

Zweitausend Mark; in kleinen Scheinen.

Die Summe sollte nach Vollendung der Tat innerhalb von fünf Tagen im toten Briefkasten deponiert werden, danach würde man weitersehen.

Ein überaus akzeptabler Preis, war sein erster Gedanke, nachdem sich die Gewissheit in ihm manifestiert hatte, dass der Deal mit dem vermeintlichen Serien-Killer in die heiße Phase überzugehen schien. Noch war alles nicht mehr als eine Absichtserklärung, doch in seinem Kopf sah er plötzlich ein buntes Karussell, auf dem sich anstelle von hölzernen Pferden die nackten Körper toter Frauen im Takte der Jahrmarktmusik drehten.

Zweitausend Mark – lächerlich! In seiner Eigenschaft als Staatsanwalt würde er noch viel mehr für seinen neuen Erfüllungsgehilfen bewerkstelligen können – sofern sich seine Ankündigungen tatsächlich bewahrheiten sollten. Zusammen wären sie der Polizei immer einen Schritt voraus.

So wie auch dieses Mal.

Es funktioniert immer noch, dachte er fasziniert und ließ die blassen Gesichter der drei toten Frauen im Geiste Revue passieren, bei deren Mord er mitgewirkt hatte – wenn auch nur indirekt.

Immer war es der gleiche Typ gewesen. Junge, blonde, hochgewachsene und schlanke Frauen von ansprechender Schönheit. Es ließ sich nicht leugnen: Der *Andere* hatte Geschmack. Er strangulierte seine Opfer und entfernte die Augen, um sie gegen einfache Glasaugen auszutauschen. Eine groteske Arbeit, da es sich bei den Augen um Massenware für Puppen handelte, doch in dem schummerigen Zwielicht war die grausige Manipulation ohne genaueres Hinsehen kaum zu bemerken.

Seitdem sie den *Deal* geschlossen hatten, platzierte er die Leichen immer an unterschiedlichen Orten, wo sie auf den Besuch des *Nächsten* warteten – auf ihn, den Staatsanwalt mit einem Faible für frische Frauenleichen.

Drei Morde bisher, die auf das Konto des *Glasaugen-Mörders* gingen; drei sichere Verstecke, die er im

Schutze der Nacht aufsuchte, um seinen absonderlichen Trieb zu befriedigen. Drei Leben, die ausgelöscht waren. Weitere würden folgen ...

Sie begegneten sich nie.

Der Informationsaustausch über den toten Briefkasten verlief reibungslos. Niemand schien von den Verbrechen, die beide – nacheinander – begangen, Notiz zu nehmen. Die Polizei tappte im Dunkeln.

Doch das Gefühl der Befriedigung war kurz und von schwindender Intensität. Heute war es besonders schlimm gewesen. Kaum hatte er sich von der Leiche abgewandt, fühlte er eine Welle von Selbstvorwürfen in sich aufsteigen. Hinzu kam ein neuartiges Gefühl, das die Übelkeit in ihm auszulösen schien: Ekel vor sich selbst. Vor dem, was aus ihm geworden war.

So konnte es nicht weitergehen.

Er war kurz davor, die Kontrolle zu verlieren. Die Gedanken verselbstständigten sich. Schon seit Längerem fiel ihm auf, dass sich sein ganzes Denken darauf auszurichten begann, die nächste Frauenleiche aufzusuchen. Je eher, desto besser.

Die Abstände werden kürzer. So schnell ...?

Als der Motor des Daimlers kraftvoll aufbrüllte, nahm der Plan in seinem Kopf Gestalt an.

Er könnte die Morde zukünftig in eigener Regie begehen, um die lästige Abhängigkeit zu beenden. Dann läge es in seinen Händen, die Intervalle seinen persönlichen Bedürfnissen anzupassen. Dann wäre er endlich frei, um das Verlangen immer dann zu stillen, wenn es am heftigsten in ihm brannte.

Großer Gott ...

Kopfschüttelnd trat er das Gaspedal durch und biss sich auf die schmale Unterlippe, bis das Blut hervorquoll und einen dunklen Fleck auf seinem Trenchcoat hinterließ. Mit quietschenden Reifen schoss der Daimler davon und schleuderte eine dreckige Wasserfontäne hinter sich auf, die von grauweißem Dieselruß vernebelt wurde. Wären Passanten auf dem Gehweg gewesen, hätten sie voller Verwunderung beobachten können, wie der Fahrer des Daimlers so lange mit den Fäusten gegen das Lenkrad schlug, bis der schwere Wagen auf die Gegenfahrbahn schleuderte.

1.

40 Jahre später

Zögerlich, doch voller Neugierde, überließ er seinem *Mitbewohner* die Kontrolle ... und genoss mit geschlossenen Augen den verlockenden Abstieg in das immerwährende Reich des Schreckens. Wie schon viele Male zuvor tat er es in dem Bewusstsein, die eigenen Bedürfnisse einem höheren Ziel unterzuordnen, um das Böse in dieser Welt zu bekämpfen – notfalls auch mit dessen Hilfe.

Schwarz schimmerndes Wasser sickerte aus den grob gehauenen Wänden. Der nackte, zerklüftete Fels, durch den der Obdachlose orientierungslos stolperte, glänzte matt im schwachen Schein der Grubenlampen, die über ihm ihr fahles Licht in die Dunkelheit des unterirdischen Stollens verströmten. Einige von ihnen flackerten – und tauchten die Szenerie in ein gespenstisches Zwielicht –, andere wiederum hatten ihren Dienst komplett eingestellt, sodass der verwahrloste, bärtige Mann mit den langen, fettigen Haaren immer wieder aufs Neue in das dunkle Nichts hineinstrauchelte, das sich schier endlos vor ihm auftat.

Gehetzt blickte er sich um, doch noch konnte er nicht erkennen, wer ihm nach dem Leben trachtete.

Die Geräusche kamen näher. Hallende Schritte, Wasser spritzte auf, keuchender Atem schlug ihm in den verschwitzten Nacken. Seine Kräfte schwanden, doch die Todesangst schien ihm Flügel zu verleihen. Ein zähnefletschendes Brüllen aus den Tiefen des Stollens trieb ihm den Angstschweiß auf die Stirn. *Etwas* verfolgte ihn, war ihm auf der Spur und heftete sich an seine Fersen, um …

Es … will mich töten. Nein, bitte nicht … bitte …

Plötzlich fiel er der Länge nach hin. In der öligen Lache unter ihm spiegelte sich sein schmerzverzerrtes Gesicht; der steinerne Boden ließ seinen Körper erzittern, und für einen kurzen Moment schien es, als wenn sich sein verschrecktes Bewusstsein an einen anderen Ort begeben würde.

Doch die Angst ließ seine Sinne erwachen …

Er konnte spüren, dass sich etwas Fremdartiges, abgrundtief Böses über seinen Rücken beugte. Grunzende Laute und ein übel riechender Atem ließen ihn erschaudern und lähmten seine Muskeln. Wie erstarrt gab er sich seinem scheinbar unabänderlichen Schicksal hin und wartete darauf, dass das Monster ihn packen würde, doch schließlich erwachte sein Überlebenswille, und er mobilisierte alle ihm verbliebenen Kräfte, um sich dem drohenden Angriff seines Verfolgers zu entziehen.

Ruckartig sprang er auf die Knie und setzte zur Flucht an, da schlangen sich mächtige, starke Klauen um seine Fußgelenke. Seine Beine schwenkten nach oben; er wurde bäuchlings weggezogen und war nicht mehr imstande, seinen Körper auf den Rücken zu drehen. Panisch griff er um sich, doch die feuchten, felsigen Wände boten keinen Halt, sodass die Haut an seinen Händen aufriss und seine dreckigen Fingernägel abbrachen. Sein Gesicht schlitterte über den steinigen Boden und zog eine verschlierte Blutspur hinter sich her. Das unbekannte Wesen schleifte ihn wie einen Kartoffelsack über den kalten Fels. Er schrie sich die Lunge aus dem Leib, doch niemand schien seine Hilferufe zu hören. Immer schneller bewegte sich das seltsam anmutende Gespann durch die verwinkelten Gänge des Bergwerkes, bis der Obdachlose verstummte.

Plötzlich veränderte sich der Untergrund.

Der Fremde zog ihn in einen gekachelten, hell erleuchteten Raum und legte seinen geschundenen Körper unsanft ab. Durch das Blut in seinen Augen blinzelte der zerlumpte Mann weißen Fliesen entgegen, in denen er ein quadratisches Muster zu erkennen glaubte, das ihm irgendwie bekannt vorkam.

Stöhnend drehte er sich auf die Seite.

Blut tropfte auf den Fußboden und floss in feinen Rinnsalen in einen verrosteten Abfluss, der sich in der Mitte des quadratischen Raumes befand. An der Decke flackerten Neonlampen. Der Boden war übersät mit Abfall, und aus den aufgeplatzten Fugen der Wandfliesen krabbelte allerlei Ungeziefer, das sich auf der Suche nach Nahrung im Raum verteilte.

Verschwommen sah er die rückwärtige Silhouette seines Peinigers. Der Mann stand an einem hölzernen Tisch an der gegenüberliegenden Seite des Raumes. Er schien etwas vorzubereiten. Dem Obdachlosen kam ein furchtbarer Verdacht.

Er hat dich nicht ohne Grund verfolgt.

Den verschiedenen Geräuschen nach zu urteilen baute er *irgendetwas* zusammen – oder war es vielleicht eine Demontage? Da waren metallische Laute zu hören, das Drehen eines Schraubenziehers, ein Klirren und Schaben, dann wieder so etwas wie das Knarren einer rostigen Schraube, die sich standhaft zu weigern schien, den vorgesehenen Platz einzunehmen.

Der Mann fluchte grunzend; sein schnaufender Atem ließ den Obdachlosen erschaudern.

Was will er mir antun? Woran arbeitet er dort?

Der Fremde trug ein pelziges Oberteil; die stark behaarten Beine waren nackt. Auf dem Hinterkopf sah er einen roten Schopf, der wirr in alle Richtungen abstand. Offensichtlich war das pelzige Wesen für längere Zeit beschäftigt, sodass sich der Obdachlose bemühte, auf die Füße zu kommen. Die Gelegenheit für eine Flucht schien günstig zu sein, doch seine Beine versagten, und als sich der Fremde zu ihm umdrehte, legte sich die Angst wie ein Kettenhemd um seinen misshandelten Leib.

Das Gesicht – nein, es war kein normales Gesicht, sondern vielmehr eine Fratze – grinste ihm unverhohlen entgegen. So, als wolle sie sagen: Du kommst hier nicht mehr lebend raus, du bist mein Gefangener und ich mache mit dir, was ich will.

Sein Antlitz war voll von Pockenbeulen, die Zähne verfault, schwarz und teilweise ausgefallen und in seinen Augen funkelte eine abgrundtiefe Bosheit, die dem Obdachlosen die Luft zum Atmen nahm.

24

Das Pockengesicht kam näher.

Mit hoch erhobenen Armen durchquerte er den Raum und zerquetschte dabei zahlreiche Insekten, die geschäftig seinen Weg kreuzten. In der Rechten blitzte die scharfe Klinge eines Teppichmessers auf, links hielt er eine Rolle Klebeband in der verkrüppelten, mit Pockennarben übersäten Hand.

»Der Innendekorateur ist wieder da!«, brüllte er, seine Stimme tief und verzerrt. Dann brach das Fratzengesicht in schallendes Gelächter aus. Er hielt sich den fettwanstigen Bauch, bog sich vor Lachen und spuckte währenddessen einen schleimigen Auswurf auf die Fliesen. Sein seltsamer Ausbruch war heftig und endete abrupt. Mit wenigen Schritten erreichte er den angstvoll zurückweichenden Obdachlosen, der die Hände schützend vor sich hielt. Er setzte sich auf die Brust des Mannes, drückte mit den Knien seine Arme auf den blutbesudelten Boden, dann beugte er sich grinsend zu ihm herab und schnitt mit dem Teppichmesser eine der Pockenbeulen auf, die sein abstoßendes Gesicht verunstalteten.

Eine eitrige, gelbrote Flüssigkeit tropfte auf den Obdachlosen herab.

»Findest du, dass ich hässlich bin?«, brüllte er dem am Boden liegenden entgegen.

»Bitte ... nein ... ich ...«, krächzte der Obdachlose kraftlos und wandte sein Gesicht ab, um der eitrigen Flüssigkeit zu entgehen.

»Doch, findest du, hä. Stimmt doch, oder? Gib es ruhig zu«, fauchte das Pockengesicht geifernd. »Aber ich werde dich erlösen. Wenn ich mit dir fertig bin, wirst du mich nicht mehr sehen müssen.« Erneut brach das pelzige Monster in schallendes Gelächter aus, das sich kurz darauf in einen röchelnden Hustenanfall verwandelte.

»Dann bist du noch viel hässlicher als ich, du elendiger Penner«, fügte er hustend hinzu.

Er legte das Klebeband neben sich ab, griff dem Obdachlosen in die Haare und zerrte seinen Kopf auf die Seite. Dann ergriff er das Ohr des Mannes, setzte das Teppichmesser direkt am Knorpel an und trennte die Ohrmuschel mit wenigen Schnitten ab.

Die erbärmlichen Schreie des Mannes interessierten ihn nicht. Nachdem er das abgetrennte Ohr neben dem Klebeband platziert hatte, zerrte er den Kopf des Mannes auf die andere Seite und wiederholte die Prozedur.

»Ohne Ohren siehst du gleich viel besser aus«, sagte das Fratzengesicht und schaute sich das dreckige Ohr des schreienden Mannes von allen Seiten prüfend an. Dann riss er ein Stück Klebeband ab, legte das Ohr auf ein Auge des Obdachlosen und befestigte es mit dem klebrigen Streifen. Er wiederholte den Vorgang, sodass die Augen des bedauernswerten Mannes mit seinen Ohren verklebt waren.

Kritisch überprüfte das Pockengesicht seine Arbeit. »Jetzt müssen wir nur noch so lange warten, bis dir die Dinger festgewachsen sind. Dann wirst du nie wieder etwas sehen. Nie wieder sehen … Nie wieder …«

Der Übergang kam ohne Vorwarnung. Wie immer katapultierte ihn der *Andere* aus den vielschichtigen

Gefilden der Hölle heraus, ohne einen erkennbaren Grund hierfür durchblicken zu lassen. Keine Ankündigung, kein Dialog und natürlich auch keine abschließende Bewertung, um das Erlebte in irgendeiner Form einordnen zu können. Während er den Abstieg zulassen und kontrollieren konnte, unterlag der Mechanismus des Aufstiegs zurück in die reale Welt immer seinem *Mitbewohner*, der irgendwann – zumeist bereits nach wenigen Minuten – die Notbremse zog, um Schaden von seinem Wirt fernzuhalten. Schließlich waren beide aufeinander angewiesen.

Der Aufenthalt im Reich des Schreckens war immer auch mit Risiken verbunden, die in den Irrsinn führen konnten.

… oder in etwas, das noch viel schlimmer war.

Kriminaloberkommissar Daniel Brechter vom Landeskriminalamt Hamburg war überzeugt davon, dass es eine natürliche Erklärung für das Phänomen gab. Schließlich glaubte der fünfundvierzigjährige Sonderling, der mit Vorliebe blutige Horrorfilme konsumierte, nicht an so etwas Verrücktes wie Seelenwanderung, doch seitdem sich der ehemalige Terrorist und Serienmörder Wolfgang Möller in seinem Inneren eingenistet hatte, eröffneten sich völlig neue Möglichkeiten im Bereich der Verbrechensbekämpfung.

Es fühlte sich an wie eine … Bewusstseinserweiterung.

2.

Hildur Seilinger blickte in das faltige, mit Altersflecken übersäte Gesicht ihres Vorgesetzten, so als wollte sie sagen, *Chef, sehe ich wirklich so aus, als wäre ich hier das Mädchen für Alles?*

»Wieso ich?«, fragte sie kleinlaut, wohl wissend, dass ihr bisher nur wenige Sonderaufträge zugeteilt wurden, die sie von der eigentlichen Ermittlungsarbeit abhielten. »Johann hat bestimmt Kapazitäten und …«

Kriminaloberrat Otto Sänger, seit einem Jahr Leiter der Hamburger Mordkommission, beachtete sie nicht weiter, während er die Akte des neuen Kollegen aus Bremen überflog. Der *Neue* war kein unbeschriebenes Blatt. Sasha Huger, der sich im Nebenzimmer mit einigen Kollegen aus dem Alpha-Team unterhielt, hatte ein Versetzungsgesuch nach Hamburg geschrieben, da er in Bremen gemobbt wurde. Inoffiziell. Jedenfalls war seinen Andeutungen zu entnehmen, dass er mit den dortigen Vorgesetzten nicht besonders gut klargekommen war.

»Wer hier noch welche Kapazitäten hat, muss von oben, also von mir, beurteilt werden«, brummte Sänger überlaunig und schnitt Kriminalkommissarin Seilinger das Wort ab.

Hildur Seilinger, die ihren eignen Vornamen zum Kotzen fand, verdrehte die Augen.

»Kommen Sie mal mit«, sagte Sänger genervt und betrat den spartanisch eingerichteten Besprechungsraum, in dem sich neben Sasha Huger noch vier weitere Personen befanden, die innerhalb der Mordkommission eines von vier Teams bildeten.

Widerwillig folgte Seilinger ihm und setzte sich zu den anderen an einen der grauen Besprechungstische, die zu einem lockeren Kreis zusammengestellt waren.

Sänger hatte sich bereits am Vormittag ausgiebig mit Huger unterhalten; dementsprechend kurz fiel die Begrüßungsrede aus.

»Alle mal herhören«, sagte er bedeutungsschwer. »Ihr habt euch ja wohl schon bekannt gemacht. Herr Huger wird ab sofort hier seinen Dienst verrichten. Für Müller-Eckhard, der vorzeitig in den Ruhestand gegangen ist. Seid froh, dass wir so schnell Ersatz bekommen haben. Die Lage in der Stadt ist momentan außerordentlich schwierig, wie ihr ja wisst. Dieser Mord, der vermutlich mit Hilfe einer Drohne durchgeführt wurde, geistert durch alle Medien und beunruhigt die Führung. Bisher haben wir so gut wie keine Erkenntnisse in dieser Sache, insofern bitte ich um jegliche Unterstützung.« Sänger machte eine Pause, nahm die Brille ab, rieb sich die Augen und fuhr fort: »Also Herr Huger, ich stell Ihnen das Team noch mal vor. So viel Zeit muss sein. «

Während er redete, deutete er nacheinander auf die Teammitglieder. »Äh …, da haben wir Frida Birg, Louis Schäfer, Anette Berkun und Johann Pahlgruber.«

Sänger drehte sich um. »… und hier noch Hildur Seilinger, die die heutige Tour mit Ihnen absolvieren wird, Herr Huger. Der obligatorische Kram eben, den alle Neuen durchlaufen. Na ja, Sie kennen das ja wohl aus Bremen. Chipkartenstelle, Perso, Waffenkammer, Büromateriallager, Kantine und so weiter.«

Alle sahen ihn erwartungsvoll an, da Sänger seine kurze Rede so abrupt beendet hatte, doch der übergewichtige Brillenträger mit dem lichten Haaransatz und den buschigen Brauen starrte nur kurz auf den Boden und verschwand dann vor sich hin murmelnd in Richtung Flur.

»Ich muss dringend zur KTU«, rief er im Hinausgehen der Gruppe entgegen.

»Was ist denn mit dem los?«, fragte Huger grinsend, während er auf einem Kaugummi herumkaute.

»Da musst du dir nix bei denken«, kommentierte Anette Berkun Sängers flotten Abgang. »Der ist immer so. Aber du wirst schon noch merken, dass Sänger für seine Leute so ziemlich alles tun würde.« Sie drehte wie üblich mit einem Bleistift in ihren brünetten Locken herum, für deren Pflege sie eine Menge Geld ausgab. Ihr exquisiter Friseursalon lag in der Innenstadt und war fast so etwas wie eine zweite Heimat für die junge Kriminalkommissarin, die keinen Hehl daraus machte, dass ihr Frauen besser gefielen.

Johann Pahlgruber, der im Rollstuhl saß, bemerkte Seilingers schlechte Laune und bot sich als Ersatz an.

»Soll ich das machen, Hildur?«, fragte er.

Seilinger, die erst vor Kurzem ihren vierzigsten Geburtstag feuchtfröhlich gefeiert hatte, strich sich mit den Fingern durch die blonde Kurzhaarfrisur.

»Das ist lieb von dir, aber ich mach das schon«, antwortete sie dem erst 25-jährigen Angestellten im Innendienst, der bereits seit seiner Kindheit unter progressiver Muskeldystrophie litt. Die Erbkrankheit führte zu Muskelschwund, der in Schüben auftrat. Jeder hier wusste, dass Pahlgruber vermutlich irgendwann nicht mehr zum Dienst erscheinen würde. Momentan lebte der hagere Computerfreak in einer betreuten Wohngemeinschaft und arbeitete hart daran, seine Leistungsfähigkeit noch möglichst lange auf dem derzeitigen Level zu erhalten. Ein frustrierendes Unterfangen, dessen Sinnhaftigkeit er immer wieder in Frage stellte.

Da niemand etwas sagte, fühlte Huger sich genötigt, das peinliche Schweigen zu durchbrechen.

»Ich heiße übrigens Sasha und gebe dann morgen mal Frühstück aus«, sagte er und fügte augenzwinkernd hinzu: »Als Einstand. Ist das hier auch so üblich?«

Allgemeines Gemurmel, welches Huger als eine bescheidene Art der Zustimmung interpretierte.

Während Seilinger plötzlich aufstand und sich vor Huger aufbaute – mit einem Meter fünfundachtzig gehörte die alleinerziehende Mutter zu den Riesen unter den Frauen –, erhob dieser sich ebenfalls schnell aus dem Freischwinger und grinste breit. »Soll es losgehen?«

»Je eher haben wir es hinter uns«, murmelte Seilinger und musterte den Neuen genauer.

Sein Alter musste irgendwo in den Dreißigern liegen. Dunkelblonde kurze Haare, ein kantiges Gesicht, das gut zu seiner muskulösen Figur passte, und blaue Augen, die irgendwie zu funkeln schienen. Er trug Jeans mit einem schmalen Ledergürtel, dazu ein dezentes hellgraues Hemd und – Seilinger war überrascht – ein edles Paar braune Lederschuhe, die spitz nach vorne zuliefen.

Hugers positive Ausstrahlung und sein passables Äußeres gefielen ihr, obgleich die Seilinger nach mehreren unsteten Beziehungen eigentlich die Nase voll hatte von Männern – zumindest momentan.

Huger schien einen sechsten Sinn zu haben. Kaum hatten sie die erste Location ihrer Exkursion hinter sich gebracht, begab er sich in den Flirt-Modus, um Seilingers Vorsätze zu testen.

»Ich möchte mich hierfür revanchieren«, sagte er beiläufig. »Ich lade dich morgen Abend zum Essen ein. Da ich mich in der Stadt noch nicht auskenne, bestimmst du, wohin es gehen soll. Einverstanden?«

So ein Mist, dachte Seilinger überrascht. *Eigentlich wolltest du doch nicht schon wieder …*

»Hmm … ich weiß gar nicht …« Sie überlegte einen Moment. Huger war in etwa so groß wie sie, insofern würde es passen. Mit einem kleineren Mann an der Seite fühlte sie sich zumeist irgendwie deplatziert.

»Allerdings …, ach, warum eigentlich nicht? Also gut, wir gehen aber in das neue Restaurant in der Hafencity.«

»Okay, klingt gut.«

»Kein billiger Laden!«

Huger spielte nervös mit seinem Schlüsselbund.

32

»Kein Problem, schöne Frau. Als Single hab ich einige Ersparnisse angehäuft. Außerdem dann noch die Drogengeschäfte, die so ganz nebenbei ...«

Seilinger lachte laut auf. »Na klar, und bei den Nutten kassierst du wahrscheinlich auch noch ab, nicht wahr?«

»Woher weißt du ...?«

»Bevor du mir jetzt noch von deinen Geheimagentenaktivitäten erzählst, brauche ich erst einmal einen Kaffee. Nächster Halt: die Kantine.«

»Einverstanden. Geht auf meine Rechnung.«

Dreißig Minuten später.

Huger ließ sich lobend über die Qualität des Kaffees aus, während sie die Kantine verließen und erneut den Fahrstuhl aufsuchten. Auf dem Weg zur Chipkartenausgabe, die sich im vierten Stock befand, blieb der ehemalige Bremer Polizeibeamte plötzlich mitten auf dem Flur stehen. Der breite Gang innerhalb des zentralen Rundbaus verlief kreisförmig und führte an zahlreichen Büros vorbei, deren Türen hier und da offen standen.

Huger hätte sich fast den Hals verrenkt, als er im Vorbeigehen einen rothaarigen Brillenträger mit zahlreichen Sommersprossen bemerkte. Ihm fiel auf, dass der Mann mit dem altmodischen grünen Sakko mit geschlossenen Augen hinter seinem Schreibtisch saß und offenbar nichts weiter tat, als vor sich hin zu sinnieren.

Seilinger, die bereits einige Schritte vorausgegangen war, drehte sich um und stemmte die Hände in die Hüften. »Worauf wartest du? Wir haben noch ein paar Stationen auf dem Zettel.«

»Ist *das* da dieser Brechter?«, flüsterte er mit vorgehaltener Hand und deutete auf das Zimmer mit der offenen Tür.

Seilinger warf ebenfalls einen Blick hinein und verdrehte die Augen. »Ja, der Meister des Bösen persönlich«, sagte sie spöttisch und zerrte ihn weiter. »Ich hab schon geahnt, dass du davon anfangen würdest.«

»Wieso?«

»Wieso! Alle tun das. Mittlerweile hat sich die Lage ja wieder etwas beruhigt, aber am Anfang hat vor allem die Presse richtig genervt.«

»Na ja«, bemerkte Huger. »*Den* kennt ja auch die halbe Republik.«

»Nun übertreib mal nicht. In jedem LKA gibt es einen aus dem Kuriositätenkabinett, der sich durch irgendeinen besonderen Quatsch hervorhebt. Bei uns ist es eben Daniel Brechter, der hier im übrigen meiner Meinung nach eine Riesenshow abzieht – wenn auch unfreiwillig.«

»Wie bitte? Riesenshow?«, ereiferte sich Huger, während sie den Flur entlanggingen. »Der Kollege ist dem Folterkeller des *Modellbauers* entkommen, des Terroristen und Serienkillers Wolfgang Möller. Immerhin ein ehemaliges RAF-Mitglied und einer der meistgesuchten Verbrecher Deutschlands, den Brechter da ausfindig gemacht hatte. Der Killer konnte zwar entkommen, aber die Altenheim-Mordserie war damit beendet. Das sind ja wohl knallharte Fakten, oder hab ich da was falsch verstanden?«

Seilinger quittierte seine Frage mit einem Grinsen

und betätigte den Fahrstuhlknopf. Ihr nächstes Ziel war das Büromateriallager im Keller. Huger sollte die Grundausstattung für seinen Arbeitsplatz erhalten.

»Stimmt alles«, sagte sie und strich sich durchs Haar. »Aber seitdem hat unser Kriminaloberkommissar leider eine Vollklatsche. Der läuft unter *zur besonderen Verwendung* im Personal-Pool und wird von uns *Normalos* mit durchgeschleppt.«

»Woher weißt du das denn?«, fragte Huger und runzelte die Stirn. »Sonst hieß es doch immer, dass er ein Held sei.«

»Insider wissen das.«

»Du willst mich verarschen!«, sagte Huger und fügte hinzu: »Wenn dem so wäre, hätten sie ihn zum Arzt geschickt, in die Verwaltung abgeschoben oder pensioniert.«

»Das würde viel zu viel Staub aufwirbeln«, erwiderte sie. »Brechter hält sich seit seinem Kontakt mit dem Serienkiller für so was wie ein Bindeglied zwischen dem Bösen und dem Guten. Der macht da gar keinen Hehl draus und sagt ständig: ›Mit meiner Hilfe bekommt ihr einen Einblick in die kranke Welt von Serienkillern. So werden wir zukünftig mehr Fälle lösen können.‹

Sie betraten den Fahrstuhl. Da noch andere Personen mitfuhren, hielt Huger lieber die Klappe. Er wollte nicht gleich am ersten Tag ins Fettnäpfchen treten und wartete geduldig, bis sie im Keller einen breiten Gang mit weiß getünchten Wänden entlanggingen. Ihm fiel auf, dass in der Mitte des grauen Betonfußbodens ein gelber Markierungsstreifen verlief.

»Man erzählt übrigens, dass sich Brechter mit Vorliebe blutige Horrorfilme anschaut«, sagte Seilinger.

»Denkt man gar nicht«, bemerkte Huger. »Mit den roten Haaren und den Sommersprossen sieht er aus wie ein großer, naiver Schuljunge.«

»Tja, die Natur bringt schon seltsame Kreaturen hervor«, murmelte Seilinger, mehr zu sich selbst.

»Mann, ihr habt ihn an der Backe und müsst noch seine Arbeit mitmachen?«, sagte Huger verblüfft. In seinem Gesicht spiegelte sich eine Mischung aus Mitleid und Faszination wider.

Seilinger blieb stehen und blickte ihn verlegen an.

»Na ja«, sagte sie selbstkritisch. »Ich neige zu Übertreibungen … und gehöre außerdem zur Fraktion der Ungläubigen.«

»Ungläubigen?« Huger lachte auf. »Ich bin auch nicht gerade das, was man einen bibelfesten Kirchgänger nennt.«

»Nein, ich meine damit, dass ich nicht an diesen übersinnlichen Hokuspokus glaube, mit dem Brechter auf Verbrecherjagd geht.«

»Daran glaubt hier sicher niemand!«

»Ha …, du würdest dich wundern, Huger«, erwiderte sie. »Es gibt da eine richtige Fangemeinde innerhalb der Polizei Hamburg. Ne ganze Menge Leute, die der Sache schon irgendwie positiv gegenüberstehen. Nach dem Motto: Das Ergebnis rechtfertigt auch ungewöhnliche Mittel. Zumal er den einen oder anderen Tipp gegeben haben soll, der sich dann sogar als richtig erwies.«

»Zufall …«, spekulierte Huger.

»Denke ich auch«, erwiderte Seilinger, der Hugers kritische Meinung zu dem Thema gefiel. Ein zusätzlicher Pluspunkt auf ihrer Liste, der eine – wenn auch vermutlich nur oberflächliche – Beziehung begünstigen könnte.

»Jede Wette, Brechter hat auch in der Führung irgendwelche Gönner, die dafür sorgen, dass er in Ruhe gelassen wird«, sagte sie, ohne näher auf ihren Verdacht einzugehen.

»Ups, eine Verschwörungsintrige?«

»Blödmann! Glaub doch, was du willst«, sagte Seilinger frotzelnd. »Fakt ist, dass sie ihm im Moment nur uralte Akten zuschieben, die er angeblich überprüfen soll.«

Huger hob die Hände hoch, so als wolle er sich seiner Führerin ergeben. »Vielleicht ist ja an der Sache doch was dran? Schließlich haben sie ihn damals mehr tot als lebendig aus dem Folterkeller in Großseedorf herausgeholt. Um ein Haar hätte Möller, der *Modellbauer,* auch aus seinen Knochen eines seiner bizarren Modelle gebaut, die da im Garten herumstanden. So was verändert einen Menschen doch für den Rest seines Lebens.«

»Was du da in deinem Bremen so alles mitbekommen hast.«

»Konnte man ausnahmslos in der Zeitung lesen«, verteidigte sich Huger.

Seilinger schüttelte den Kopf. »Jetzt fängst du auch schon mit dem Quatsch an.«

Huger überlegte einen Augenblick. »Weißt du, was ich glaube, Hildur?«

»Sieh an, der Herr Kriminaloberkommissar hat einen heißen Verdacht, und das bereits am ersten Tag in der neuen Dienststelle.«

»Das ist doch an sich ne clevere Methode«, meinte Huger, dem es – noch – leichtfiel, einen unvoreingenommenen Blick auf die Bedürfnisse der Hamburger Kripo zu werfen, die sich seit jeher mit einer Vielzahl von Problemen krimineller Art auseinanderzusetzen hatte. »So ein Außenseiter ist doch praktisch. Der kann für alles Mögliche herhalten. Auf die Art haben sie jemanden, der Dinge anspricht, an die sich sonst keiner herantrauen würde. Der auch mal um die Ecke denkt und der sich keine Gedanken um Konventionen machen muss, da er gewissermaßen Narrenfreiheit genießt.«

»Du meinst, die Führung hat ihn ganz bewusst diese Rolle zuteil werden lassen?«

»Ich hätte das genau so gemacht«, meinte Huger. »Es ist immerhin einen Versuch wert, unkonventionelle Methoden auszuprobieren. Ich denke immer noch, dass seine Treffer Zufall gewesen sind, oder Glück, doch vermutlich hätte ohne sein Mitwirken nicht einmal der Zufall eine Rolle gespielt.«

Schade, dachte Seilinger, *er scheint die Seiten zu wechseln. Dabei machte er durchaus einen netten Eindruck.*

»Da steckt nichts Übersinnliches dahinter«, schlussfolgerte Huger, »eigentlich ist es nur so etwas wie eine breitere Streuung von Möglichkeiten.«

»Na, dann gründe doch einen *Daniel-Brechter-Fanklub*«, spottete Seilinger. »Nach dem Motto: Feuer bekämpft man am besten mit Feuer.«

»Da liegst du gar nicht so falsch«, argumentierte Huger nach kurzem Zögern. »Die effektivste Waffe gegen durchgeknallte Serienkiller sind durchgeknallte Polizisten, die keine Probleme damit haben, sich in die perverse Welt dieser Leute hineinzuversetzen.«

Seilinger verdrehte die Augen. »Dann sollten wir ehemalige Serienkiller einstellen, und keine gemobbten Kollegen aus Bremen.«

3.

Die Tür hinter sich schließen? Aus dem Blickfeld verschwinden? Sich zu einem Außenseiter deklarieren, über den die Kollegen hinter vorgehaltener Hand tuscheln?

Kam nicht in Frage!

Daniel Brechter ließ die Tür zu seinem Büro im vierten Stock des Polizeipräsidiums offen stehen – mit voller Absicht. Von wenigen Ausnahmen abgesehen. Denn auf den Fluren des einem Polizeistern nachempfundenen Gebäudekomplexes hielten sich nicht nur Polizisten, sondern auch Besucher, Zeugen, Vertreter, Handwerker und Mitarbeiter von Firmen auf, die von der Verwaltung bestellte Waren anzuliefern hatten. Und diese Leute durften von den polizeilich relevanten Themen natürlich nichts mitbekommen.

Momentan stand die graue Tür zu dem kleinen Büro mit Blick in den runden Innenhof allerdings sperrangelweit offen, und Brechter bemerkte, dass er beobachtet wurde. Kein Einzelfall, denn seitdem ihm der Altenheim-Mörder-Fall zu einem, wenn auch zwiespältigen Bekanntheitsgrad verholfen hatte, rankten sich allerlei Gerüchte um den Kommissar, der innerhalb der Hamburger Polizei eine eigentümliche Sonderstellung einnahm – inklusive einem eigenen Büro. Ein Luxus, denn viele Ermittler mussten sich das Arbeitszimmer mit Kollegen teilen.

Zu seiner eigenen Verwunderung war es ihm anscheinend gelungen, seine Vorgesetzten von den Vorzügen seiner Fähigkeiten zu überzeugen, über die er seit seinem Zusammentreffen mit Möller verfügte.

Wolfgang Möller: ein Ungeheuer in Menschengestalt. Altenheim-Mörder, Terrorist und Serienkiller, der sich selbst gerne als *Modellbauer* bezeichnete, da er aus den Knochen seiner Opfer skurrile Skulpturen zusammensetzte, die wie überdimensionale hässliche Gartenzwerge aussahen.

Irgendwie hatte Brechter es erreicht, Kapital aus seinen grauenvollen Erlebnissen zu schlagen. Hierbei verschwieg er aus gutem Grund einen Großteil der damaligen Ereignisse und begründete den neu gewonnenen kriminalistischen Instinkt ausschließlich mit den leidvollen Erfahrungen, die er im Folterkeller Möllers über sich ergehen lassen musste. Kein Wort über die chaotischen Erlebnisse in *Florenz*, und natürlich auch kein Wort über das zweite *Ich*, das in ihm präsent war, seit der *Modellbauer* in den Fluten des *Arno* versunken war. Brechter hatte nicht erwartet, dass sich die Führung überhaupt längerfristig mit seinem Fall beschäftigen würde, doch es kam anders.

Allerdings wurden Bedingungen gestellt.

Zu seinen vordringlichsten Aufgaben zählte jetzt das Aktenstudium von Altfällen, die er von Otto Sänger, dem Leiter der Mordkommission, zugeteilt bekam. Jede Auffälligkeit, die Brechter in den vergilbten

Unterlagen fand, musste direkt an Sänger gemeldet werden, der auch in allen anderen Angelegenheiten sein direkter Ansprechpartner war. Selbst die mysteriösen Visionen, die sein zweites *Ich* ihm gelegentlich bescherte, konnte er seinem Vorgesetzten anvertrauen, ohne hierfür gleich für verrückt erklärt zu werden. Sänger war es auch, der zuweilen mit dem einen oder anderen Spezialauftrag an ihn herantrat.

Außerdem: Er musste sich zur absoluten Verschwiegenheit verpflichten – auch gegenüber Clara und seinen Kollegen – und die psychiatrische Behandlung wieder aufnehmen, mit deren Hilfe er seine traumatischen Erlebnisse verarbeiten sollte. Er hatte die Therapie seinerzeit bereits nach wenigen Wochen wieder abgebrochen, da sich partout kein solides Vertrauensverhältnis zwischen ihm und dem Arzt – einem älteren Mann mit Glatze – einstellen wollte. Diesmal, zwei Jahre später, sollte es besser laufen. Der Ärztliche Dienst der Behörde überwies ihn an eine Psychiaterin, die auf derartige Fälle spezialisiert war.

Brechter beugte sich vor, doch der Gaffer war verschwunden. Stattdessen kam Sänger herein; unter dem Arm ein Bündel roter Aktendeckel, aus denen die Blätter hervorquollen.

»Nachschub?«, fragte Brechter mit einem Blick auf den Aktenberg, und wie im Reflex antwortete Sänger: »Soll ja nicht langweilig werden ...«

»Die Akten geben leider nicht viel her«, bemerkte Brechter, mehr zu sich selbst. »Wie Sie ja selbst wissen, habe ich bisher kaum etwas gefunden.«

Sänger, der seinen kugelrunden Bauch wie einen

Fremdkörper vor sich her schob, starrte aus dem Fenster und schien in sich selbst versunken. Dann reagierte er schließlich:»Was …? Ach so, ja! Ist aber trotzdem wichtig. Übrigens: schon gehört? Ein neuer Kollege im Alpha-Team. Frisch aus Bremen. Sasha Huger, Ersatz für …«

»Ich weiß Bescheid«, sagte Brechter und fügte hinzu:»Übrigens, Chef: können Sie demnächst mal wieder was für mich klären?«

»Was denn?«, brummte Sänger, der eine gewisse Neugierde nicht verbergen konnte.

Brechter zögerte kurz.»Verschwinden in der Stadt neuerdings Obdachlose? Gibt es da irgendwelche Informationen? Vermisstenanzeigen?«

»Verschwundene Obdachlose? Nicht dass ich wüsste«, entgegnete Sänger.»Allerdings gibt es wohl kaum jemanden, der da einen allumfassenden Überblick hat. Die Dunkelziffer bei Obdachlosen ist hoch.«

Brechter nickte bedächtig, nahm die Brille ab und rieb sich die geröteten Augen.»Ich weiß«, sagte er müde.»Vielleicht wissen die Streetworker mehr. Wenn ich Recht behalte, könnte sich der eine oder andere Obdachlose in der Hamburger Kanalisation wiederfinden – allerdings als Leiche.«

»Hm … mal sehen, was sich machen lässt«, meinte Sänger.»Ich bespreche das mit den zuständigen Behörden … und mit den Jungs von den Wasserwerken. Die latschen da unten ja sowieso ständig herum.«

»Gute Idee!«

Sänger bedachte Brechter mit einem verunsicherten Blick.»Ich bin allerdings eher skeptisch, ob etwas dabei herauskommt«, fuhr er fort und holte einen kleinen Zettel aus seiner Jackentasche, der ziemlich zerknittert aussah. »Ich hab da übrigens noch einen Spezialauftrag für Sie. Außer Haus. Termin ist bereits nächsten Montag, die Akten können warten.«

Brechter spürte, wie sein Interesse erwachte. »Wo soll ich hin?«

»Ein Hospiz«, antwortete Sänger. »Hier, steht alles auf dem Zettel.«

»Ein Hospiz?« Brechter nahm den Zettel und begann zu lesen.

»Da will wohl einer reinen Tisch machen«, sagte Sänger und zuckte mit den Schultern. »Ich erwarte dann Ihren Bericht.«

»Wieso will man gerade mich dort sprechen?«, fragte Brechter und deponierte den Zettel in seiner Jackentasche.

»Keine Ahnung«, erwiderte Sänger, als er das Zimmer verließ. »Es hat sich wohl herumgesprochen, dass Sie der Personifizierung des Bösen gegenübergetreten sind und sich vorzugsweise mit außergewöhnlichen Fällen beschäftigen. Hinter vorgehaltener Hand nennt man Sie ja auch den *Höllengänger*.«

4.

Wenige Tage zuvor

Das Sprechzimmer von Dr. Gisela von Boltenhagen glich einem botanischen Garten. Die Pflanzenvielfalt war beeindruckend. Das Sideboard, auf dem sich zahlreiche medizinische Fachbücher aneinanderreihten, der Schreibtisch aus massivem Eichenholz, ja selbst der helle Laminatfußboden war vollgestellt mit Zimmerpflanzen, die in ihrer Vielfalt perfekt aufeinander abgestimmt waren.

Der Urwald dient wohl zur Beruhigung der Patienten, dachte Daniel Brechter, der es sich auf dem grauen Ledersofa bequem gemacht hatte, das mitten im Behandlungszimmer seiner Psychiaterin stand. Es war bereits sein fünfter Termin bei der Boltenhagen, die wie aus dem Ei gepellt hinter ihrem Schreibtisch saß und ihn lächelnd fixierte.

Brechter vermutete, dass die Boltenhagen bereits Anfang sechzig war, dennoch besaß die hochgewachsene, graziöse Frau mit den langen grauen Haaren und den markanten Wangenknochen eine jugendliche Ausstrahlung, die ihn an ein Engelsbild erinnerte, das er vor langer Zeit in einer florentinischen Kirche bewundert hatte. Und an fürsorgliche Mütter, die ihren Kindern jede noch so dummdreiste Ungehörigkeit mit einem milden Lächeln sofort verziehen. Er kam gut mit ihr zurecht; viel besser als mit dem älteren Arzt, der sich am Anfang der Therapie um Brechters verkorkstes Seelenleben gekümmert hatte.

»Sie haben abgenommen, Herr Brechter?«, fragte Boltenhagen und deutete mit dem Kugelschreiber auf seinen Bauch, der von einem zerknittert wirkenden blauen Kurzarmhemd bedeckt wurde. Sie machte sich während einer Sitzung ständig Notizen, und Brechter hätte nur allzu gern gewusst, was in dem mit einem schwarzen Ledereinband versehenem Notizbuch über ihn stand. Doch vermutlich wäre er entweder an dem medizinischen Kauderwelsch oder an der arzttypisch unleserlichen Handschrift gescheitert, so seine Vermutung.

Brechter, seit jeher ein schmächtiger Typ, verneinte die Frage und räusperte sich.

Boltenhagen sagte nichts. Sie blickte ihn freundlich lächelnd an und schwieg. Brechter, dem ihre weißen, ebenmäßigen Zähne auffielen, hatte sich bereits an die Taktik der Therapeutin gewöhnt, die ihn auf diese Weise aus der Reserve locken wollte. Im Gegenteil: Er fand Gefallen daran, denn dadurch war er es, der das Thema der jeweiligen Sitzung vorgab.

»Und, Frau Boltenhagen?«, fragte er mit fester Stimme. »Was halten Sie von diesem *Morphischen Feld*, von dem ich Ihnen am Ende unserer letzten Sitzung erzählt hatte?«

Sie lehnte sich zurück. »Ich hab mir die Sache mal angeschaut. Es gibt keinerlei Beweise für die Existenz eines derartigen Feldes in der Natur, Herr Brechter.«

»Bollweidenthaler war anderer Meinung«, erwiderte Brechter mit trotziger Stimme.

Sie beugte sich zu ihm nach vorn. »Der ehemalige Polizeipsychologe ...?«

Brechter nickte. »Genau der! Möller hat ihn erschossen, nachdem er mit seinem Wagen in das Haus in Großseedorf hineingefahren war, um mich zu befreien.«

»Ich weiß«, sagte sie sanft. »Aber mein Kollege hatte sicherlich auch keine Beweise für die Existenz des *Morphischen Feldes*; er stand dem nur nicht so skeptisch gegenüber wie ich – vermute ich mal.«

»Bollweidenthaler war alles andere als ein Esoteriker. Er meinte, dass es durchaus möglich wäre, dass zwei Menschen im Traum über dieses Feld kommunizieren könnten. Auch über weite Entfernungen hinweg.«

»Ich habe auch nicht behauptet, dass er ein Esoteriker war«, sagte Boltenhagen. »Die Wissenschaft bietet auch andere mögliche Erklärungen für das Phänomen.«

»Zum Beispiel?«

»Das Modell der Verschränkungszusammenhänge. Hiernach besteht zwischen Menschen, die in einer besonderen Beziehung zueinander stehen, eine extreme Übereinstimmung der Gefühle. Die ticken sozusagen synchron und ahnen, was der andere denkt oder fühlt.«

»Verschränkungszusammenhänge? Hmm ... Sie glauben also nicht an dieses universelle Energiefeld, das alles Bewusstsein miteinander verbindet?«

»Ehrlich gesagt nicht«, antwortete sie nüchtern. »Aber es geht hier ja nicht um mich. Für Sie bietet das *Morphische Feld* offenbar eine Erklärung für den Kontakt zu Wolfgang Möller, diesem ehemaligen Terroristen. In Ihren Träumen ... oder Visionen waren Sie ihm doch gelegentlich begegnet, als dieser Mörder noch am Leben war.« Sie schwieg eine Weile. »Wenn ich das so richtig verstanden habe bei unserer letzten Sitzung? Schließlich wurde die Leiche von Möller nie gefunden, und offiziell ist er nach seiner Flucht aus Großseedorf vermutlich irgendwo untergetaucht.«

Brechter wusste, dass seine Therapeutin der ärztlichen Schweigepflicht unterlag. Er hatte in den letzten Sitzungen bereits mehr von sich preisgegeben, als ihm lieb war, doch das Bedürfnis, sich endlich alles von der Seele zu reden, pochte wie eine riesige Faust gegen die Wand, die sein Innerstes um sich herum aufgebaut hatte. Doch es gab Grenzen ...

»Ich kann mich doch darauf verlassen, dass Ihre Notizen der Schweigepflicht unterliegen?«, fragte Brechter plötzlich.

Sie schrieb in ihr Notizbuch: *Unsicherheit / Misstrauen.* »Natürlich, Herr Brechter. Darüber haben wir doch bereits gesprochen. Ich bin zur absoluten Verschwiegenheit verpflichtet.«

»Ja ... natürlich«, sagte er zögerlich. »Es ist nur so: In meinen Träumen hatte ich *tatsächlich* Kontakt zu Möller, ansonsten wäre ich ja gar nicht auf seine Spur gekommen. Bollweidenthaler hatte da dieses Beispiel mit der liebenden Mutter angeführt, die auf unheimliche Weise spürt, dass ihr Sohn an der Front gefallen ist. Über eben dieses *Morphische Feld,* mittels dem wir alle miteinander verbunden sind. Es ist vermutlich das gleiche Feld, das die Physiker als *Quintessenz* bezeichnen. Ein aus der *dunklen Energie* bestehendes Energiefeld, das das gesamte Universum durchdringt. Normalerweise merkt man nichts davon, doch wenn eine starke emotionale Beziehung vorhanden ist, wie bei der Mutter und dem Sohn, dann kann über dieses Feld auch ein Kontakt erfolgen.«

»Und Sie glauben, dass zwischen Ihnen und Möller damals eine derartige Verbindung bestanden hatte?«

Brechter atmete tief durch. »Stimmt. Keine direkte Kommunikation, aber ich konnte Dinge, verschlüsselte Botschaften und Einzelheiten über ihn sehen, die mich dann letztlich zu seinem Versteck geführt hatten. Und das nicht nur einmal.«

»Und aufgrund welcher emotionalen Beziehung ist diese Verbindung Ihrer Meinung nach zustande gekommen?«

Brechter zögerte. Die Therapeutin bemerkte, dass er einen inneren Kampf auszufechten schien, der sich durchaus in einen unlösbaren Konflikt verwandeln könnte.

»Sie müssen mir nicht antworten«, sagte sie schnell und fügte hinzu: »Gehen wir einmal davon aus, dass Sie tatsächlich Kontakt zu Möller hatten; über dieses *Morphische Feld.* Waren diese Träume unangenehm für Sie?«

»Teilweise schon«, antwortete Brechter. »Ich hatte ja schon immer Albträume, wie Sie wissen, und litt unter Wachträumen, die mit furchterregenden Halluzinationen einhergingen, doch die Sache mit Möller war etwas ganz anderes. Da bin ich mir sicher.«

»Sehen Sie sich denn immer noch diese Horrorfilme an? Das haben Sie doch früher oft getan, wie Sie mir kürzlich erzählten.«

Brechter schaute verlegen drein. »Das Eine hat mit dem Anderen nichts zu tun«, verteidigte er sich. »Ja, ich schau mir gerne gut gemachte Horrorfilme an, aber das hat mit Sicherheit keinen Einfluss auf meine Traumwelt.«

Sie notierte: *Falsche Selbsteinschätzung?* »Das sollte keine Kritik sein, Herr Brechter«, entgegnete sie diplomatisch. »Ich bin mir sicher, dass Sie recht gut zwischen Unterhaltung und Realität unterscheiden können. Allerdings wurden Sie von Möller auf grausame Weise misshandelt und sind dadurch schwer traumatisiert. Da ist es nur verständlich, dass ihr Gehirn nach Auswegen sucht, um das Erlebte irgendwie zu verarbeiten.«

»Sie meinen, ich erfinde eine Geschichte, damit …«, Brechter machte eine Pause, »… ich nicht komplett verrückt werde?«

»Ich würde das nicht so drastisch ausdrücken, aber selbstverständlich können Sie dieser schrecklichen Angelegenheit auf diese Weise eine gewisse Struktur verleihen. Ein verständlicher Selbstschutz.«

»Von dieser Seite habe ich das noch gar nicht gesehen«, sagte er nach kurzem Zögern. »Aber dann wäre vieles reiner Zufall gewesen.«

»… was ja auch nicht unbedingt abwegig ist«, vervollständigte Boltenhagen Brechters Satz auf ihre Weise. »Nichts bestimmt unser Leben mehr als der Zufall.«

Brechter nickte kurz. Es schien keinen Sinn zu machen, die übersinnliche Facette seiner Beziehung zu Möller weiter zu thematisieren. Boltenhagen war diesbezüglich unzugänglich, ja geradezu immun; das hatte er bereits in früheren Sitzungen zu spüren bekommen. Auf der einen Seite fiel es ihm schwer, in der Sache klein beizugeben, andererseits fühlte Brechter sich erleichtert, da es ohnehin einiges gab, das er partout nicht von sich preisgeben wollte.

Zum Beispiel den Grad seiner Beziehung, die ihn mit Möller, dem Monster in Menschengestalt verband. Er wollte auch um jeden Preis vermeiden, über seine ermordete Mutter zu reden, die in ihrer Jugend angeblich ein Mitglied der RAF gewesen sein sollte. Und natürlich durfte niemand, nicht einmal die zur Verschwiegenheit verdonnerte Therapeutin wissen, was genau sich damals in Italien abgespielt hatte, als er mit Hilfe seiner Visionen der Spur Möllers nach Florenz folgen konnte.

Letztendlich geriet die Sache in der wunderschönen toskanischen Stadt vollends außer Kontrolle. Möller stürzte angeschossen in den Fluss *Arno* und tauchte nie wieder auf. Vermutlich war er tot, doch einen Beweis hierfür gab es nicht. Nur eine einzige Person wusste von dem geheimen Zusammentreffen in *Florenz*. Alle anderen, auch die offiziellen Stellen, gingen davon aus, dass sich Wolfgang Möller, der als *Altenheim-Mörder* und *Modellbauer* zu zweifelhaftem Ruhm gekommen war, nach seiner Flucht irgendwo verkrochen hatte.

»Hat schon mal jemand allergisch auf die vielen Pflanzen reagiert?«, fragte Brechter unvermittelt und ließ seinen Blick in die Runde schweifen.

Boltenhagen notierte: *Ablenkung?* »Nein, nicht dass ich wüsste«, antwortete sie wahrheitsgemäß und rekapitulierte im Geiste, was sie heute von ihrem Patienten gehört hatte. Es ging schleppend voran. Sie war sich sicher, dass Brechter immer noch nicht in der Lage war, sich im Kern mit seinen traumatischen Erlebnissen auseinanderzusetzen. Stattdessen flüchtete er in eine metaphysische Scheinwelt, die ein Ventil für seine Angst zu sein schien. So wie die Horrorfilme ein Ventil für die Angst vor seinen eigenen Dämonen war, so erschuf sein Geist eine übersinnliche Erklärung für die Vorfälle, um der Angst entgegenzuwirken, die die Erinnerungen an den Folterkeller in ihm auslöste. Es würde Zeit brauchen, um die Wände dieses vielschichtigen Konstruktes zu durchbrechen.

Boltenhagen entschloss sich, die heutige Sitzung mit einer Frage zu beenden, die bereits bei ihrer ersten Sitzung zur Sprache gekommen war.

»Erzählen sie mir mehr von dem Pakt, Herr Brechter.«

5.

Der Pakt mit einem Geist? War Möller wirklich tot? Hatte sich tatsächlich ein diffuses Fragment des Mörders in Brechters Gehirn niedergelassen, oder entsprach die Version, die er seiner Therapeutin am Ende der Sitzung wie auf einem Silbertablett serviert hatte, eher der Wahrheit?

Der Tod! Vielleicht kam er den Gesetzmäßigkeiten des Todes in diesem Hospiz auf die Schliche? Wenn nicht dort, fragte er sich, wo sonst?

Die Therapiesitzung! Während Daniel Brechter den Dienstwagen durch den quirligen Verkehr der Großstadt lenkte, kam ihm das letzte Gespräch mit seiner Psychiaterin in den Sinn. Die Dame mit dem Engelsgesicht ging davon aus, dass sein Gehirn nach alternativen Lösungen suchte, um sich endgültig aus den Fängen der quälenden Erinnerungen zu befreien.

Ein fataler Irrtum, doch Brechter hielt es für besser, die Boltenhagen in dem Glauben zu lassen, dass sie es war, die den Therapieverlauf kontrollierte. Tatsächlich jedoch befand sich die von sich selbst überzeugte Frau auf dem Holzweg – jedenfalls im Hinblick auf den Zustand seiner Psyche. Seiner Meinung nach irrte sich die Spezialistin gewaltig. Trotzdem kamen ihm die wöchentlichen Sitzungen nicht ungelegen. Er saß gerne auf dieser Coach zwischen all den Pflanzen und beobachtete die Boltenhagen, obwohl einige seiner Geheimnisse nicht für ihre Ohren bestimmt waren.

Diese Frau hatte etwas an sich, das ihn gleichermaßen faszinierte und auf eine besondere Art auch verunsicherte. Es gelang ihr nicht, ihn zu durchschauen, doch ihr unerschütterlicher Glaube an die heilsame Wirkung ihres Handelns schien wie ein unsichtbarer Baldachin über ihnen zu schweben, der sich schützend um seine geschundene Seele legte. Fernab jeder medizinischen Indikationen. Eine wohltuende Atmosphäre der Geborgenheit, die ihm rätselhaft erschien, da er sie sich nicht erklären konnte

Während er den Wagen auf den Parkplatz des Hospizes lenkte, erinnerte er sich an das Kribbeln in seinem Nacken, als sie am Ende der letzten Sitzung auf sein Lieblingsthema zu sprechen kam.

»Erzählen Sie mir mehr von dem Pakt, Herr Brechter.«

»Gern. Also, da war plötzlich diese Präsenz in meinem Kopf.«

»Wann genau?«

»Ungefähr ein Jahr ist das jetzt her.«

»Wie fühlt sich das an?«

»Hm …, schwer zu sagen«, antwortete er zögerlich. »Vielleicht wie ein mysteriöser Untermieter, der die meiste Zeit des Tages verschläft.«

»Und was passiert, wenn ihr … Untermieter aufwacht?«, fragte sie neugierig.

»Wir steigen zusammen hinab.«

»Hinab? Wohin steigen Sie hinab?«

»In die ... Hölle.« Er sah, wie sich ihre Pupillen weiteten.

»Was erleben Sie dort ... in dieser Hölle?«

Es dauerte einige Sekunden, bis er antwortete. »Das ist sehr unterschiedlich. Ich sehe schreckliche Dinge. Grauenvolle Verbrechen, Tatorte voller Blut oder ich fühle die Gedanken geisteskranker Mörder, die voller Hingabe ihre nächste Tat vorbereiten. Ich kann mich in den Täter hineinversetzen, und manchmal auch in das Opfer.«

»Das muss aufhören«, ermahnte sie ihn. »Wir wollen Sie doch von solchen Gedanken befreien.«

»Vielleicht haben Sie sogar Recht«, räumte er ein. »Doch ich kann das Mietverhältnis nicht so ohne weiteres kündigen – außerdem ...«, er machte eine kurze Pause, »... ist es ganz anders, als Sie denken.«

»Inwiefern? Wie meinen Sie das, Herr Brechter?«, fragte sie skeptisch.

»Diese Reisen in die Hölle belasten mich nicht im Geringsten. Ich erlebe das völlig unbeeindruckt, da ich in seinem ... äh ... Windschatten reise. Mann könnte auch sagen, dass er bei unseren Exkursionen als eine Art Gefährte und Beschützer fungiert.«

»*Er*?«

»Na Möller, der *Altenheim-Mörder* und *Modellbauer*. Oder jedenfalls das, was von ihm übrig geblieben ist.«

»Ich habe Sie ja bereits bei unseren letzten Sitzungen gefragt, aber jetzt noch mal: Wir reden schon von dem Mann, der Sie fast zu Tode gefoltert hat?«

»Ja, ja ich weiß, das klingt widersprüchlich«, gab er zu. »Allerdings ist Möller ja ohne meine Zustimmung in meinen Kopf eingedrungen, und … seine Präsenz hat auch Vorteile für mich.«

»Ich erinnere mich. Sie sagten, dass er Ihnen bei der Aufklärung von Verbrechen hilft.«

Brechter nickte. »Beispielsweise kann ich mich jetzt besser in die absonderliche Psyche eines Serienkillers hineinversetzen.«

»Eine klassische Win-win-Situation?«, sagte Boltenhagen ohne äußerliche Regung. »Sie gewähren ihm eine sichere Unterkunft, dafür hilft er Ihnen bei der Aufklärung von Fällen. Jedenfalls sein Geist, denn Möller selbst müsste ja schon lange tot sein, nicht wahr? Sonst wäre er ja nicht in Ihrem Kopf präsent? Das ist also der Pakt?«

»Richtig! Ja, so … könnte man es sehen.«

»Müssten Sie den Mann nicht eigentlich hassen?«, fragte sie, schüttelte den Kopf und fuhr fort: »Nach all dem, was er Ihnen angetan hat!«

»Stimmt … eigentlich schon. Ich kann Ihnen das auch nicht wirklich erklären«, erwiderte Brechter und ließ den zweiten Teil des Satzes »*und ich will es auch gar nicht*« unausgesprochen mitschwingen.

»Na gut, lassen wir es dabei bewenden«, sagte Boltenhagen und blätterte in ihrem Notizbuch, um nach einem freien Termin für ihre nächste Sitzung zu schauen. »In drei Tagen um dieselbe Zeit?«

Brechter nickte. »Das passt.«

»Ich fass das noch mal zusammen, Herr Brechter«, sagte Boltenhagen und legte ihre Stirn in Falten. »Der ehemalige Terrorist und Serienkiller Wolfgang Möller, alias der *Altenheim-Mörder*, alias der *Modellbauer* ist untergetaucht, doch Ihrer Meinung nach vermutlich tot. Sein Geist oder seine Seele ist in ihren Kopf gefahren und wohnt dort seitdem als Untermieter bei Ihnen, ohne dass Sie etwas dagegen unternehmen können. Er lässt Sie weitgehend in Ruhe. Sie behalten die Kontrolle über Ihren Körper, und Ihre eigene Persönlichkeit bleibt unangetastet, doch gelegentlich unternehmen Sie beide eine Reise in die Hölle, wobei sich Möller als eine Art Beschützer einbringt. Diese gedanklichen Ausflüge in die Welt des Verbrechens wirken sich nicht negativ auf Sie aus. Im Gegenteil: Die Erfahrungen, die Sie dort sammeln, helfen Ihnen gegebenenfalls bei der Aufklärung von Verbrechen. Möller ist sozusagen der Fachmann für das Böse in dieser Welt. Im Gegenzug lassen Sie ihn bei sich wohnen und tolerieren seine Präsenz in Ihrem Kopf, obwohl Sie allen Grund dazu hätten, das Monster aus Ihrem Leben zu verbannen.«

Brechter blickte sie schweigend an, während er seine randlose Brille mit den runden Gläsern putzte.

»So ungefähr ist es doch?«, fragte Boltenhagen nach. »Oder habe ich etwas falsch verstanden?«

»Ha ... Ha, ha ... ha!« Brechter fing herzhaft an zu lachen. »Nein. So ist es natürlich nicht. Nein, wirklich, so durchgeknallt bin ich nun auch wieder nicht.«

Boltenhagen fiel der Stift aus der Hand. »Was soll ich davon halten, Herr Brechter«, sagte sie streng. »Sie ziehen hier eine Show ab und erschweren mir dadurch die Behandlung. Also haben Sie sich das alles nur ausgedacht!«

»Na … ja, also im Grunde …«, stammelte Brechter unbeholfen und wirkte dabei wie ein Schuljunge, den man beim Abschreiben erwischt hatte. »So einfach ist es eben doch nicht.«

»Dann erklären Sie es mir. Sie haben noch fünf Minuten«, hörte sich Boltenhagen sagen.

»Selbstverständlich. Ich bitte um Nachsicht«, antwortete Brechter wie aus der Pistole geschossen. »Nun ja, in Wirklichkeit weiß ich natürlich, dass es so was wie den *Serienkiller in meinem Gehirn* gar nicht geben kann. Alles Bullshit – dessen bin ich mir jederzeit bewusst. Möller ist entkommen oder tot und selbst, wenn es so etwas wie eine Seele geben sollte, dann kann sie nach dem Tode nicht einfach in den Körper eines anderen eindringen. Nein, es gibt eine normale Erklärung für das Phänomen. Bei mir liegt eine Art multiple Persönlichkeitsstörung vor, die sich dadurch bemerkbar macht, dass sich zwei Identitäten in meinem Gehirn befinden.«

»Sie haben das alles gegoogelt, was?«, stöhnte Boltenhagen. Wie aus dem Nichts musste sie plötzlich an die Scheidung denken, die sie vor zwei Jahren nach über zwanzig Jahren Ehe eingereicht hatte. Die Sache war längst abgeschlossen, machte ihr aber immer noch zu schaffen.

»Klar hab ich mich informiert«, bestätigte Brechter beflissen. »Dissoziative Störung. Unerträgliche Erfahrungen werden ausgeblendet, indem ein Persönlichkeitsanteil abgespalten wird. Persönlichkeitsspaltung eben, so wie das Jekyll-Hyde-Phänomen. Bei mir ist

Möller eben der Böse und …«

»Ich benötige keine medizinischen Belehrungen von Ihnen, Herr Brechter. Erzählen Sie mir lieber, was das alles soll. Was bezwecken Sie mit diesen Lügengeschichten?«

Brechter sah auf die Uhr: nur noch drei Minuten. »Eigentlich ist es gar keine Lügengeschichte«, sagte er ohne große Überzeugungskraft. »Möller ist zweifelsohne ein Ungeheuer gewesen. Jetzt ist er vielleicht tot, doch die Lebensspur, die er hinterlassen hat, sein Vermächtnis des Grauens, ist immer noch präsent. Irgendetwas von ihm hat sich bei mir eingenistet. Daran glaube ich fest. Und genau hier liegt der Hase im Pfeffer. So wie Sie vielleicht an Gott glauben, so glaube ich an die übersinnliche Version meiner Situation. Ich weiß, dass das nichts mit der Realität zu tun hat, doch der Glaube daran überlagert das Wissen um die tatsächliche Lage, in der ich mich befinde. Der Glaube an meinen Untermieter und der Glaube an den *Pakt* verleiht mir eine gewisse Stabilität; er unterstützt mich dabei, die Fassade meiner Existenz aufrechtzuerhalten und neues Selbstvertrauen zu gewinnen. Und der Glaube daran wächst, da ich immer wieder aufs Neue darin bestätigt werde, dass *tatsächlich* etwas dran sein könnte.«

»Auf welche Weise werden Sie in Ihrem Glauben bestätigt?«

»Die Fähigkeiten, die ich entwickelt habe, kommen ja nicht von ungefähr. Ohne den Altenheim-Mörder in meinem Kopf und ohne diesen Pakt würde ich wohl kaum die Erfolge verzeichnen, die sich seitdem eingestellt haben. Solche Zufälle kann es gar nicht geben.«

Und damit verblassten die Erinnerungen an die Therapiesitzung bei der Boltenhagen, die ihn mit skeptischem Blick verabschiedet hatte, als er ihre Praxis verließ. Er hatte die Türen in sein Innerstes weit geöffnet. Die Frau zählte zu den Profis in ihrem Fach, ohne Frage, doch Brechter war sich nicht sicher, ob es sinnvoll gewesen war, ihr seine Glaubens-These zu offenbaren, zumal es immer noch Einzelheiten in seiner Beziehung zu Möller gab, die er ihr aus gutem Grund verschwieg.

Vor dem Eingangsbereich des Hospizes blieb Brechter stehen und kramte den Zettel von Sänger aus der Jackentasche.

Hinrich Seidelberg, Staatsanwalt a.D, stand dort neben der Anschrift des Hospizes.

Ein pensionierter Staatsanwalt! Vermutlich will er mir Informationen zu einem alten Fall zukommen lassen.

Brechter verstaute den Zettel und blickte sich verunsichert um. Kein Pförtner? Niemand, der ihn kontrollieren wollte? Mit Pflegeheimen und ähnlichen Institutionen hatte er Erfahrung, in einem Hospiz jedoch war er bisher noch nie gewesen.

Beherzt öffnete er die Tür und trat ein.

6.

L icht! Eine unerwartete Helligkeit, die für einen kurzen Moment vergessen ließ, dass dieses Gebäude ausschließlich zum Sterben gebaut worden war.

Daniel Brechter stand auf einem breiten Flur, der einen rechteckigen Innenhof umschloss, in dem sich ein wunderschöner kleiner Garten befand. Die verglasten Innenwände gaben den Blick auf eine liebevoll gestaltete Anlage frei, in der sich neben zahlreichen Bodendeckerpflanzen auch zierliche Gehölze und blühende Büsche befanden. Zwischen den Pflanzen gab es Ansammlungen von hellen, fast weißen Steinen und buntem Kies. Ein verwunschener schmaler Weg schlängelte sich durch die Anlage und verführte den Besucher zu einem kurzen Spaziergang, der am Rande des Gartens auf einer kleinen Terrasse endete, auf der ein runder Tisch und einige Stühle standen.

Die Architektur erinnerte Brechter an die villenartigen Anwesen aus dem römischen Reich, die vorzugsweise von der wohlhabenden Oberschicht bewohnt wurden. Den zentralen Punkt des Atriums bildete ein wuchtiger grauer Findling, aus dessen Oberseite eine Quelle hervorsprudelte. Ein immerwährender Kreislauf, denn das klare Wasser, das die rauen Wände des Monoliths herunterlief, wurde umgehend wieder nach oben gepumpt.

Brechter sah durch die Glaswände und den Garten hindurch und bemerkte die zahlreichen Türen, die zur anderen Seite des Flures abgingen. Hier, so vermutete er, mussten sich die Zimmer der Todgeweihten befinden. Er wandte sich nach links und blieb unentschlossen vor einer Tür stehen, die halb offenstand.

Du musst dich irgendwo anmelden!

Er schob die Tür auf und warf einen Blick in den großen, mit hellen Möbeln ausgestatteten Raum, der ihn an ein Lehrerzimmer aus der Schulzeit erinnerte. An der Tischformation saßen zwei Frauen, die aufmerksam die Köpfe hoben, als sie den Besucher bemerkten.

»Was können wir für Sie tun?«, fragte eine von ihnen und legte ein gewaltiges Stück Papier beiseite, auf dem Brechter ein tabellenartiges Konstrukt identifizierte.

Vermutlich ein Dienstplan oder etwas Ähnliches.

»Ich wollte zu Herrn Seidelberg«, entgegnete Brechter souverän und trat vollends ein. »Daniel Brechter … vom Landeskriminalamt Hamburg.«

»Ah ja, der Herr von der Polizei«, sagte die füllige Frau mit den blonden Locken. »Herr Seidelberg erwartete Sie bereits. Er liegt in Zimmer neun. Falls er auf ihr Klopfen nicht reagiert, sagen Sie uns bitte Bescheid.«

»Selbstverständlich«, sagte er zögerlich. »Äh …«

»Haben Sie noch eine Frage?«, kam ihm die Frau

zuvor, die offensichtlich zum Pflegepersonal gehörte.

»Muss ich da irgendetwas beachten?«

»Nein«, beruhigte sie ihn. »Falls etwas sein sollte, kommen Sie zu mir. Und der Gast hat ja zusätzlich auch noch einen Klingelknopf am Bett.«

Der Gast!

In diesen Betten lagen keine Patienten, sondern Gäste. Brechter hatte schon davon gehört, dass sich die Hospize von den Krankenhäusern streng abzugrenzen versuchten. Hier wurde alles getan, um dem Menschen am Ende seines Lebens einen würdevollen und schmerzfreien Abschied von dieser Welt zu gewährleisten. Speziell ausgebildetes Pflegepersonal, Ärzte und auch ehrenamtliche Mitarbeiter waren rund um die Uhr bemüht, die Lebensqualität ihrer Schützlinge auf einem hohen Standard zu halten.

Auch wenn es sich hierbei manchmal nur noch um wenige Tage handelte, die den Gästen im Hospiz verblieben. Die Krankheiten, unter denen diese Menschen litten, waren nicht aufzuhalten, doch die professionelle Pflege, die schmerzstillenden Medikamente und die Erfüllung allerlei Sonderwünsche linderten ihre Beschwerden, sodass diese schwierige Phase des Lebens etwas von ihrem Furcht einflößenden Grauen verlor.

»Vielen Dank.« Brechter verließ den Besprechungsraum und ging an den roten Türen vorbei, den Blick immer wieder voller Neugierde in das Atrium gerichtet, in dem sich ständig neue botanische Variationen entdecken ließen. Die Anlage besaß lediglich sechzehn Gästezimmer, und bereits nach kurzer Zeit stand Brechter vor Seidelbergs Tür. Ihm fiel auf, dass ein künstlicher Schmetterling an dem Namensschild des Nebenzimmers angebracht war, der in allen Farben des Regenbogens schimmerte. Während er darüber nachdachte, was es mit diesem Symbol auf sich hatte, klopfte er gegen die massive Tür und wartete.

»Herein!«, rief eine feste Stimme, gefolgt von einem röchelnden Husten.

Brechter war überrascht. Er hatte mit einem kaum hörbaren Stöhnen gerechnet, so wie es Menschen wohl tun, wenn sie im Sterben liegen, doch diese Stimme klang so lebendig wie die seines Chefs, wenn er schlechte Laune hatte. Er trat ein, ging an der Nasszelle vorbei und betrat einen kleinen, lichtdurchfluteten Raum, in dem sich das Pflegebett, ein Nachttischchen, ein Sideboard, ein kleiner Tisch mit zwei Stühlen und ein Einbauschrank für die Kleidung befanden. Eine der beiden hinteren Terrassentüren stand einen Spalt offen, sodass er die warme Juliluft auf seiner Haut spüren konnte. Das Jackett hatte er im Auto gelassen, und obwohl das blaue, kurzärmelige Sommerhemd luftig geschnitten war, trat ihm plötzlich der Schweiß auf die Stirn.

Was hier trotz aller Annehmlichkeiten fehlt ist eine Klimaanlage, dachte Brechter und wollte sich gerade dem Mann vorstellen, der ihn teilnahmslos aus dem Bett heraus betrachtete.

»Sie müssen dieser Brechter sein?«, eröffnete Seidelberg das Gespräch. »Nehmen Sie sich einen Stuhl und setzen Sie sich zu mir ans Bett. Ich stehe nur ungerne auf.«

Brechter tat, was der Mann von ihm verlangte. Als

er den Stuhl neben dem Bett positionierte, musterte er das Gesicht des ehemaligen Staatsanwaltes. Die Krankheit hatte ihn schwer gezeichnet. Unter der grauen, lederartigen Haut zeichneten sich spitze Wangenknochen ab. Die glasigen Augen lagen tief in ihren Höhlen, und sämtliche Haare, selbst die Augenbrauen, waren ausgefallen.

»Sie haben Recht, Herr Seidelberg«, sagte Brechter, als er es sich auf dem hölzernen Stuhl bequem gemacht hatte. »Mein Name ist Daniel Brechter. Landeskriminalamt Hamburg.«

Seidelberg nickte nur.

»Tut mir leid, das mit Ihrer Krankheit ...« Brechter hob unbeholfen die Schulter.

»Ersparen Sie uns das«, unterbrach Seidelberg ihn. »Pankreaskarzinom ... im Endstadium. Doch ich kann mich nicht beklagen. Mit sechsundsiebzig kann ich auf ein relativ langes Leben zurückblicken. Mit Höhen und Tiefen.«

»Warum wollten Sie gerade *mich* sprechen?«, fragte Brechter.

Seidelberg drückte auf einen Knopf an der Fernbedienung, die neben ihm auf dem Bett lag. Das Kopfende seines Bettes hob sich surrend an und brachte ihn in eine bequeme sitzende Position.

»Ich habe noch ein paar Kontakte zur Behörde«, erwiderte er langsam. »Die Geschichten, die man über Sie erzählt, gefallen mir. Sie sind ein ziemlich durchgeknallter Bursche, nicht wahr?«

»Ich ... äh ... wie meinen Sie das?«

Seidelberg lächelte gequält. »Ach, nun tun Sie mal

nicht so unschuldig, Herr Brechter. Alle Welt weiß doch, dass Sie auf das Übersinnliche, das Böse, die Hölle und den ganzen abscheulichen Kram abfahren. Sie haben ihm ja auch Auge in Auge gegenübergestanden: dem Bösen in Person.«

»Was wollen Sie mir denn eigentlich anvertrauen?«, fragte Brechter schnell, um das Thema zu wechseln.

»Sie sollen einen Mörder für mich finden.«

»So etwas in der Art hatte ich mir schon gedacht.«

Es trat eine Pause in ihrem Gespräch ein, die Brechter ein wenig peinlich war, nicht aber seinem Gegenüber.

»Was wissen Sie über Nekrophilie, Herr Brechter?«, fragte Seidelberg plötzlich mit matter Stimme und griff zu dem Glas Wasser, das auf dem Nachttisch stand. »Was wissen Sie über diesen ekelerregenden Sumpf des Verbrechens?«

7.

Der Fall *Daniel Brechter* bereitete ihr immer noch Kopfzerbrechen, obwohl der sympathische Polizeibeamte mit den roten Haaren während ihrer wöchentlichen Sitzungen einen stabilen Eindruck auf sie gemacht hatte. Dem selbstgefälligen Katz-und-Maus-Spiel, in dem er sich ihr gegenüber als sein eigener Psychoanalytiker präsentierte, schenkte die Boltenhagen keine besondere Beachtung.

Sie blickte aus dem Fenster ihres Büros auf den Fleet, der sich durch den Hamburger Stadtteil Winterhude schlängelte, und ließ sich in den Stuhl zurückfallen. *Er weiß, dass er krank ist, glaubt aber vehement an die Variante mit dem Serienkiller in seinem Kopf, mit dem er sich arrangiert hat, um dessen Fähigkeiten für die Verbrechensbekämpfung zu nutzen. Hmm …*

Ein bemerkenswertes Verhalten, zumal sich der Patient aus der Distanz heraus selbst analysierte, doch Boltenhagen sah kein größeres medizinisches Problem darin. Im Gegenteil: Die Art und Weise, wie er mit der Situation umging, sprach für seine robuste Anpassungsfähigkeit. Depressionen sahen anders aus. Die Strategie der Verinnerlichung seines Peinigers war zwar ungewöhnlich, aber durchaus hilfreich, da es ihn aus der Passivität in eine aktive Rolle der Auseinandersetzung führte.

Allerdings schien dies nur die halbe Wahrheit zu sein. Der Mechanismus der Abspaltung schützte ihn, konnte aber auch zu einer Dissoziativen Identitätsstörung führen, die letztlich nicht mehr kontrollierbar wäre. Brechter würde zwischen den gespaltenen Teilen seiner Persönlichkeit hin- und herspringen, ohne dass es ihm dann noch bewusst wäre. Eine fatale Entwicklung, die sie auf jeden Fall verhindern musste.

Außerdem: Er verheimlichte ihr etwas. Die erfahrene Therapeutin war sich sicher, doch entweder gab es einen triftigen Grund für sein Schweigen, oder es handelte sich hierbei um traumatisierende Erfahrungen, über die er einfach noch nicht reden konnte. Vielleicht waren diese seelischen Verletzungen auch von einer beträchtlichen Intensität, sodass er sie förmlich verdrängen *musste*.

Viele der Grausamkeiten, die Möller Brechter in seinem düsteren Keller angetan hatte, waren bereits in ihren Gesprächen thematisiert worden. Vieles hatte er sich von der Seele geredet, doch manchmal kam es ihr vor, als wenn er Teile seiner Geschichte verbal umschiffen wollte, vor deren Existenz er eine panische Angst zu haben schien.

Sie spielte mit dem Gedanken, ihren Patienten aus der Reserve zu locken. Eine Vorgehensweise, die mit gewissen Risiken verbunden war. Schließlich stand das Vertrauensverhältnis zwischen Arzt und Patient auf dem Spiel, ohne das eine zielführende Behandlung kaum noch möglich sein würde. Auf der anderen Seite war es irgendwann dringend geboten, die traumatischen Erinnerungen vollständig zu bearbeiten, um letztendlich eine Integration des Erlebten zur Wiederherstellung der Identität zu erreichen. Schließlich könnte es zu Folgestörungen kommen, wenn sich tatsächlich eine Dissoziative Identitätsstörung bei Brechter etablieren sollte. Eine schwere Depression oder Suizidgedanken.

Hier war Fingerspitzengefühl von Nöten. Wenn überhaupt intervenieren, dann nur unter der Voraussetzung, dass sie in den Besitz weiterer Informationen gelangte, die es ihr erlaubten, ihren Patienten mit unumstößlichen Realitäten zu konfrontieren.

Was war damals wirklich geschehen? Warum wich Brechter der Frage nach seinem Verhältnis zu Möller aus? Von Seiten der Polizei war keine Unterstützung zu erwarten; sämtliche Akten wurden unter Verschluss gehalten. Gleich zu Beginn der Therapie hatte sie eine entsprechende Anfrage an die Personalabteilung der Polizei gestellt – doch Fehlanzeige! Aber wie weit konnte sie gehen; wo lagen die Grenzen des Zumutbaren?

Es war immer das gleiche Dilemma.

Fast jeder glaubte an die unfehlbaren, analytischen Fähigkeiten einer erfahrenen Ärztin, die derartige Qualifikationen vorzuweisen hatte, doch die Realität sah anders aus. Nicht selten bewegte sie sich in einer undefinierbaren Grauzone, in der es keine eindeutige Diagnose gab – und somit auch keine einfache Therapie. Sie stocherte im Nebel herum, musste improvisieren, und es konnte leicht passieren, dass sie über- oder unterreagierte, was die Wahl ihrer Therapiestrategie betraf. Ein unbefriedigender Zustand, der insbesondere dann eintrat, wenn der Patient nicht bereit war, sich ihr gegenüber zu öffnen. Die voreilige Gabe von Medikamenten lehnte sie strikt ab, allerdings gab es andere Grenzen, die Dr. Gisela von Boltenhagen manchmal überschritt.

Unkonventionelle Methoden erlaubten es ihr, Erfolge zu verzeichnen, von denen andere nur träumten. Doch wie immer gab es auch hierfür einen Preis zu bezahlen, der ihr teuer zu stehen kommen konnte. Schließlich bestand die Möglichkeit, dass etwas außer Kontrolle geriet; etwas, das sich im Nachhinein nicht wieder einrenken ließ.

Sie öffnete die Schublade ihres Schreibtisches, nahm Brechters Krankenakte zur Hand und blätterte darin herum. *Hatte er nicht letztes Jahr geheiratet?*

Bingo! Gleich in der ersten Sitzung erzählte er ihr von seiner Trauung, die das Paar klammheimlich im Sommerurlaub vollzogen hatte. Und von seiner Frau, mit der er bereits vor der Hochzeit seit Jahren zusammenlebte.

Boltenhagen erinnerte sich: *Clara Sommer. Genau, sie hat ihren Mädchennamen behalten. Clara Sommer ist Brechters Frau. Ich könnte versuchen, einiges von ihr zu erfahren.*

Sie betrat dünnes Eis, denn selbstverständlich durfte er nichts davon erfahren, sofern Frau Sommer das Spiel überhaupt mitspielen würde. Erfahrungsgemäß war der jeweilige Ehepartner aber nicht abgeneigt, denn von einer erfolgreich abgeschlossenen Therapie profitierten auch jene, die sich zum Umfeld des Patienten zählten – insbesondere die Ehepartner.

Sie wird neugierig sein, dachte Boltenhagen. *Ich präsentiere ihr gleich zu Beginn die Fortschritte, die ihr Mann bereits gemacht hat; das wird sie beruhigen. Dann bitte ich sie um ein Gespräch unter vier Augen – von Frau zu Frau.*

Boltenhagen nahm sich vor, behutsam zu agieren. Es durfte auf keinen Fall der Eindruck entstehen, dass sie Frau Sommer unter Druck setzen wollte. Sie würde einfach so tun, als ob es dazugehört, sich auf diese Weise ein Gesamtbild über das Umfeld des Patienten zu verschaffen. Selbstverständlich innerhalb von Grenzen, denn jeder hatte das Recht auf eine geschützte Privatsphäre. Es lag in den Händen von Clara Sommer, welchen Einblick sie ihr in das eigene Privatleben gewähren würde. Allerdings beherrschte die Boltenhagen Techniken, die verschlossene Gesprächspartner in wahre Plaudertaschen verwandelte.

8.

Brechters Blick schweifte durch den lichtdurchfluteten Raum. Ein schwarzes Klavier, ein grünes Möbelstück, das wie ein antiker Bauernschrank aussah, eine Küchenzeile, die als Raumteiler fungierte, und mehrere Tische mit Stühlen, die sich wahllos über den ganzen Raum verteilten. Die Cafeteria im Hospiz war großzügig geschnitten und geschmackvoll eingerichtet.

Daniel Brechter saß an einem der Tische und blickte durch die verglaste Außenwand hinüber auf das benachbarte Krankenhausgebäude. Er war der einzige Besucher, der sich momentan in der Cafeteria aufhielt. Ab und zu schlürfte er nachdenklich an seinem Kaffeebecher und blickte auf die Uhr, die über dem Klavier an der Wand hing.

Zehn Minuten. Länger sollte der Austausch der Spritze nicht dauern, die sich im *Perfusor* befand und über die kontinuierlich schmerzstillende Medikamente in den Körper von Seidelberg gepumpt wurden. Als das Infusionsgerät zu piepen anfing – und damit den alsbaldigen Verbrauch des Spritzeninhaltes signalisierte – kam eine der Pflegekräfte vorbei und bat ihn freundlich, vorübergehend das Zimmer zu verlassen.

Seltsamer Typ, dieser ehemalige Staatsanwalt.

Bisher hatte Brechter nichts von ihm erfahren, mit dem sich einer der alten Fälle neu beleben ließ.

Nekrophilie? Das Verlangen nach Sex mit Leichen. Ekelhaft, aber kein Kapitalverbrechen.

Als er Seidelbergs Zimmer erneut betrat, erwartete ihn ein aufgekratzter, ungewöhnlich fahrig wirkender Gesprächspartner, der wie ausgewechselt erschien. Brechter dachte sich nichts dabei, setzte sich auf den Besucherstuhl und blickte Seidelberg in die getrübten Augen.

»Ich soll also einen Mörder finden?«, fragte Brechter. »Ein alter Fall aus Ihrer aktiven Zeit, nehme ich an?«

»Vierzig Jahre alt«, bestätigte Seidelberg.

»Vierzig Jahre!« Brechter stieß einen leisen Pfiff aus und kratzte sich am Kopf. »Nun ja, Mord verjährt bekanntlich nicht.«

»Der *Glasaugen-Mörder* tötete in Hamburg und Umland von 1977 bis 1978 insgesamt fünf Frauen«, sagte Seidelberg matt. »Er wurde nie gefasst. Haben Sie davon gehört?«

»Glasaugen-Mörder ...! Hmm ... Vielleicht ist der Täter längst tot?«, spekulierte Brechter, ohne auf die Frage näher einzugehen. Es war ihm irgendwie peinlich, als Hamburger Kriminalbeamter noch nie etwas von dieser Mordserie aus den 1970er Jahren gehört zu haben.

»Möglich, aber unwahrscheinlich«, nuschelte Seidelberg. »Er ist jetzt um die siebzig.«

»Ich kann der Sache ja mal nachgehen«, wich

Brechter aus. »Die alten Akten müssen noch irgendwo in der Registratur lagern. Gibt es denn zwischenzeitlich neue Erkenntnisse?«

»Eigentlich nicht. Sie werden auch nicht viel finden. Die Fallakte, Beweismittel, Zeugenaussagen: Fast alles ist nicht mehr auffindbar.«

»Wieso sind Sie da so sicher?«, fragte Brechter verblüfft.

»Weil ich selbst dafür gesorgt habe, dass der *Glasaugen-Mörder* unbehelligt blieb.«

»Sie haben was …?«, fragte Brechter verwirrt.

Seidelberg blickte gedankenverloren aus dem Fenster. Er schien in sich selbst versunken zu sein, antwortete dann aber schließlich. »In meiner Eigenschaft als Staatsanwalt habe ich dafür gesorgt, dass der Killer nie zur Rechenschaft gezogen wurde. Mehr noch: Ich habe es zugelassen, dass er fünf Morde beging, obwohl durchaus die Möglichkeit bestanden hätte, zumindest einen Teil dieser Morde zu verhindern.«

Brechter war sprachlos. Dieses Treffen verlief gänzlich anders als erwartet.

»Ich nehme an, Sie hatten einen triftigen Grund für Ihr … äh, ungewöhnliches Verhalten?«, fragte Brechter kühl.

»Natürlich«, antwortete Seidelberg matt. »Allerdings ging es dabei ausschließlich um die Befriedigung meiner eigenen Bedürfnisse.«

»Bedürfnisse …?«, bohrte Brechter nach.

»Die Befriedigung meiner sexuellen Neigung, der Nekrophilie.«

Brechter begriff schlagartig, dass er an dem Sterbebett eines Monstrums saß. Ausgerechnet hier, in einem Hospiz; an einem Ort, an dem die Schwächsten der Schwachen auf ihr baldiges Ende warteten, ein Ort, an dem Begriffe wie Liebe, Mitleid, Anteilnahme, Bedauern, Empathie und Behutsamkeit den täglichen Umgang miteinander prägten, ausgerechnet hier traf er auf ein Ungeheuer, das sich am Tod anderer Menschen berauscht hatte.

»Und jetzt wollen Sie sich am Ende Ihres Lebens reinwaschen und den Mörder, den Sie aus Eigennutz verschont hatten, doch noch hinter Gitter bringen, nicht wahr?« Brechters Stimme verblasste zu einem Flüstern. Er war im Begriff zu gehen, setzte sich aber wieder hin, als Seidelberg ihn darum bat.

»Wenn es so etwas wie eine Hölle geben sollte, dann wartet sie auf mich«, sagte Seidelberg trotzig. »Dessen bin ich mir bewusst. Nein, keine Läuterung. Tatsache ist, dass ich diesen ganzen Scheiß einfach verdrängt hatte. Der Trieb ließ sich mit Medikamenten dämpfen, und alles andere hab ich in die unterste Schublade meines Unterbewusstseins verbannt und dann den Schlüssel weggeworfen. Und jetzt …«

»Und jetzt ist diese Schublade ganz von alleine wieder aufgegangen«, vervollständigte Brechter Seidelbergs Satz.

Seidelberg nickte. »Jetzt holt mich meine verabscheuungswürdige Vergangenheit wieder ein. Ich kann gar nicht schnell genug sterben, um dem Teufelskreis der Erinnerungen zu entkommen.«

»Geschieht Ihnen recht.«

»Mir ist schon klar, dass Sie mich für Abschaum

halten«, gab Seidelberg mit schmerzverzerrtem Gesicht zu. »Doch wie fällt nun Ihre Antwort aus? Gehen Sie auf die Suche nach dem Glasaugen-Mörder?«

Brechter saß schweigend da und überlegte. Ein vierzig Jahre alter Fall, in den ein ehemaliger Staatsanwalt verwickelt war. Fünf bestialische Morde, deren Ermittlungen vertuscht worden waren. Trotz der langen Zeit dürfte es einen Riesenskandal geben, sofern es ihm gelingen würde, Licht in das Dunkel dieses abscheulichen Verbrechens zu bringen. Unterstützung war angeraten, falls er grünes Licht von Kriminaloberrat Sänger bekommen sollte, doch im Prinzip kam ihm der Fall nicht ungelegen. Das stupide Durchackern der alten Akten war stumpfsinnig und brachte kaum Ergebnisse. Außerdem spürte er tief in seinem Inneren ein seltsames Rumoren, so als wenn sich sein zweites *Ich* zu Wort melden wollte.

Ein untrügliches Zeichen …

Der *Untermieter* in seinem Kopf schien Blut geleckt zu haben. In diesem Fall fiel die Entscheidung leicht, da er aller Voraussicht nach nicht auf sich allein gestellt war, sondern auf die fachkundige Unterstützung durch sein zweites *Ich* hoffen konnte. Um einen Mörder zu finden, gab es nichts Besseres als die Anwesenheit eines anderen Mörders.

»Ich benötige mehr Informationen«, verlangte Brechter barsch.

»Was wollen Sie wissen?«, fragte Seidelberg.

»Warum das alles …? Nur, weil Ihnen Ihre eigenen Sauereien wieder ins Gedächtnis gerufen werden?«

»Quälende Träume. Und … ich sehe sie überall. Die

toten Frauen. Ich ... Allerdings: Wenn mir Ihre Geschichte nicht zu Ohren gekommen wäre, hätte ich vermutlich nichts unternommen.«

»Sie meinen, jemand anderen hätten Sie nicht ins Vertrauen gezogen?«

»Nein, ich hätte viel zu viel Angst davor gehabt.«

»Wann fing das an ... und wie?«

»Das war ... Siebenundsiebzig, im Oktober. Wir sind uns in einem Kino begegnet. Zu diesem Zeitpunkt hatte er bereits seinen ersten Mord begangen, doch davon wusste ich damals nichts.«

»Sie haben dann mit ihm zusammengearbeitet?«

»Indirekt ja. Die Vereinbarung war schon eine äußerst ... seltsame Angelegenheit. Wir sind uns nur an diesem einen Kino-Abend begegnet, danach niemals wieder. Kommuniziert haben wir über einen toten Briefkasten.«

»Toter Briefkasten ...? Wo?«

»Auf dem Areal der alten Brauerei. Es handelte sich um einen Sicherungskasten, doch Sie werden nichts mehr davon finden. Auf dem Gelände steht heute das Bürogebäude der Landesversicherungsanstalt.«

»Haben Sie ihn mit den Morden beauftragt, um Sex mit toten Frauen zu haben?«

»Nein. Ich bin vielleicht ein perverses Schwein, aber er tötete nicht in meinem Auftrag. Seine Morde begann er vermutlich aus persönlichen Gründen, die mir allerdings nicht hinreichend bekannt sind. Vielleicht hatte er einfach Spaß daran; ich wollte das gar nicht wissen. Über den Briefkasten erhielt ich die Information, an welchem Ort er die jeweilige Leiche für mich platziert hatte. In der Nacht ging ich hin, befriedigte mein Verlangen und hinterlegte am Tage darauf die vereinbarte Summe in dem Briefkasten. Ja, ich war verrückt nach Sex mit toten Frauen, doch mit den Morden direkt hatte ich nichts zu tun.«

»Sie haben ihm Geld gegeben?«

»Ja, aber nicht für die Morde, sondern für das Zurverfügungstellen der Leichen. Außerdem: Sonderlich viel hatte er nicht verlangt. Schon komisch, denn er hatte mich ja in der Hand.«

»Genau wie Sie ihn in der Hand hatten!«

»So gesehen haben Sie Recht.«

»Es folgten dann also vier weitere Morde? Immer nach dem gleichen Schema?«

»Stimmt. Bis in den Winter achtundsiebzig hinein. Er beging insgesamt fünf Morde, an vier davon war ich – im Nachhinein – beteiligt.«

»Und als Staatsanwalt haben Sie dafür gesorgt, dass die Ermittlungen im Sande verliefen?«

»Im Rahmen meiner Möglichkeiten habe ich die Nachforschungen erschwert oder in eine falsche Richtung gelenkt.«

»Unfassbar! Und da ist niemand misstrauisch geworden? Die leitenden Kriminalbeamten oder ihre eigene Behördenleitung?«

»Damals lief das alles noch etwas anders als heute. Glauben Sie mir: Der Behördenapparat war schwerfällig, schlecht ausgestattet und es galt die Devise, dass eine Hand die andere wäscht.«

»Und was war mit diesen Glasaugen?«

»Er hat seine Opfer immer auf irgendwelchen einsamen Wegen überfallen und erdrosselt, zumeist in der Dunkelheit. Dann muss er sie vermutlich in sein Fahrzeug verbracht haben, das er in der Nähe des Tatortes abgestellt hatte. Ich vermute, er hatte einen kleinen Transporter oder etwas Ähnliches. Dort hat er ihnen dann die Augen herausgeschnitten und sie durch Glasaugen ersetzt.«

»Großer Gott!«

»Danach brachte er sie an den vereinbarten Ort, an dem ich dann ungestört in Erscheinung treten konnte. Gesehen hab ich ihn dort allerdings nie.«

»Welche Orte waren das?«

»Immer verschiedene Positionen. Lauben in Schrebergärten, Baustellenwagen, Abrisshäuser und so weiter. Ich kann mich diesbezüglich an keinen der Orte so richtig erinnern.«

»Und dort wurden dann die Leichen irgendwann von der Polizei aufgefunden.«

»Genau. Manchmal erst nach Tagen oder Wochen.«

»Haben Sie sich bei Ihren ... äh ... Aktivitäten nie daran gestört, dass die getöteten Frauen keine richtigen Augen mehr hatten, sondern Glasaugen?«

»Eigentlich nicht. In dem Dämmerlicht meiner Taschenlampe ist das nicht weiter aufgefallen. Ich war ja damals wie besessen.«

»Warum war dann auf einmal Schluss?«

»Bei der letzten Leiche habe ich ein Glasauge mitgenommen. Es stand dann auch in der Zeitung, dass die Tote diesmal mit nur einem Glasauge aufgefunden wurde. Der tote Briefkasten blieb fortan leer. Es gab auch keine weiteren Morde, kein Kontakt, nichts.

Funkstille. Auch anderswo hat niemand mehr auf diese Art gemordet.«

»Sie haben aus dem Gesicht der fünften Leiche eines der künstlichen Augen entfernt? Das ist ja furchtbar, warum haben Sie das getan?«

»Es …, ich … war ziemlich unkontrolliert in meinen … Handlungen, da ist wohl eines herausgefallen. Plötzlich lag es da auf dem Fußboden und …«

»Sie waren irritiert und haben es einfach mitgenommen.«

»Ja. Ich hab mir gar nichts dabei gedacht. Nur, dass ich es nicht in die Augenhöhle der Frau zurückdrücken könnte. Rumliegen lassen wollte ich es aber auch nicht, also hab ich es eingesteckt.«

Brechter verschlug es die Sprache.

»Sie fragen sich sicher gerade, was ich wohl für ein abscheuliches Monster bin?«, sagte Seidelberg kraftlos.

»Da liegen Sie gar nicht so falsch.«

»Ich habe es mir nicht ausgesucht, mit so einer perversen Neigung geboren worden zu sein, aber es stimmt schon: Ich hätte das nicht tun müssen. Es gibt immer noch so etwas wie einen freien Willen. Ein Trieb ist kontrollierbar, wenn man ihm widerstehen will. Jedenfalls gilt das für einen vernunftbegabten Menschen.«

»Mir kommen gleich die Tränen«, sagte Brechter in einem zynischen Tonfall.

»Ehrlich gesagt kann ich nicht mal behaupten, dass ich die ganze Sache besonders bereue. Eine Zeit lang konnte ich meine Begierde ausleben, und insgesamt betrachtet hatte ich ein durchaus zufriedenstellendes

Leben. Ich habe ein respektables Alter erreicht und werde hier im Hospiz wohlbehütet hinübergleiten. Wohin auch immer.«

Brechter schüttelte den Kopf. »Das es so etwas wie Gerechtigkeit auf dieser Welt nicht gibt, war mir schon bewusst, doch ihre Geschichte ist … ohne Worte. Und zu viele Verbrechen bleiben ungesühnt.«

Sie schwiegen eine Weile.

»Und? Machen Sie sich jetzt auf die Suche?«, fragte Seidelberg erneut.

Brechter ignorierte seine Frage. »Haben Sie eigentlich Angehörige?«

»Nein, da ist niemand.«

»Na gut«, befand Brechter. »Ich lass mir das mal durch den Kopf gehen.«

»Bitte … geben Sie mir eine Antwort, mit der ich etwas anfangen kann.« Seidelbergs Augen nahmen einen flehentlichen Ausdruck an. »Dann gebe ich Ihnen noch etwas mit auf den Weg, das Sie vielleicht weiterbringt.«

»Und was soll das sein?«

Seidelberg betätigte die Fernbedienung, sodass sich das Rückenteil seines Bettes noch etwas anhob, dann öffnete er die Schublade seines Nachttisches und nahm eine kleine blaue Kulturtasche heraus, dessen Vorderseite das Bild eines Schiffsruders zierte. Mit zitternder Hand kramte er darin herum und präsentierte Brechter das Glasauge, das er bei seinem letzten Leichenbesuch mitgenommen hatte.

»Sieht irgendwie billig aus«, kommentierte Brechter skeptisch, als er das Auge in sein Taschentuch legte.

»Verständlicherweise«, sagte Seidelberg. »Mundgeblasene detailgetreue Menschenaugen werden von Ocularisten angefertigt und sind relativ teuer. Meiner Meinung nach sind das hier menschenähnliche, recht gut gemachte Puppenaugen. Keine Schrottware, aber deutlich billiger als echte Augenprothesen, die als kosmetischer Augenersatz eingesetzt werden.«

»Ist das alles?«, fragte Brechter abrupt.

»Nicht ganz«, sagte Seidelberg gequält. »Vor gut zehn Jahren hatte es mich in eine heruntergekommene Kneipe namens *Dicker Schwein* verschlagen. Dort …«

»Dicker Schwein?«, unterbrach Brechter ihn und grinste mit zusammengekniffenen Augen. »Nie gehört.«

»Wie gesagt: eine Kneipe oder eher schon eine abrissgefährdete Bruchbude für Alkoholiker und sonstige Loser jedweder Couleur. War früher ein beliebter Treffpunkt für die Arbeiter aus den Schlachthöfen. In der Nähe der *Roten Flora*, Schulterblatt äh …, Nummer hab ich vergessen.«

»Und was war nun in dieser Kneipe?«

»Mir war so, als hätte ich *ihn* dort gesehen. Er hat ne große Warze im Gesicht und …«

»Hmm …, viele Leute haben Warzen im Gesicht.«

»Ich weiß«, stöhnte Seidelberg. »Es war ja auch nur so ein Gefühl. Ich war betrunken, und im nächsten Moment war er auch schon aus meinem Blickfeld verschwunden, doch aus irgendeinem Grund war ich mir damals sicher, dass es der Glasaugen-Mörder gewesen war. Vielleicht gibt es die Kneipe ja immer noch, dann bestünde doch die Möglichkeit …«

»Warum haben Sie eigentlich nie einen Privatdetektiv engagiert«, wollte Brechter wissen.

Seidelberg zuckte mit den Schultern und blickte zur Decke, so als ob dort oben die Erlösung auf ihn warten würde. »Manchmal überkommt mich eine unstillbare Sehnsucht, und ich weiß noch nicht einmal, wonach. Finden Sie das unangebracht für einen wie mich, Herr Brechter?«

Brechter antwortete nicht.

»Ich weiß nicht, was ich Ihnen darauf erwidern soll«, sagte er schließlich. Gedankenverloren starrte er minutenlang auf das Glasauge, dann faltete er das Taschentuch zusammen und steckte es in seine Jackentasche. Er stand auf und blickte hinaus auf die Grünfläche, die sich hinter dem Hospiz erstreckte. »Sie sprachen von einer Warze im Gesicht des Mannes, den ich suchen soll. Können Sie mir sonst noch etwas über den Frauenmörder sagen?«

»Leider nicht, ich …«, begann Seidelberg verwirrt. »Das ist vierzig Jahre her, ich kann mich nicht erinnern. Außerdem: Der Mann sieht heute wohl völlig anders aus. Vielleicht hat er sich die Warze auch entfernen lassen?«

»Wir werden sehen«, sagte Brechter und deutete auf das leere Wasserglas, das auf Seidelbergs Nachttisch stand. »Das Glas nehme ich mit. Wegen der Fingerabdrücke.«

»Sie machen sich also auf die Suche?«, rief Seidelberg ihm hinterher.

»Wir werden sehen.«

9.

Zehn. Es waren zehn, die sich im fragilen Spiel der Balance bewegten. Sie hingen an Fäden und bildeten ein fein justiertes, zusammenhängendes Gebilde, das sich immer wieder von selbst in das Gleichgewicht brachte. Sie schienen ihn zu beobachten. Er hob die Hand, griff in das Objekt hinein und drehte es vorsichtig um die eigene Achse.

Der bärtige Mann lag auf dem Bett und starrte fasziniert auf das feingliedrige Kunstwerk, das über ihm an einem Faden von der Decke hing. Fast sah es so aus, als wenn sich seine Blicke mit denen der Zehn treffen würden. Es gab eine Verbindung, ein stummes Band der Gegenseitigkeit, hinter dem sich ein Abgrund zu verbergen schien.

Ihre Blicke klagten ihn an.

Sie tanzen über dem Mann, und er hatte das Gefühl, dass sie ihm stumme Schreie der Verachtung entgegenschleuderten, so als wollten sie ihn mit ihrer Präsenz bestrafen für das, was er ihnen angetan hatte.

Der Bärtige schloss die Augen. Sein kantiges Gesicht war von tiefen Furchen durchzogen; direkt neben seiner Nase prangte eine Warze, so groß wie eine Bohne.

Der Mann war alt und müde, von Resignation gezeichnet. Ein Leben lang hatte er darauf gewartet, dass sich ein Gefühl der Reue einstellen würde. Oder Mitleid mit den Opfern und ihren Familien, vielleicht ein schlechtes Gewissen oder die Angst davor, im Herbst des Lebens doch noch für seine Taten zur Rechenschaft gezogen zu werden, doch da war nichts außer dieser Kälte. Selbst jetzt, da er sein eigenes Leben zu hinterfragen begann, vermochten die toten Blicke seiner Opfer keine Regung in ihm auszulösen. Das Reich der Gefühle schien ihm verborgen zu bleiben.

Sein Atem ging stoßweise.

Immer wieder blies er vorsichtig in das Mobile hinein und beobachtete die Reaktionen, die das zarte Werk seiner Geschicklichkeit dabei entfaltete. Keine Bewegung glich der anderen. Die Augen der Frauen tanzten geräuschlos, sie drehten sich um ihre eigene Achse, pendelten hin und her, kippten nach unten, um dann wieder majestätisch aufzusteigen. Ein leichter Luftzug reichte aus, und das elastisch gestaltete Mobile, das aus Fäden, Stäben und den in Gießharz konservierten Augen bestand, setzte sich in Bewegung.

Ihre Blicke waren eine Provokation.

Bereits seit vielen Jahren forderte er sie heraus, legte sich regelmäßig unter das Mobile und wartete auf eine Veränderung. Eine neue Gemütslage, eine unbekannte Dünnhäutigkeit, ein Hauch des Bedauerns, eine von Altersmilde geprägte Reue oder die schockierende Einsicht, dass es ein fataler Fehler gewesen war, den Weg der Andersartigkeit zu beschreiten? Doch das Warten war vergebens. Die Sehnsucht nach den

Emotionen, die für andere wohl Normalität waren, sollte bisher unerfüllt bleiben. Im Gegenteil: Das Ritual wurde zu einem festen Bestandteil seines Daseins. Er gewöhnte sich daran wie an die wöchentlichen Besuche bei dem Heilpraktiker, der seine Gelenkschmerzen mit Akupunktur zu lindern versuchte.

Je öfter er die Blicke der toten, starr dreinblickenden Augen erwiderte, desto stumpfer wurde seine Gemütslage. Diese vierzig Jahre alten Trophäen brachten ihm nur eines: Erinnerungen …

April 1978. Der Dieselmotor des grauen Ford Transit tuckerte wie ein Traktor, als der 31-jährige Handwerker den Wagen in der unbefestigten Waldeinfahrt zum Stehen brachte. Man sah ihm an, dass er einen Teil seiner Zeit mit grober, körperlicher Arbeit verbrachte. Eine kräftige Figur, große, von Schwielen und Hornhaut überzogene Hände und eine für diese Jahreszeit ungewöhnliche Bräune verliehen ihm eine robuste Ausstrahlung, die sich im kühlen Glanz seiner blauen Augen widerspiegelte.

Kurz vor Mitternacht. Im Wagen zog er Kittel, Handschuhe, Haarnetz und Gesichtsmaske an. Bereits seit Wochen hatte er sich auf die Lauer gelegt, um die Frau mit den sandblonden Haaren zu beobachten, die sich nach Beendigung der Spätschicht mit dem Fahrrad auf dem Heimweg von der Zigarettenfabrik befand. Die Unterführung erschien ihm als idealer Standort für sein Vorhaben. Der zwei Meter breite Tunnel unterquerte die Umgehungsstraße an einer einsam gelegenen Stelle und war wie geschaffen für einen Überraschungsangriff, den er von der seitlichen Böschung heraus ausführen wollte, während die Frau aus dem Tunnel herausfuhr.

Der Mann mit der Warze im Gesicht sah auf die Uhr: zwölf. Zeit für eine neue Trophäe.

Locker bleiben, ermahnte er sich innerlich und verließ den Wagen, um sich neben der Tunnelwand ins Gebüsch zu kauern. Jetzt konnte es nur noch wenige Minuten dauern, bis das Klappern des näherkommenden Fahrrades das Erscheinen seines Opfers ankündigen würde. Während seiner früheren Beobachtungen war die Frau nie in Begleitung gewesen, doch ihm war durchaus bewusst, dass es keine Garantie für das Gelingen seines Plans gab. Notfalls würde er die Aktion eben verschieben. Flexibilität zählte zwar nicht zu den Stärken des absonderlichen Einzelgängers, doch es gab keinen Grund, ein unwägbares Risiko einzugehen.

Als er die klappernden Geräusche vernahm, spannten sich seine Muskeln an. Er achtete auf Stimmen, doch sie schien allein zu sein. Ihre Geschwindigkeit war moderat, und als er den Lichtkegel der Fahrradbeleuchtung aus dem Tunnel herauspendeln sah, sprang er kraftvoll aus seinem Versteck.

Der plötzliche Zusammenprall schleuderte die junge Frau vom Fahrrad. Unsanft landete sie auf der schräg nach oben verlaufenden Böschung im feuchten Gras. Sie schrie erschrocken auf, doch nachdem der muskulöse Mann das herumliegende Fahrrad kurzerhand beiseitegeschleudert hatte, verstummten ihre Schreie, da sich die behandschuhte Hand des Täters auf ihren Mund presste. In ihren weit aufgerissenen

Augen spiegelte sich das blanke Entsetzen. Der maskierte Mann bemerkte die Todesangst seines Opfers, doch als er ihr mit seinen starken Händen die Luft am Hals abdrückte, registrierte er eine unerwartete Entwicklung.

Etwas in ihr zerbrach.

Die Ausweglosigkeit ihrer Situation schien sie zu lähmen; machte aus ihr ein wehrloses Opfer, das nur noch darauf wartete, erlöst zu werden. Aus Angst wurde Resignation und aus der Resignation eine Kapitulation vor dem unabwendbaren Schicksal. Ein gurgelndes, knirschendes Geräusch drang aus den Tiefen ihrer Kehle; ihre Augen drohten aus den Höhlen herauszutreten, und als das Zittern ihrer Glieder langsam erschlaffte, bemerkte er, dass ihr Kehlkopf eingebrochen war. Er drückte zur Sicherheit noch einige Sekunden fest zu und ließ dann von ihr ab, um die Umgebung und den Tunnel auf unerwünschte Ankömmlinge zu prüfen.

Nachdem er das Fahrrad im Gebüsch versteckt hatte, betrachtete er die Leiche der jungen Frau. Ihre bernsteinfarbenen Augen waren weit geöffnet; die Zunge quoll aus dem Mund heraus. Der groteske Anblick missfiel ihm. Er drückte ihre Zunge zurück in die Mundhöhle, hob sie mit spielerischer Leichtigkeit hoch und trug den Leichnam zu seinem Transit. Dann verstaute er die Frau im Fahrzeug, warf einen letzten Blick auf die Umgebung und startete den Diesel. Er bog zügig auf die Umgehungsstraße, um noch vor Tagesanbruch die sichere Garage zu erreichen.

Während der Fahrt schaltete er das Radio ein. In

den Nachrichten wurde immer noch von der Ölpest vor der bretonischen Küste berichtet. Genervt suchte er einen Sender, auf dem klassische Musik gespielt wurde, und tippte mit den Fingern im Takt der Klänge auf dem Lenkrad.

Zwanzig Minuten später lenkte er den Transit auf den großen, spärlich beleuchteten Asphaltplatz, auf dem sich zahlreiche unansehnliche Garagen aus den fünfziger Jahren aneinanderreihten. Nachdem er das klapperige Holztor hinter sich geschlossen hatte, verlor der versierte Handwerker keine Zeit, um sich die Trophäen seines heutigen Beutezuges zu sichern. Die entsprechenden Instrumente hierfür befanden sich zusammmen mit den Glasaugen, die er zu Dutzenden in einem Geschäft für Bastelartikel erworben hatte, in einem alten, abgewetzten Schreibtisch, der am hinteren Ende der Garage stand. Er öffnete die hintere Schiebetür des Transit und betrat die Ladefläche, auf der die tote Frau lag.

Der Eingriff selbst stellte kein nennenswertes Problem dar. Die entsprechenden Handgriffe hatte sich der Bärtige an den Köpfen von toten Tieren angeeignet, die er auf Bauernhöfen und in Schlachtbetrieben gestohlen hatte. Die Beschaffung des notwendigen Equipments war schon schwieriger gewesen, doch nach langer Suche fand er einen Tierarzt, der seine Praxis auflösen wollte und der ihm die erforderlichen Gerätschaften günstig zur Verfügung stellte.

Er nahm das Besteck aus der Tasche und begann mit der *Enukleation* – der chirurgischen Entfernung der Augen. Um den Augapfel unbeschädigt herauszulösen, trennte er zunächst die Bindehaut vom Hornhautrand, hebelte dann das Auge in verschiedene Positionen, sodass er die Augenmuskeln und den Sehnerv abschneiden konnte, um dann schließlich den Augapfel vorsichtig herauszuziehen. Nachdem er beide Augen entfernt hatte, sprühte er eine geringfügige Dosis Montageschaum in die so entstandenen Höhlen hinein. Zum Abschluss drückte der Bärtige die gläsernen Kunstaugen in die Masse, die sich langsam zu verfestigen begann. Jetzt hatte er noch die Gelegenheit, die Position der Augen zu verändern, doch bereits in wenigen Minuten …

Die Erinnerungen verblassten …

Der alte Mann mit der Warze im Gesicht rieb sich das schmerzende Knie. Konnte es sein, dass die schlimmen Beschwerden, die ihn bereits seit Jahren plagten, die Strafe für das waren, was er anderen Menschen angetan hatte? Zahllose Arztbesuche brachten keine Besserung; gab es vielleicht einen Zusammenhang, oder war er es selbst, der sich geißelte, um endlich etwas zu empfinden?

Und seien es Qualen …

Qualen …!

Eine Hölle voller entsetzlicher Qualen, ein scheinbar endloser Abstieg in das Reich der Finsternis, in dem es verwunschene Gänge gab, die in die Diesseitigkeit führten. Fenster, die das Band zum Bösen öffneten, Verbindungen, die sich wie Spuren kreuzten und die über Zeit und Raum hinausgingen.

Sein zweites *Ich* zog die Notbremse. Auf den Mitbewohner in seinem Kopf war Verlass, denn als Daniel Brechter nachts um vier keuchend aus dem Albtraum erwachte, war der Kriminalbeamte, der bereits seit Längerem unter Wachträumen, Schlafparalyse und Albträumen litt, schweißgebadet und kurz davor, furchterregende Halluzinationen zu entwickeln, die er von alleine nicht mehr kontrollieren könnte.

Er setzte sich auf die Bettkante und warf einen Blick auf Clara, die neben ihm friedlich schlief. Ihr Atem ging ruhig und gleichmäßig. Zufrieden stand er auf und ging in die Küche. Früher war er des Öfteren mit lautem Geschrei erwacht, und Clara schreckte voller Panik hoch, um ihn aus den bösen Träumen herauszuholen. Seitdem er Möller, dem Serien-Killer, Asyl in seinem Kopf gewährt hatte, war auch dieses Problem überschaubar geworden. Das Aufwachen ging jetzt wesentlich kontrollierter vonstatten.

In der Küche nahm er Zettel und Bleistift, setzte sich an den Tisch und überlegte. Der Traum hatte eindeutig etwas mit seinem vorgestrigen Besuch im Hospiz zu tun. Seidelbergs Schilderungen passten wie die Faust aufs Auge. Er hatte eine Vision gehabt, in der ihm der *Glasaugen-Mörder* erschienen war; noch dazu mit einem Rückblick in die Zeit, in der die Morde begangen wurden.

Brechter notierte: *Der alte Mann auf dem Bett ist der Glasaugen-Mörder. Er trägt einen Bart und hat eine Warze im Gesicht. Seidelberg hatte die Warze erwähnt. Über ihm hängt ein Mobile, das er aus den Augen seiner Opfer gefertigt hat. Irgendwie hat er die Augen konserviert? In Harz gegossen? Geschäfte für Bastlerbedarf? Kauf der Glasau-*

gen? Der Mann empfindet keine Reue! Er ist ein … Psychopath? Ein Irrer mit Arthritis. Wer behandelt Arthritis mit Akupunktur? Er ist ein ehemaliger Handwerker, kräftig, liebt klassische Musik. Ungewöhnlich! Warum hat er das Mobile gebaut? Hat er nur getötet, um sich die Augen hierfür zu beschaffen, oder steckt noch etwas anderes dahinter? Kneipe Dicker Schwein aufsuchen!

Er steckte den Zettel in seine Jackentasche und ging wieder zu Bett. Insgeheim hatte er darauf gehofft, dass sein zweites *Ich* ihm helfen würde, zumal sich dieses diffuse Gefühl des Interesses bereits im Hospiz in ihm ausgebreitet hatte, doch mit einem derartigen *Input* hatte er nicht gerechnet. So viele Informationen in so kurzer Zeit schrien förmlich danach, dem Fall wieder Leben einzuhauchen. Auch wenn seitdem bereits vierzig Jahre vergangen waren. In seiner Vision jedenfalls lebte der Serienmörder noch; also würde er den Mann mit der Warze auch zur Rechenschaft ziehen. Brechter war sich sicher, dass Sänger grünes Licht für die Ermittlungen geben würde; immerhin ging es um fünf ungeklärte Mordfälle. Brechter würde Unterstützung brauchen. Streng genommen gehörte er zum Alpha-Team der Mordkommission; Sänger konnte ihm problemlos ein, zwei Leute zuweisen, dann könnten sie sofort loslegen.

Noch ahnte er nicht, dass wieder ein Killer auf den Straßen der Stadt unterwegs war. Eine Bestie, die sich anschickte, nichts Geringeres als den inneren Frieden Deutschlands zu erschüttern.

10.

Die beliebteste Einkaufsmeile Hamburgs erwachte. Vormittags um zehn öffneten die Geschäfte an der Mönckebergstraße, die im Herzen der Stadt unweit vom Hauptbahnhof lag. In den Kaufhäusern wurden die schweren Glastüren aufgeschlossen. Die Obdachlosen ergriffen daraufhin die Flucht, sofern sie nicht bereits vorher auf andere Art und Weise von ihren Schlafplätzen vertrieben worden waren.

Es dauerte nicht lange, dann flanierten zahlreiche Menschen über die breiten Fußwege der *Mö*, die zu den meistfrequentierten Einkaufsstraßen Deutschlands gehört. Eine stabile Wetterlage bescherte der Stadt bereits seit Tagen Höchsttemperaturen um die dreißig Grad, und es sah so aus, als würde der heutige Tag keine Ausnahme machen.

Mittendrin eine kleine Gruppe, die sich angeregt unterhielt. Vier Personen, zwei Männer um die siebzig, die Frauen, die beide vorweggingen, vermutlich etwas jünger. Alle vier waren Rentner, die den Tag mit einem Einkaufsbummel durch die Hamburger Innenstadt beginnen wollten. Sie trugen Jeans und Blusen, die Männer bunte Hemden und beigefarbene übergroße Westen, die mit zahlreichen Taschen ausgestattet waren. Bei den Frauen ging es ausschließlich um die Enkelkinder, die Männer schwadronierten über Politik. Der Rechtsruck im Lande, die geplante Abschottung gegenüber den zahlreichen Flüchtlingen, das Erstarken konservativer Kräfte, die mit einfachen Parolen den Zerfall westlicher Werte stoppen wollten: Das Für und Wider wurde lautstark diskutiert.

Plötzlich erregte die Schaufensterdekoration eines Bekleidungsgeschäftes die Aufmerksamkeit der Frauen. Während die beiden das Angebot an heruntergesetzter Sommerware begutachteten, setzten sich die Männer auf eine Bank, um im Schatten zweier Bäume über die Auswirkungen der globalen Erwärmung zu philosophieren.

»Schaut mal«, rief ein junger Mann im Vorbeigehen zu seinen herumalbernden Freunden und hob den Arm in Richtung Straße. »Da kommt eine Drohne angeflogen. Gibt's doch wohl gar nicht!«

Die beiden Rentner blickten irritiert auf und schüttelten ungläubig den Kopf.

»Guck dir das an, Jürgen«, sagte der sichtlich Beleibte empört zu seinem Bekannten. »Da kommt doch tatsächlich so ein Ding und …«

Die Aktion dauerte nur wenige Sekunden. Die kleine schwarze Drohne flog fast geräuschlos heran und erregte zunächst so gut wie keine Aufmerksamkeit. Sie bewegte sich elegant vom Dach eines der gegenüberliegenden Häuser, verlor schnell an Höhe, manövrierte über eine Litfaßsäule zur Straßenmitte, verharrte dann dort kurz, um aus einer an der Drohne montierten Pistole einen gezielten Schuss auf den beleibten Rentner abzugeben, und verschwand dann sofort wieder, nachdem sie den Rückstoß der Feuerwaffe torkelnd ausgeglichen hatte.

Für einen kurzen Moment saßen die Männer wie versteinert da, dann kippte der Dicke langsam nach hinten weg, da die Sitzgelegenheit ohne Rückenlehne ausgestattet war. Er schlug hart mit dem Hinterkopf auf den Betonplatten auf und blieb mit weit aufgerissenen Augen regungslos liegen. Auf seiner Stirn bildeten sich feine Rinnsale aus Blut, die aus der schwarz verkohlten Eintrittswunde herausflossen. Sein Begleiter blickte verwundert zur Seite und sah nur noch die Füße des anderen auf der Bank liegen. Der Schuss hatte die Passanten in der Nähe alarmiert. Viele blieben ratlos stehen und versuchten verzweifelt zu ergründen, was geschehen war. Auch die Frauen, die sich am Schaufenster die Nase platt gedrückt hatten, wandten sich erschrocken um und eilten zu dem am Boden liegenden Begleiter.

Schnell bildete sich ein anwachsender Pulk von Neugierigen um das Opfer. Geschrei kam auf; der Lärmpegel schwoll kontinuierlich an. Einige versuchten, Erste Hilfe zu leisten, andere zückten ihr Smartphone, um einen Notruf abzusetzen, und wiederum andere gafften rücksichtslos auf das Opfer, ereiferten sich in abfälligen Bemerkungen und fotografierten die gesamte Szenerie aus jedem nur erdenklichen Blickwinkel.

Die Ehefrau rüttelte panisch schreiend an dem leblosen Körper ihres Mannes, und auf einmal wurde allen Beteiligten klar, dass hier etwas Schreckliches geschehen war. Die Wunde am Kopf des Rentners ließ keine Zweifel aufkommen: Der Mann war erschossen worden; am helllichten Tag, mitten auf einer belebten Einkaufsstraße. Auch die Rettungskräfte, die kurze Zeit später am Tatort eintrafen, konnten nur noch den Tod des Mannes feststellen. Zur gleichen Zeit rückte die Polizei mit zahlreichen Kräften an, von denen einige die Mönckebergstraße absperrten. Der spärliche Verkehr – die Fahrbahn wird seit Jahren nur als Bus- und Taxi-Trasse genutzt – wurde umgeleitet. Neben den Fußwegen wurden auch die Geschäfte abgeriegelt, nachdem uniformierte Beamte alles durchsucht hatten.

Personalien wurden aufgenommen, Zeugen befragt und die Handys sichergestellt, um das Filmmaterial auszuwerten. Die Beamten der Spurensicherung nahmen den Tatort unter die Lupe. Neben den Mitarbeitern der Mordkommission ließ sich auch der zuständige Staatsanwalt blicken, der umgehend das Landesamt für Verfassungsschutz und den Innensenator anrief, als sich die sicherheitspolitische Brisanz des Falles abzuzeichnen begann.

Zusätzlich zu *Libelle 1*, einem der beiden Polizeihubschrauber, wurde auch das MEK aktiviert, um die Dächer der betroffenen Gebäude abzusuchen, doch von der Drohne und ihrem Lenker fehlte jede Spur. Die Leiche des Mannes wurde in die Rechtsmedizin überstellt; um die Ehefrau und deren Begleiter kümmerte sich das Kriseninterventionsteam.

Die Zusammenarbeit der staatlichen Sicherheitsbehörden funktionierte reibungslos. Jeder kannte seine

Aufgaben, alle Zahnräder des riesigen Behördenapparates griffen nahtlos ineinander. Auch die Presse stürzte sich wie besessen auf den Fall, denn es war nicht das erste Mal, dass jemand von einer Drohne erschossen worden war. Vor drei Monaten gab es einen ähnlichen Fall in Hamburg-Altona, bei dem eine gut situierte Frau aus der Werbebranche zu Tode kam.

Auch hier wurde der tödliche Schuss von einer vorbeifliegenden Drohne abgegeben. Ein Motiv für die Tat war nicht zu erkennen. Weder lagen den Behörden Erkenntnisse aus dem Umfeld des Opfers vor, noch gab es einen Erpresserbrief oder etwas Ähnliches. Die Polizei ging von einem bizarren Einzelfall aus, für den wahrscheinlich einer dieser verschrobenen Elektroniktüftler verantwortlich gewesen war. Fehlgeleitete Verschwörungstheoretiker, die ständig an neuen Modifikationen für ihre Fluggeräte herumbastelten und die sich vom Rest der Welt abgekapselt hatten, da die Gesellschaft um sie herum ihrer Ansicht nach nur aus Lügnern bestand.

Sollte es diesmal anders sein?

Die schnell anwachsende Zahl von privaten Mini-Drohnen sorgte immer wieder für Probleme im Luftraum über Hamburg. Es kam zu unvorhergesehenen Zwischenfällen, Belästigungen, Zusammenstößen, Fehlalarmen, Unfällen und Beeinträchtigungen anderer Luftfahrzeuge wie zum Beispiel Rettungshubschraubern. Jetzt schien eine neue Eskalationsstufe erreicht zu sein. Mord per Drohne mittels Fernsteuerung. Gezielte Anschläge auf ahnungslose Bürger; von den Tätern keine Spur. Bestand ein Zusammenhang zwischen den Morden? Welche Absichten standen dahinter, gab es einen teuflischen Plan, war es vielleicht das Werk von islamistischen Terroristen oder handelte es sich um einen wahnsinnigen Heckenschützen, der sich am Chaos und den Ängsten der Menschen berauschte?

Einige Tage später sollte eine Antwort vorliegen, mit der niemand gerechnet hatte. Und eine unglaubliche Forderung, die alles bisher Dagewesene in den Schatten stellen würde.

11.

Zwei Stunden Ekstase. Als sie sich auf seinen steifen Schwanz setzte und ihren nackten Körper leicht nach vorne beugte, ergriff er mit beiden Händen ihre Brüste, um sie behutsam zu massieren. Sie senkte stöhnend den Kopf, ihre Zungen spielten miteinander und seine Hände glitten ihren Körper bis zu den Hüften hinab. Mit schnellen, harten Stößen ließ er ihren vor Verlangen zitternden Körper erbeben, bis spitze Schreie der Lust Claras Orgasmus ankündigten. Ihr Partner gab ein tiefes, grunzendes Geräusch von sich, als er ebenfalls den Höhepunkt erreichte, und beide sackten erschöpft zusammen, um sich ineinander verschlungen dem ausklingenden Sinnesrausch hinzugeben.

Nach Atem ringend lagen sie eine Weile übereinander, dann ließ sich Clara von Peter herabrollen und zog kraftlos die Bettdecke bis zum Hals. Sie strich die langen schwarzen Haare hinter die Ohren, drehte sich auf die Seite und kitzelte Peter am Ohr. Der sportliche, immer gut gelaunte Fahrlehrer revanchierte sich, indem er Clara unter der Bettdecke in den Oberschenkel kniff. Eine Zeit lang lagen sie wortlos da, dann setzte sich Clara im Bett aufrecht hin.

»Ich hab heute noch ein Date«, sagte sie augenzwinkernd. »Spätestens um halb muss ich los.«

»Schau an«, antwortete Peter mit gespielter Entrüstung. »Ein Liebhaber reicht dir wohl nicht.«

»Dabei war ich früher mal total schüchtern.«

»Natürlich!«

»Im Ernst. Du scheinst mich irgendwie aus dem Dornröschenschlaf erweckt zu haben.«

»Was hast du denn noch vor?«, fragte Peter beiläufig. Länger als zwei Stunden dauerten ihre erotischen Treffen am Nachmittag nie, und beide waren damit einverstanden gewesen, dass niemals mehr daraus werden sollte, doch Peter war Single und von Natur aus neugierig.

Clara überlegte. »Ich treffe mich mit Daniels Ärztin. Sie will mich wohl auch mal kennenlernen, ohne dass Daniel Wind davon bekommt. Finde ich eigentlich gar nicht so verkehrt. Oder liege ich da falsch?«

Peter ließ es dabei bewenden. Claras Beziehung mit Daniel, dem durchgeknallten Polizisten mit der Horrorgeschichte im Gepäck, interessierte ihn nicht weiter. Clara würde gute Gründe für ihr außereheliches Verhältnis haben; alles andere verkomplizierte die Sache nur.

Sie tranken noch einen Kaffee zusammen, unterhielten sich über Gott und die Welt, dann verabschiedete sich Clara mit einem leidenschaftlichen Kuss. Mit dem Smart brauchte sie nur zwanzig Minuten zum vereinbarten Treffpunkt in Hamburg-Winterhude, dann quetschte sie den kleinen Zweisitzer in eine freie Parklücke und betrat das Café *Elbe*, in dem Daniels

Psychiaterin bereits auf sie wartete.

Clara trug blaue Jeans, dazu ein buntes T-Shirt und bequeme Sandalen. Die kleine schwarze Handtasche hatte sie lässig um die Schulter gehängt. Auf der Nase, die sie selbst als viel zu groß empfand, saß eine schwarze Sonnenbrille.

Die 37-jährige Bezirksamts-Angestellte hielt sich mit Joggen fit, lag aber auch gern stundenlang faul in der Sonne herum. Mit Daniel lebte sie schon lange zusammen, allerdings war es auch vor ihrer Hochzeit nicht leicht für sie gewesen. Er sah für sein Leben gern Horrorfilme und litt unter verschiedenen Formen von Schlafstörungen. Einige davon machten ihr Angst, da sie manchmal mit Visionen und grauenvollen Halluzinationen einhergingen, von denen er schreiend aufwachte. Einmal hatte er sie sogar bedroht und mit dem Namen *Sandra* angesprochen, so als wäre er jemand anderes gewesen. Mit den Horrorfilmen hat das alles nichts zu tun, sagte Daniel beharrlich und wiegelte ihre Bedenken ab.

Als er dann vor Jahren in die Klauen dieses Killers geriet, der aus den Knochen ermordeter Senioren gruselige Gartenzwerge baute, hätte Daniel fast den Löffel abgegeben. Er musste Schreckliches erlebt haben, und Clara, die ihn trotz seiner Marotten liebte, stimmte seinem Heiratsantrag zu, obwohl sie bereits zu ahnen begann, dass sie Daniel eher aus Mitleid heiratete.

In der Hoffnung, dass ihn die Therapie einigermaßen wiederherstellen würde, blieb sie tapfer an seiner Seite, doch die Dinge entwickelten sich seltsam. Im Polizeidienst galt er als Freak und auch zuhause fand sie es nicht belustigend, wenn Daniel – zugegebenerweise auf ironische Art – davon sprach, dass sich sein Peiniger, der Serienkiller Wolfgang Möller, in seinem Kopf eingenistet hatte.

Er schien immer tiefer in eine zwiespältige Fantasiewelt einzutauchen, und Clara nutzte die Gelegenheit, um in den Armen eines anderen Mannes Bestätigung zu finden. Die Geheimniskrämerei war lästig, doch momentan genoss sie das erotische Spiel mit dem Feuer.

Im Café *Elbe* herrschte um diese Zeit Hochbetrieb. Clara nahm die Brille ab und ließ den Blick durch den maritim eingerichteten Raum schweifen.

Ungewöhnliches Mobiliar für ein Café!

Dann sah sie eine ältere, aber gut anzuschauende Frau mit langen grauen Haaren an einem der Tische sitzen, die ihr lächelnd zuwinkte.

»Hallo. Sie müssen wohl Frau Sommer sein, nicht wahr?«, sagte die Psychiaterin, während sie aufstand, um Clara die Hand zu reichen.

»Stimmt. Guten Tag Frau äh … Boltenhagen.« Clara begutachtete das Gesicht der Ärztin und kam zu dem Schluss, dass sie nur deshalb so frisch aussah, weil hier die kosmetische Chirurgie zum Einsatz gekommen war.

Die beiden beschnupperten sich ein wenig und redeten über das heiße Sommerwetter sowie die katastrophale Verkehrslage in der Stadt. Clara bestellte Tee, die Boltenhagen bevorzugte ein Kaltgetränk mit Zitronengeschmack.

»Ich bin Ihnen sehr dankbar, dass Sie meinen Vorschlag positiv aufgenommen haben«, eröffnete Boltenhagen das eigentliche Gespräch. »Schließlich habe ich mir *nicht* das Einverständnis Ihres Mannes eingeholt.«

»Gerne. Wenn ich Ihnen und Daniel damit helfen kann«, sagte Clara nickend. »Ich spreche auch nicht mit ihm darüber.«

»Das ist nett. Er hat übrigens bereits große Fortschritte gemacht.«

»Tatsächlich?« Clara ließ sich etwas Zeit. »Ich habe eher den Eindruck, er entfernt sich von mir.«

»Sehen Sie, Frau Sommer ...«, Boltenhagen machte eine Kunstpause, »deswegen ist es so wichtig, dass wir unter vier Augen sprechen.«

»Was kann ich Ihnen denn erzählen, das Sie noch nicht wissen?«, fragte Clara neugierig.

Boltenhagen schilderte in groben Zügen, wie weit sie in den Therapiesitzungen mit Daniel gekommen war. Sie beschrieb ihre Erkenntnisse auf unverfängliche Weise, sodass Clara nicht auf die Idee kam, misstrauisch zu werden. Schließlich schien Daniel etwas zu verheimlichen und die Boltenhagen wusste selbst nicht so recht, wie sie weiterkommen sollte. Immer wieder betonte sie Clara gegenüber, dass sich Daniel unter Berücksichtigung des schweren Traumas auf dem Weg der Stabilisierung befand.

»Was sagen Sie dazu, Frau Sommer? Sind Ihnen all diese Dinge auch bekannt?«, setzte Boltenhagen das Gespräch fort, nachdem sie ihre Ausführungen beendet hatte.

Clara nickte. »Ja, so weit ist alles korrekt.«

»Gibt es etwas«, fragte Boltenhagen, »das dem noch

hinzuzufügen ist?«

»Allerdings!«

Die Psychiaterin wurde hellhörig. »Es wäre im Interesse aller Beteiligten, wenn ich mehr erfahren könnte. Natürlich behandele ich alle Informationen absolut vertraulich.«

Clara überlegte. »Hm, da ist zum Beispiel die Geschichte mit Daniels dementen Mutter, die sich im Pflegeheim erschossen hat.«

»Seine Mutter hat Selbstmord begangen?«

»Vielleicht war es sogar Mord. Sie soll Mitglied der RAF gewesen sein. Genauso wie die Frau, die immer bei ihr zu Besuch kam. Ich glaube, die Sache wurde nie so richtig aufgeklärt.«

»Die Rote Armee Fraktion?«, fragte Boltenhagen verblüfft. »So alt können diese Terroristen doch noch gar nicht sein.«

»Aber selbstverständlich, das ist doch alles bereits über fünfundvierzig Jahre her.«

»Tja, das ist bedauerlich«, befand Boltenhagen. »Hat aber ja nichts mit den traumatisierenden Erlebnissen Ihres Mannes zu tun.«

»Vielleicht nicht«, antwortete Clara. »Es gibt da aber eine seltsame Verbindung.«

»Inwiefern?«

»Dieser Wolfgang Möller, der auch als *Modellbauer* bezeichnet wurde, soll vor seiner Karriere als Serienkiller angeblich auch Mitglied der RAF gewesen sein. In der letzten, der sogenannten dritten Generation, die sich dann 1998 aufgelöst hatte.«

»Das ist in der Tat unheimlich.«

»Und … er hat einen seiner Morde ausgerechnet in dem Pflegeheim begangen, in dem auch Daniels Mutter untergebracht war. Er wurde ja zunächst von den Behörden und der Presse als der *Altenheim-Mörder* bezeichnet, da er pflegebedürftige Alte umbrachte, ihnen ein Bein oder ein anderes Körperteil amputierte und dann aus den Knochen seiner Opfer diese gruselige Modelle baute. Den Namen *Modellbauer* hatte er sich, soweit ich weiß, selbst verliehen. Er fühlte sich wohl wie ein Künstler.«

»Großer Gott!« Der Boltenhagen verschlug es fast die Sprache. »Einiges von dem, was Sie mir da erzählen, wusste ich bereits, aber anderes wiederum ist wohl nur wenigen Eingeweihten bekannt. Unter Berücksichtigung dieser Hinweise ist die ganze Geschichte wirklich mehr als nur unheimlich.«

»Unheimlich und beängstigend«, bemerkte Clara, mehr zu sich selbst. »So Angst einflößend, dass ich es vorgezogen habe, den Dingen nicht *allzu* sehr auf den Grund zu gehen.«

»Gibt es denn noch mehr Ungereimtheiten?«, fragte Boltenhagen.

»Es gab da schon noch seltsame Vorfälle«, antwortete Clara vorsichtig.

»Welche denn? Können Sie sich erinnern?«

»Als sich Daniel damals nach den schrecklichen Ereignissen wieder im Dienst befand, sollte er angeblich eine geheime Dienstreise antreten. Er war eine Woche verschwunden, doch die Dienststelle wusste nichts von einer Dienstreise. Er war in privater Mission unterwegs gewesen.«

»Haben Sie ihn nach seiner Rückkehr zur Rede gestellt?«, bohrte Boltenhagen nach.

»Nein«, gestand Clara mit schuldbewusster Miene. »Ich hatte ihm ja hinterhergeschnüffelt und seine privaten Aufzeichnungen gelesen. Sonst wäre ich ja auch gar nicht misstrauisch geworden. Im Grunde fühlte ich mich deswegen wie ein mieser Spitzel.«

»Das kann ich verstehen. Kam denn je ans Tageslicht, wo er war und was er dort gemacht hatte?«

Clara rang nach Worten. »Eigentlich nicht. Allerdings hat Daniel ein reges Traumleben, und manchmal spricht er auch im Schlaf.«

»Das kann natürlich alles Mögliche bedeuten«, stellte Boltenhagen fest.

»Eben«, bestätigte Clara. »Er stammelte im Traum von … Florenz, glaube ich jedenfalls, und machte nebulöse Andeutungen über den Mann, den er dort getroffen hat.«

»Florenz? Interessant!« *Wer war dieser Mann in Florenz? Was hatte Brechter in der letzten Sitzung gesagt? Er konnte über das Morphische Feld das Versteck des Killers herausfinden.*

»Im Grunde macht mir das alles ziemliche Angst«, sagte Clara. »Ich will damit eigentlich nichts mehr zu tun haben.«

Boltenhagen ging nicht darauf ein. »Hat er mal erwähnt, dass er in einer besonderen Beziehung zu Wolfgang Möller gestanden hat?«, wollte sie wissen.

»Nicht dass ich wüsste«, antwortete Clara erschöpft. Man sah ihr an, dass das Gespräch an ihren Kräften zehrte. Nervös blickte sie auf ihre Armbanduhr. »Es tut mir leid, ich muss jetzt auch los, Frau Bol-tenhagen.«

»Natürlich, Frau Sommer. Vielen Dank, dass Sie sich mit mir getroffen haben. Bitte rufen Sie mich doch an, falls Ihnen etwas Ungewöhnliches auffallen sollte. Ich garantiere Ihnen in jedem Fall absolute Diskretion. Hier ist meine Karte.«

Sie schob Clara eine bunte Visitenkarte über den Tisch und lächelte.

»Ich kann nur hoffen, dass es keine ungewöhnli-chen Ereignisse mehr gibt«, antwortete Clara gequält, steckte die Karte in ihre Handtasche und verließ mit schnellen Schritten das Café.

12.

Montag, den 24. Juli 2017

In Hamburg war der Teufel los. Die Stadt an der Elbe schien sich im Ausnahmezustand zu befinden, seit vor zwei Tagen ein Bekennerschreiben im Rathaus eingegangen war – per E-Mail unter Verschleierung der IP-Adresse. Die Nachricht verbreitete sich in Windeseile, da auch die Redaktionen der großen Tageszeitungen mit einer entsprechenden Meldung bedacht worden waren.

Jetzt war die Katze aus dem Sack.

Die Schlagzeilen auf den Titelseiten sprachen eine eindeutige Sprache: Der Drohnen-Killer mordete mit System. Er verfolgte offensichtlich eine Strategie, stellte eine absurde Forderung und beabsichtigte weiterzumorden, sofern die Stadt seinen Anordnungen nicht nachkommen würde. Noch war völlig unklar, ob eine terroristische Organisation, religiöse Fanatiker oder ein geisteskranker Einzeltäter dahintersteckte, doch allein der Umstand, dass bereits zwei Personen unter Einsatz einer Drohne erschossen worden waren, sorgte für Aufruhr in der Hansestadt. Die Nachricht über das Bekennerschreiben schlug wie eine Bombe ein.

Panik breitete sich aus.

Das todbringende Fluggerät konnte überall und zu

jedem Zeitpunkt am Himmel auftauchen. Drohnen dieser Bauart waren klein, wendig und schnell. Kaum hatte man sie bemerkt, waren sie auch schon wieder verschwunden. Die Polizei setzte Fußstreifen ein, die mit Maschinenpistolen ausgestattet waren, doch die Menschen auf den Straßen fühlten sich der Gefahr schutzlos ausgeliefert. Unzählige Häuserschluchten, verwinkelte Straßenzüge und unübersichtliche Dachkonstruktionen bildeten perfekte Ausgangspositionen für Überraschungsangriffe aus der Luft, die in wenigen Sekunden vonstatten gingen. Theoretisch ließe sich eine Drohne auch aus einem geöffneten Fenster heraus starten, so die Meinung einiger Fachleute, die sich plötzlich mit zahlreichen Publikationen zu Worte meldeten.

Offene Wege, Plätze und Fußgängerzonen wurden fortan gemieden, soweit dies möglich war. Alternativ bewegten sich viele Menschen vorzugsweise durch Einkaufszentren, über das Untergrundsystem der öffentlichen Verkehrsmittel, oder sie bevorzugten überdachte Passagen und nahmen auch für kurze Strecken eines der begehrten Taxis.

Die Folgen der angespannten Sicherheitslage ließen nicht lange auf sich warten. Die Besucherzahlen gingen drastisch zurück; viele Urlauber stornierten ihre Buchungen und der Einzelhandel erwartete die größten Umsatzeinbußen seit Jahrzehnten.

Der Senat und die Innenbehörde standen unter enormem Druck. Konservative Kräfte und führende Vertreter der Wirtschaft forderten die kurzfristige Einführung des polizeilichen Notstandes, um auf diesem Wege die Lage unter Kontrolle zu bringen. Stimmen wurden laut, die den Sicherheitsbehörden Versäumnisse vorwarfen und die Zweifel daran äußerten, dass die Polizei in der Lage war, die Menschen in der Stadt zu schützen.

Im Polizeipräsidium herrschte bereits seit Samstag hektische Betriebsamkeit. In zahlreichen Einsatzbesprechungen koordinierten die Abteilungsleiter die weitere Vorgehensweise, denn ab sofort unterlag der Drohnen-Killer-Fall der höchsten Prioritätsstufe.

Als Otto Sänger gegen 11 Uhr den kleinen Besprechungsraum des Alpha-Teams betrat, war ihm anzusehen, dass das hinter ihm liegende Wochenende an seinen Kräften gezehrt hatte. Seine Augen wiesen deutliche Anzeichen von Übernächtigung auf. Der graue Anzug saß schlecht, die Krawatte mit den roten Punkten hing schief. Seitdem das Bekennerschreiben vorlag, hatte Sänger die meiste Zeit im Polizeipräsidium verbracht, um an den taktischen Maßnahmen mitzuarbeiten, die aufgrund der neuen Bedrohungslage eingeleitet werden sollten.

Seine Begrüßung fiel knapp aus. »Moin allerseits.«

Bis auf die erkrankte Frida Birg und Louis Schäfer, der sich auf einem Fortbildungskurs in Berlin befand, waren alle Teammitglieder anwesend. Daniel Brechter saß mit vor der Brust verschränkten Armen enttäuscht neben dem Rollstuhl von Pahlgruber und sinnierte schmollend vor sich hin. Sein gelbes Sakko hing lässig über der Rückenlehne des Freischwingers. Eigentlich war er davon ausgegangen, dass sein Vortrag über den Hospizbesuch für Furore sorgen würde, doch das alles

110

dominierende Thema war natürlich der Drohnen-Killer und sein Bekennerschreiben. Wenn überhaupt, dann würde man sich am Ende der Sitzung mit dem vierzig Jahre alten Fall befassen, befürchtete Brechter und zog die Mundwinkel demonstrativ nach unten.

Die neue Lage sorgte für Unmut, da alle wussten, dass ihnen zahllose Überstunden bevorstanden, sofern nicht noch ein Wunder geschah. Dementsprechend frostig verlief der Empfang von Sänger, der sich schwer atmend in einen der Bürostühle fallen ließ und ein Bündel Akten auf den Tisch knallte, auf dem bereits zahlreiche Unterlagen der Teammitglieder, mehrere Tablet-PC und ein Notebook lagen.

»Zunächst einmal möchte ich Ihnen mitteilen, dass eine umfassende Urlaubssperre verhängt wurde«, sagte Sänger, während er geschäftig in den Akten herumblätterte und einige der Schriftstücke vor sich auf dem Tisch verteilte. »Ihr seid ja mittlerweile informiert, doch alle Kollegen sollen sich selbstverständlich auf dem gleichen Kenntnisstand befinden, insofern gehen wir alles noch mal Punkt für Punkt durch. Ideen und Vorschläge nehme ich gerne entgegen. Neu ist übrigens, dass ab sofort die komplette Mordkommission in den Fall eingebunden ist – auch das Alpha-Team. Alles andere wird, soweit das möglich ist, hinten angestellt.«

»Soweit möglich ...!«, echote Hildur Seilinger, der es als alleinerziehende Mutter am schwersten fiel, Überstunden anzuhäufen. Sie trug einen kurzen Jeansrock und eine weiße Bluse, deren obere Knöpfe offenstanden.

Sänger ersparte sich einen Kommentar. »Ich fang mal mit den Maßnahmen an«, sagte er und warf einen Blick auf die Uhr an der Wand. »Der Verfassungsschutz ermittelt in Richtung Terrorismus, das BKA ist ebenfalls involviert. Die Zahl der uniformierten Kollegen auf den Straßen wurde stark angehoben. Auch die meisten Zivilstreifen sind in der Sache unterwegs. Auf unbestimmte Dauer können diese Kräfte natürlich nicht gebunden werden. Einer der Hubschrauber ist ständig in der Luft, um die Dächer zu kontrollieren. Außerdem …«

»Was ist mit den Dächern in den Gegenden, wo die beiden Morde stattfanden?«, fragte Sasha Huger und schnitt Sänger das Wort ab. »Gab es da irgendwelche Spuren?«

»Leider nein«, knurrte Sänger und fuhr fort: »Außerdem, äh … ein Hauptaugenmerk bei den Ermittlungen um den Mordfall in der Mönckebergstraße gelten den Aufzeichnungen der Überwachungskameras und den unzähligen privaten Aufnahmen, die alle ausgewertet werden müssen. Eventuell ist dort etwas zu sehen, das uns irgendwie weiterbringt. Ihr werdet da unterstützend mitarbeiten. Herr Pahlgruber hat dazu ja schon einiges auf dem Rechner.«

Johann Pahlgruber sah blass aus. Sein linkes Augenlid zuckte ständig und die abstehenden Ohren leuchteten wie Signalbojen. Mit der besonderen Einsatzlage hatte dies allerdings wenig zu tun. Überstunden störten den Rollstuhlfahrer nicht. Im Gegenteil, wenn es nach ihm gegangen wäre, könnte jeder Arbeitstag zwölf Stunden dauern. Einmal mehr befand er sich in einer Abhängigkeit, denn der Fahrdienst kam pünktlich um 17 Uhr, um ihn bei der betreuten Wohngemeinschaft am Rande der Stadt abzuliefern.

»Ich kann ja zuerst die Infos über diese Drohne zusammenfassen«, bot Pahlgruber an.

»Gute Idee«, bemerkte Sänger.

Pahlgruber betätigte den Joystick an seinem Rollstuhl, um noch näher an den Tisch heranzufahren. »Also, mittlerweile gibt es ungefähr 500.000 Drohnen in Deutschland; Tendenz stark steigend. Der Oberbegriff ist Multicopter. Die Attentäter-Drohne ist laut Zeugenaussagen ein sogenannter Quadrocopter mit vier Propellern, so ungefähr vierzig bis fünfzig Zentimeter groß. An der Drohne ist eine leichte, halbautomatische Waffe befestigt, Kaliber 9 mm, vermutlich mit einer Laser-Zielerfassung. Alles natürlich im Eigenbau. Die sichergestellten Projektile haben allerdings noch keine Erkenntnisse gebracht.«

»Und diese Pistole kann der Täter mit seiner Fernsteuerung per Knopfdruck abfeuern?«, fragte Anette Berkun kopfschüttelnd.

»Genau«, antwortete Pahlgruber beflissen, den die tödliche Technik sichtlich zu faszinieren schien. »Das ist aber noch nicht alles.«

»Das Ding kann auch noch zum Mars fliegen«, frotzelte Huger, der der zunehmenden Technisierung in der Gesellschaft skeptisch gegenüberstand.

Sänger verzog das Gesicht. »Für Witze ist das nicht der richtige Zeitpunkt, Herr Huger.«

»Sorry!«

Pahlgruber fuhr fort: »Wir haben es hier mit einer

Videodrohne zu tun. Die Steuerung erfolgt über eine VR-Brille aus der Ego-Perspektive. Die Verbindung zwischen Brille und Videokamera läuft wohl über einen mobilen Hotspot, den er selbst aufgemacht hat; also über WLAN. Das ganze hängt an einem Laptop mit entsprechender Software.«

»Wie hab ich mir das vorzustellen?«, fragte Seilinger und zuckte mit den Schultern.

»Das ist derzeit normaler Stand der Technik«, erläuterte Pahlgruber. »Virtual Realty, kurz VR-Brillen, trägt man auf dem Kopf vor den Augen. Die Technik überträgt das Videosignal der Drohne in Echtzeit live auf die Brille. Der Bediener sieht sozusagen mit den Augen der Drohne, so, als würde er selbst die Drohne sein. Aktives FPV nennt man das.«

»FPV?«, äffte Huger nach. »Klingt nach einer Partei. Freie Patriotische …«

»FPV steht für *First Person View*; der Blick aus dem Cockpit«, sagte Pahlgruber sichtlich genervt. »Natürlich mit *Headtracking*. Das bedeutet, dass die Kopfbewegungen – mit der Brille vor den Augen – an die FPV-Kamera übermittelt werden, die sich an der Drohne befindet.«

»Und so steuert er das Ding dann auch?«, wollte Seilinger wissen.

Pahlgruber schüttelte den Kopf. »Nicht direkt, Hildur. Er steuert damit die Videokamera der Drohne. Sobald er den Kopf bewegt, schwenkt auch die Kamera der Drohne in dieselbe Richtung. Die Bahn des Fluggerätes verändert sich dadurch noch nicht. So kann sich der Lenker einen Überblick verschaffen und dann mittels des Flug-Controllers, an dem auch die Brille angeschlossen ist, den Copter unabhängig von der jeweiligen Sicht lenken. Das ist dann eine Funkfernsteuerung mit GPS, kein WLAN. Der Sender überträgt die Steuersignale an den im Copter verbauten Empfänger, und der leitet sie an die Steuerelektronik weiter, die die Drehzahl der einzelnen Motoren regelt. Übrigens: Der Flug-Controller muss modifiziert sein, oder es gibt einen weiteren Controller für die Laser-Zielerfassung und das Auslösen der Waffe.«

»Mann oh Mann«, stöhnte Berkun und rutschte auf dem Stuhl hin und her. Die flachbrüstige und zierliche, fast schon kleinwüchsige Frau litt unter Blasenschwäche, die sie vor den anderen zu verheimlichen versuchte. Besprechungen waren ihr ein Gräuel, da sich kaum Gelegenheiten boten, das rettende WC aufzusuchen. »Was es da mittlerweile für technische Möglichkeiten gibt. Irgendwie hat man das alles gar nicht so richtig mitbekommen. Ich jedenfalls.«

»Unheimlich«, sagte Seilinger.

»Technisch ist das alles kein sonderliches Problem«, fuhr Pahlgruber fort. »Man bekommt das ganze Zeugs im Internet, selbst die Waffe lässt sich über das Darknet beschaffen, und man muss auch kein wissenschaftliches Genie sein, um so ein Fluggerät mit einer Waffe daran zu konstruieren. Das Fliegen selbst ist sicher nicht so einfach wie es aussieht, aber mit entsprechender Übung lässt sich das in den Griff kriegen. Außerdem gibt's auch da technische Unterstützung. Zum Beispiel reicht ein Knopfdruck, dann fliegt das Ding automatisch und ohne fremde Hilfe zum Ausgangspunkt zurück.«

»Ich will auch so ein Spielzeug haben«, meldete sich Huger zu Wort. »Aber natürlich ohne Waffe. Höchstens eine Wasserpistole …«

Sänger warf ihm einen missbilligenden Blick zu. »Tja, sonst noch was?«, fragte er mit monotoner Stimme und wandte sich Pahlgruber zu. Obgleich Otto Sänger bei allen möglichen Gelegenheiten aus der Haut fahren konnte, schien es dem 60-jährigen Kriminaloberrat nichts auszumachen, wenn die Welt um ihn herum aus den Fugen geriet. Je apokalyptischer sich das jeweilige Szenario darbot, desto abgeklärter schien er zu werden. Ein ungewöhnlicher Wesenszug, der schon so manch einen seiner Kollegen irritiert hatte.

»Nö. Mehr hab ich zu diesem Thema im Moment nicht«, antwortete Pahlgruber knapp. Er wirkte erschöpft und nahm einen kräftigen Schluck aus der PET-Flasche, die vor ihm auf dem Tisch stand.

»Unsere technische Abteilung und die entsprechenden Referate sind an der Sache dran«, erklärte Sänger. »Falls es hinsichtlich des Flugapparates Neuigkeiten geben sollte, werden wir das zeitgerecht erfahren.«

»Mich wundert, dass wir so völlig unvorbereitet und hilflos dastehen.« Seilinger seufzte. »Mit so etwas hätte man doch rechnen müssen, oder?«

»Wir arbeiten doch bereits seit Langem am Limit und haben keine Ahnung, was da so im Untergrund abläuft«, meinte Huger kühl. »Wenn ich den Scheiß hier lese …« – er hielt einen Ausdruck des Bekennerschreibens hoch – »… wird mir schlecht.«

Sänger nahm den Faden auf. »Das Schriftstück ist ja bereits in aller Munde, doch es kann nicht schaden, wenn wir uns noch mal eingehend damit beschäftigen.«

»Ich kann mir nicht vorstellen, dass das Schreiben echt ist«, spekulierte Pahlgruber, der an seinem Laptop herumspielte. »*Kommando Vier*? Das ist doch völlig untypisch für die RAF.«

Sänger runzelte die Stirn. »Vielleicht handelt es sich um die *vierte* Generation der Roten Armee Fraktion, deswegen Kommando *vier*. Das BKA jedenfalls hat die Ermittlungen bereits aufgenommen und ein Team nach Hamburg geschickt.«

»Wer auch immer hinter dieser Sauerei steckt«, ereiferte sich Seilinger. »Diese größenwahnsinnige Forderung wird niemand ernsthaft erfüllen wollen, oder? Das ist doch der größte Schwachsinn, den ich je gehört habe.«

»Eben. Und niemand hat einen Vorteil davon«, fügte Berkun hinzu. Die junge Kriminalkommissarin stand eigentlich immer auf der Seite von Hildur Seilinger.

»Ich bin anderer Meinung«, konterte Huger. »Hier soll ein politisches Zeichen gesetzt werden. Wenn das wirklich durchgesetzt werden würde, dann …«

»Na was dann …?«, maulte Seilinger. »Das würde doch gar nichts ändern.«

Brechter hatte sich bisher zurückgehalten, doch jetzt riss ihm der Geduldsfaden. »… dann ist das wie ein Mahnmal. Ein weltweites Symbol für den Widerstand.«

»Oha …«, raunte Seilinger. »Der *Höllengänger* hat wieder eine seiner Visionen.«

»Widerstand wogegen?«, fragte Berkun nuschelig, da sie auf einem Kugelschreiber kaute.

»Gegen das verlogene, korrupte System«, konkretisierte Brechter. »Gegen den Turbokapitalismus.«

»Also gegen alles und jeden«, lachte Seilinger und zeigte Brechter einen Vogel.

»Es reicht!«, ging Sänger dazwischen. »Das bringt uns nicht weiter. Der Staat lässt sich nicht erpressen, insofern halte ich das Ansinnen dieses oder dieser Terroristen auch für absolut chancenlos, doch ignorieren können wir es natürlich auch nicht. Also, hat jemand eine brauchbare Idee, die ich in die nächste Besprechung mitnehmen könnte?«

»Ich fand das pompöse Ding schon immer großkotzig«, sagte Huger grinsend, während die entsetzten Blicke der Kollegen auf ihm ruhten. »Sollen sie es doch ruhig abreißen.«

13.

Die Rote Armee Fraktion: eine linksextremistische terroristische Vereinigung, die Anfang der siebziger Jahre in Deutschland gegründet wurde. Die Gruppe um Andreas Baader, Ulrike Meinhof und Gudrun Ensslin bildete die erste Generation von Terroristen, die sich selbst als Stadtguerilla bezeichnete. Der bewaffnete Kampf als höchste Form des Klassenkampfes: gegen den Kapitalismus, gegen den US-Imperialismus und den Vietnamkrieg, radikal bis in den Tod. Zwei weitere RAF-Generationen sollten folgen. Insgesamt gingen vierunddreißig Morde auf das Konto der meistgesuchten Verbrecher Deutschlands. Nicht alle Täter von damals sind gefasst worden. Terroristen und Sympathisanten leben noch heute unter uns – einige von ihnen mit gefälschten Papieren und unter neuer Identität.

Die dritte und letzte Generation der RAF verkündete im Jahr 1998 ihre Selbstauflösung. Sie gilt als die geheimnisumwittertste Gruppierung, deren Kommandoebene aus kaum mehr als zwanzig Personen bestand und die auf äußerst professionelle Weise vorging. Insgesamt neun Morde gingen auf das Konto dieser Generation, die auch internationale Kontakte pflegte, mit deren Hilfe es ihnen möglich war, auf hohem technologischen Niveau zu arbeiten. Fast keine ihrer Taten wurde je aufgeklärt; die Hälfte der beteiligten Personen ist bis zum heutigen Tag unbekannt. Eine unheimliche Allianz voller Geheimnisse, die bisher nie wieder in Erscheinung trat.

Jetzt war der Terror zurück, und allem Anschein nach kam er nicht aus der Ecke der radikalisierten, islamistischen Szene. War dies die Geburtsstunde der vierten Generation?

»Das Bekennerschreiben kam per Mail«, sagte Sänger und nahm einen kräftigen Schluck Kaffee, den Anette Berkun zwischenzeitlich in weißen Plastikbechern verteilt hatte. »Herr Pahlgruber, wie ist da der letzte Stand der Dinge? Konnten wir zwischenzeitlich eine Spur verfolgen?«

»Leider nein«, antwortete Pahlgruber, der Resignation nahe. »Ich hab mit den Informatikern Kontakt aufgenommen. Schlechte Nachrichten. Der … oder die Täter haben einen *Typ-II-Remailer* mit asymmetrischer Verschlüsselung verwendet. Die Verfolgung der Internetspur ist unmöglich, da die Botschaft über eine Kaskade von dezentral verteilten Servern geleitet wurde. Die eigene IP-Adresse bleibt hierbei im Verborgenen.«

»Scheiße!«, platzte Seilinger heraus. »Wäre ja auch zu schön gewesen.«

»Das war doch zu erwarten«, sagte Huger und fischte einen neuen Streifen Kaugummi aus seiner Hosentasche. »Wer das Know-how für eine derartige Drohne hat, der wird auch im Bereich der Informatik einiges auf dem Kasten haben.«

120

»Na schön«, gab Seilinger nach. »Und jetzt?«

Sänger betrachtete sie ausdruckslos über die Brille hinweg. »Lassen wir uns den Text doch noch mal auf der Zunge zergehen. Lesen Sie mal bitte laut vor, Herr Pahlgruber.«

Der Rollstuhlfahrer mit dem Rollkragenpullover scrollte mit der Maus nach unten, auf der Suche nach dem angesprochenen Text, und begann zu lesen:

Erklärung vom 22. Juli 2017
Der bewaffnete Kampf wird wieder aufgenommen!
Der Widerstand ist heute dringender denn je. Der Kampf gegen Autokratie, Ausbeutung, Fremdenfeindlichkeit, gegen die Macht der Konzerne und gegen ein unsoziales System ist ein zwingender und logischer Akt der Befreiung. Um ein Zeichen zu setzen, wurden bisher zwei Konsumenten des imperialistischen Systems hingerichtet. Die Hinrichtungen werden so lange fortgesetzt, bis dieser korrupte Staat unsere Forderungen erfüllt hat: Die Ächtung von Kreuzfahrtschiffen und die vollständige Zerstörung der Hamburger Elbphilharmonie. Sie ist ein Symbol für die Krake des Kapitalismus. Ihre verabscheuungswürdige Präsenz steht für Konsum, Umweltverschmutzung, Unterdrückung, staatliche Willkür und die Macht der multinationalen Konzerne. Erst wenn sie in Trümmern liegt, werden die Hinrichtungen eingestellt. Niemals von der ungeheuren Dimension der eigenen Ziele zurückschrecken.
Kommando Vier

Für einen kurzen Augenblick sagte niemand etwas. Fast sah es so aus, als wenn jeder der Anwesenden die

Ruine der Elbphilharmonie vor seinem geistigen Auge sah. Für den einen stand sie in Flammen, andere wiederum sahen eine gigantische Explosion, die große Teile des Gebäudes in die Elbe kippen ließ, oder sie bewunderten eine monströse Abrissbirne, die mit unbändiger Wucht das mächtige Glas des Aufbaus zerbersten ließ.

Anette Berkun, die als Erste in die Realität zurückgefunden hatte, stellte ernüchtert fest: »Mann, die haben sie ja nicht mehr alle.« Die Kriminalkommissarin war 29 Jahre alt und sah wie immer gut gestylt aus. Sie trug Jeans und ein schwarzes T-Shirt mit silbernen Pailletten; beides hochwertige Designerstücke. »Und? Hat die RAF früher in diesem Stil geschrieben?«

»Allerdings«, bemerkte Sänger. »Der Text zeigt Parallelen zu früheren Schreiben der Roten Armee Fraktion. Im Prinzip kann das aber natürlich jeder kopieren. Das BKA prüft momentan die Echtheit der Botschaft. Es bleibt abzuwarten, ob die Terroristen von früher tatsächlich wieder auferstanden sind.«

»Kommando vier? Das klingt tatsächlich nach einer vierten Generation der RAF«, spekulierte Seilinger.

»… oder jemand beabsichtigt, dass wir genau in diese Richtung denken«, meinte Huger und fuhr sich durch die Haare.

»Möglich«, sagte Sänger und kratzte sich am Bauch. »Auf früheren Schreiben war immer ein Symbol mit einer Maschinenpistole drauf; das fehlt bei unserem Bekennerschreiben.«

»Jedenfalls wundere ich mich nicht darüber, dass die Terroristen wieder aktiv werden«, ereiferte sich

Huger. »Die Welt ist aus den Fugen geraten, das schreit förmlich nach einer militanten, außerparlamentarischen Antwort.«

»Bist du ein Sympathisant?«, fragte Seilinger skeptisch.

Brechter mischte sich ein. »Er hat nicht ganz Unrecht, Hildur. Die Zeichen stehen weltweit auf Sturm, das ist doch unverkennbar. Schau dich doch um.«

»Was haben wir denn überhaupt für Möglichkeiten gegen die Drohnenattacken?«, lenkte Pahlgruber ab. »Außer den zusätzlichen Kräften meine ich.«

Sänger räusperte sich. »Man kann einen bestimmten Ort vor Drohnenangriffen schützen, zum Beispiel ein Fußballstadion oder einen Flughafen. Da gibt es neuerdings irre Innovationen: Drohnenschutzschilde, Alarmanlagen, Gewehre mit Störsignalen, Abwehrsysteme, Laserkanonen oder abgerichtete Greifvögel. Aber was nützt das alles, wenn die gesamte Stadt ein potenzielles Ziel darstellt. Der Täter schlägt zu irgendeinem Zeitpunkt an irgendeinem Ort in der Stadt zu; wie sollen wir uns dagegen wappnen?«

»Ich glaube, hier versucht ein verrückter Einzeltäter, die Stadt in Angst und Schrecken zu versetzen«, sagte Pahlgruber, fuhr seinen Rollstuhl an das Fenster zum Innenhof heran und fuhr fort: »Erstens: Es wird kein Zeitraum für die Erfüllung dieser absurden Forderung genannt, und streng genommen somit auch kein Ultimatum gestellt. Die Androhung weiterer Konsequenzen geht damit ins Leere. Zweitens: Mit keinem Wort wird die Rote Armee Fraktion erwähnt. Das ist untypisch. Und drittens der wichtigste Punkt:

Wieso überhaupt die Elbphilharmonie? Die Bürger sind doch begeistert. Besucher werden angezogen; die Stadt und der Handel profitieren. Insofern …«

»Da liegst du falsch«, widersprach Huger und unterbrach Pahlgrubers Argumentation energisch. »Die Eintrittskarten für Veranstaltungen im großen Saal werden doch zu Wucherpreisen auf dem Schwarzmarkt gehandelt. Mittlerweile haben sich diverse Leute darauf spezialisiert, Karten zu ergattern, um sie dann zu astronomischen Höchstpreisen weiterzuverkaufen. Dadurch sind es wieder einmal nur die Reichen, die von dem Prunkbau profitieren. Kapitalismus pur, wenn du mich fragst.«

Seilinger blickte nachdenklich in die Runde. »Vielleicht sollten wir nach männlichen Personen suchen, die sich von einer Hamburger Behörde ungerecht behandelt fühlen. So ein Drohnen-Bastler ist garantiert ein Mann. Da gibt es bestimmt einige krasse Fälle, bei denen man nachvollziehen könnte, wenn einer wegen so einer Sache ausflippt.«

»Soweit ich mich erinnere, gab es auch drohende Insolvenzen, die in direktem Zusammenhang mit dem Bau der Elbphilharmonie standen«, sagte Pahlgruber. »Vielleicht gibt es da noch offene Rechnungen? Das sollten wir auf jeden Fall prüfen.«

»Gute Idee«, meinte Sänger. »Fangt schon mal an, und versucht diesbezüglich, Fakten zu sammeln. Wer hätte einen Grund, auf die Stadt und seine Behörden richtig sauer zu sein? Und wer gehört zu den Verlierern bei diesem Milliardenbau? Ich nehme das mit in die Vierzehn-Uhr-Runde und verkünde dort, dass ihr euch darum kümmert. Die Auswertung der Filme können dann die anderen Kollegen übernehmen.«

Huger verdrehte die Augen, sagte aber nichts. Viel Arbeit wartete auf das Alpha-Team; zusätzlich zu den bereits vorhandenen Fällen. Die Zahl der Morde und Totschläge stieg bereits seit Jahren kontinuierlich an. Der Job war anspruchsvoll und nicht jedermanns Sache, da sich die menschlichen Tragödien nach Dienstschluss nicht einfach ausblenden ließen.

»Was ist mit meinem Fall?«, meldete sich Brechter kleinlaut zu Wort.

»Darauf wollte ich gerade zu sprechen kommen«, log Sänger, der momentan nicht wusste, wo ihm der Kopf stand. »Ich hatte noch keine Zeit, den Bericht zu lesen. Geben Sie uns doch bitte jetzt schon mal einen Überblick. Was ist bei diesem Hospizbesuch herausgekommen?«

Brechter räusperte sich. Die Sache nahm eine unerwartete Wendung, da sich sämtliche Ermittlungen auf den Drohnen-Killer konzentrierten. Brechter sah seine Felle davonschwimmen und sprach nur halbherzig über den unglaublichen Skandal, der sich ihm im Hospiz offenbart hatte. »Hinrich Seidelberg – so heißt der pensionierte Hamburger Staatsanwalt, der im Hospiz auf den Tod wartet –, gestand mir, dass er vor vierzig Jahren an einer Mordserie beteiligt war, bei der fünf Frauen ermordet wurden. Zwar nicht direkt als Mörder, aber als Komplize, der im Weiteren dann auch noch die Ermittlungsarbeiten manipuliert hatte.«

»Was … wie bitte?«, stammelte Berkun und schaute ihn ungläubig an.

»Das ist allerdings starker Tobak«, sagte Sänger und runzelte die mit Altersflecken übersäte Stirn. »Hmm … vierzig Jahre? Da fällt mir dieser Typ mit den Glasaugen ein. Wurde, soviel ich weiß, nie gefasst.«

»Genau. Um diese Mordserie geht es«, bestätigte Brechter. »Der Glasaugen-Mörder erwürgte seine Opfer erst, dann entfernte er ihnen die Augen, um sie durch Glasaugen zu ersetzen.«

»Krass!«, entfuhr es Huger, der langsam damit begann, seinen Ruf als respektloser *Bulle* auch in der Metropole Hamburg zu etablieren. »Abgefahren! Die einen sammeln Briefmarken, die anderen …«

»Und was hat dieser Seidelberg damit zu tun?«, fragte Pahlgruber neugierig und schnitt Huger das Wort ab.

»Er hatte einen Deal mit dem Mörder«, antwortete Brechter trocken. »Die haben sich zufällig kennengelernt und eine bizarre Vereinbarung getroffen. Bei den letzten vier Morden hat der Täter Seidelberg die Leichen zur Verfügung gestellt, damit der seine krankhaften Sex-Fantasien an ihnen ausleben konnte.«

»Wofür … was?«, fragte Berkun entsetzt, obgleich sie bereits zu ahnen begann, was mit den toten Frauen geschehen war.

»Der Typ hatte offenbar eine Vorliebe für dieses, äh … Nekro…dingsda«, warf Huger ein, und verzog das Gesicht.

»… Nekrophilie nennt man das«, erläuterte Brechter. »Seidelberg hat sich an den Frauenleichen vergangen. Er war verrückt nach Sex mit toten Frauen.«

»Mein Gott«, hauchte Berkun kaum hörbar. »Das ist ja pervers.«

»In seiner Position war das Beihilfe zum Mord und Leichenschändung«, schlussfolgerte Sänger und schüttelte den Kopf. »Jetzt, kurz vor seinem Tod, plagt ihn wohl sein schlechtes Gewissen, was?«

»Das Schwein!«, platzte es aus Seilinger heraus.

»Was hat er denn noch gesagt?«, wollte Sänger wissen und zeigte auf Brechter. »Und warum wollte er gerade Sie sprechen?«

»Ich soll ihn ausfindig machen, den Glasaugen-Mörder«, erwiderte Brechter. »Wobei er mir keinen triftigen Grund für sein Ansinnen nennen konnte. Jedenfalls klang das nicht nach Wiedergutmachung.«

»Wieso Sie? Warum ausgerechnet jetzt?«

»Das bleibt wohl Seidelbergs Geheimnis. Vielleicht hat die tödliche Krankheit seinen Geisteszustand getrübt«, wich Brechter aus. Er hatte nicht vor, seinen umstrittenen Ruf als *Höllengänger* erneut ins Gespräch zu bringen. Außerdem lag es ihm fern, die nächtliche Vision zu erwähnen, in der ihm vermutlich der Glasaugen-Mörder begegnet war.

»Ein wichtiger Fall«, stellte Sänger fest. »Gibt es irgendwelche Indizien? Hat er Sie auf eine Spur gebracht?«

»Na ja, Seidelberg hat mir eines dieser Glasaugen gegeben und einige nebulöse Andeutungen gemacht, aber …«

»Dann übernehmen Sie den Fall, Brechter«, entschied Sänger, dessen Stimme keinen Widerspruch zuzulassen schien. »Ich erwarte in regelmäßigen Ab-

127

ständen Ihren Bericht.«

Brechter stöhnte. »Aber bisher haben wir zumindest zwei Beamte auf einen Fall ...«

»Momentan ist das unmöglich«, bedauerte Sänger. »Sie haben ja gehört: Der neue Fall des Drohnen-Killers hat Priorität. Es geht um nichts Geringeres als die Zukunft der Stadt und die Sicherheit ihrer Bewohner. Ihre Erkenntnisse sind erschütternd, ja, aber der Täter von damals ist vielleicht bereits verstorben, und wir brauchen derzeit jede Kraft, um die Lage wieder unter Kontrolle zu bekommen. Also, Herr Brechter, Sie machen ab sofort die *Cold-Case-Unit* in Personalunion. An die Arbeit.«

14.

Bis zum frühen Nachmittag hatte Brechter alle Geschäfte für Bastelbedarf in Hamburg abgeklappert. Aber die dortigen Mitarbeiter hatten ihm nicht weiterhelfen können. Es gab noch einige kleinere Läden, die er bereits gestern telefonisch kontaktiert hatte, doch auch dort: Fehlanzeige. Zwar gab es unter den größeren Geschäften einige Anbieter, die Glasaugen im Sortiment führten, doch keines der Produkte war mit seinem Exemplar vergleichbar.

Vielleicht ein Hersteller aus dem Ausland, vertröstete ihn das Personal und verwies auf die wenigen europäischen Glasaugenfabrikanten, die zudem in regelmäßigen Abständen ihre Produktpalette veränderten. Brechter hatte sich bereits per Mail an die Produzenten dieses Nischenproduktes gewandt und Digitalfotos von seinem Glasauge mitgeliefert, doch bislang hatte niemand auf seine Anfrage reagiert.

Auch seine Recherchen hinsichtlich des Gießharzes, in das der Täter vermutlich die Augen der Frauen eingebettet hatte, um daraus das Mobile zu bauen, verliefen im Sande. Der *Klarsichtverguss* erforderte keine besonderen Kenntnisse und die Materialien hierfür waren vielerorts erhältlich – auch bereits vor vierzig Jahren. *Die Spur ist so tot wie die fünf Frauen,* fluchte er innerlich, als er das letzte Geschäft auf seiner Liste im Poppenbütteler Einkaufszentrum verließ, um mit dem Dienstwagen zurück ins Präsidium zu fahren.

Seidelberg hatte ihn bereits vorgewarnt, trotzdem verbrachte Brechter den gestrigen Nachmittag im Archiv und in der Asservatenkammer, um die Aussagen des todkranken Staatsanwaltes nachzuprüfen. Und tatsächlich: Im Fall des Glasaugen-Mörders waren so gut wie keine brauchbaren Unterlagen mehr vorhanden. Die Zentralregistratur besaß noch Räume im Keller des Polizeipräsidiums. Dort fand er zuguterletzt einen dünnen, vergilbten Aktendeckel, auf dem sich das entsprechende Aktenzeichen befand. Bis auf wenige Vermerke, aus denen allerdings nichts Substanzielles hervorging, war die Akte aber so leer wie das Vorstrafenregister des Polizeipräsidenten.

Frustriert warf der schlanke, mittelgroße Kriminaloberkommissar mit der roten Kurzhaarfrisur einen Blick auf die Digitaluhr im Wagen: drei Uhr Nachmittag. Zeit für einen Kaffee im Büro. Noch lag ein langer Arbeitstag vor ihm. Er hatte sich vorgenommen, heute Abend noch in dieser Kneipe vorbeizuschauen, in der Seidelberg dem Glasaugen-Mörder begegnet sein wollte.

Dicker Schwein ..., was für ein bescheuerter Name.

Im Präsidium angekommen füllte er das Fahrtenbuch aus, gab den Fahrzeugschlüssel bei der Leitstelle ab und checkte sein E-Mail-Postfach. Doch außer einiger interner Informationsmails war nichts dabei, das sein Interesse geweckt hätte. Die letzte Stunde im Büro verbrachte er damit, im Internet nach Ärzten und Heilpraktikern zu suchen, die Arthritis mit Akupunktur behandelten. Keine einfache Angelegenheit, denn die Treffer bezogen sich auf die Akupunktur-Behandlung im Allgemeinen; Spezialanwendungen für Arthritis schien es nicht zu geben. Im Bus auf dem Heimweg ging er die Liste mit den in Frage kommenden Adressen durch und beschloss, gleich morgen früh mit den telefonischen Ermittlungen zu beginnen.

Vier Stunden später betrat Daniel Brechter das Traditionslokal der Schlachthofmitarbeiter, von dem heute nur noch der kuriose Name an die guten alten Zeiten erinnerte. Die veralteten Schlachthöfe hatten allesamt ihre Pforten geschlossen; das Lokal und der Name *Dicker Schwein* war geblieben. Brechter hatte den Bus zur Susannenstraße genommen und war den Rest zum Schulterblatt zu Fuß gegangen. Die Luft war immer noch warm und die Straßen des Stadtteils voller Menschen, obwohl sie auch hier umherging: die Angst vor dem Drohnen-Killer.

Als er die knarrende Kneipentür öffnete, schlug ihm der Nikotindunst unzähliger Zigaretten entgegen. Niemand schien sich hier um ein Rauchverbot zu kümmern. Der Laden war gerammelt voll. An den Tischen saßen Männer, die die besten Jahre ihres Lebens bereits hinter sich hatten. Ein undurchdringliches Stimmengewirr erfüllte die abgestandene Luft und aus einem kleinen Lautsprecher, der über dem Tresen an der Wand hing, dröhnte rhythmische Soulmusik aus den 70er Jahren des vorigen Jahrhunderts.

Der Lautsprecher ist Scheiße, aber die Musik ist cool, dachte Brechter, stellte sich an einen der Stehtische und wippte mit dem Fuß zum Takt der Musik. Er bestellte ein dunkles Bier und beobachtete die Gäste. Glasige Augen, erhitzte Gemüter, die von längst vergangenen Zeiten lallten, und dazwischen einige Frauen mittleren Alters, die sich maßlos aufgetakelt hatten, um ihre von der Alkoholsucht aufgeschwemmten Gesichter zu kaschieren.

Eine junge, hübsche Kellnerin stellte das frisch gezapfte Bier vor ihm auf die fleckige Tischplatte, die so aussah, als wenn Generationen von Rauchern ihre Kippen darauf ausgedrückt hatten. Mit monotoner Stimme wies sie darauf hin, dass die Getränke hier sofort zu bezahlen seien. Brechter reichte ihr nickend einen Zehneuroschein und nutzte die Gelegenheit, um an Informationen zu gelangen.

»Arbeiten Sie schon lange in dem Laden hier?«, wollte er wissen und nippte den Schaum vom Bierglas herunter.

»Das BAföG reicht vorne und hinten nicht«, antwortete sie, halb ernst-, halb scherzhaft. »Seit ich vor drei Jahren mit dem Studieren begonnen habe, kellnere ich nebenbei im *Dicker Schwein*.«

»Was studieren Sie denn?«

»Biologie.«

»Klingt gut«, meinte Brechter und fing an, seine beschlagene Brille zu putzen. »Dann haben Sie das hier bald nicht mehr nötig.«

Die junge Frau lächelte, sagte aber nichts. Sie hatte ihr langes schwarzes Haar zu einem Zopf zusammengebunden, damit ihr die Haare beim Bedienen nicht ins Gesicht fielen.

»Vielleicht können Sie mir einen Gefallen tun?«, murmelte Brechter hinter vorgehaltener Hand, während die Kellnerin den Geldschein in der prall gefüllten Börse verschwinden ließ.

Sie sah ihn mit großen Augen an. »Inwiefern?«

»Ich suche einen älteren Mann mit einer großen Warze im Gesicht«, sagte Brechter mit gespielter Leichtigkeit. »Ein versierter Handwerker, der vor Jahren schon mal was für mich gezimmert hatte. Hab leider seinen Namen vergessen. Ich erinnere mich nur noch an diese Kneipe hier, von der er mir damals erzählt hatte. Fällt Ihnen da vielleicht jemand ein, der hier mal …?«

»Wer will das wissen?«, fragte sie argwöhnisch, während sich zwei Zornesfalten zwischen ihren Augenbrauen bildeten.

»Der Kollege hier.« Brechter zückte sein Smartphone, drückte ein Symbol und hielt ihr das Display vor die Nase.

Als die Kellnerin den abfotografierten Fünfzig-Euro-Schein sah, lachte sie laut auf und schüttelte den Kopf, sodass ihr Zopf wie ein Pendel hin und her schwang. »Alte Männer mit Warzen im Gesicht gibt es hier jede Menge.« Sie deutete auf sein Smartphone. »Ist das ein Hobby von Ihnen? Geldscheine fotografieren!«

Brechter lächelte – er hatte etwas Lausbubenhaftes an sich – und zückte seine schwarze Brieftasche. »Soweit ich mich erinnere, hatte er ein Faible für klassische Musik.«

Sie schien für einen Moment zu überlegen. »Da fällt mir dieser Rolf ein. Seltsamer Typ, aber er kannte sich mit Klassik aus. Den hab ich hier schon lange nicht mehr gesehen.«

»Sie haben ihn gekannt, Frau ... äh?«, erkundigte sich Brechter.

»Ich heiße Linda ... Nein, über diesen Rolf weiß ich sonst nichts. Ich hab ihm nur das Bier gebracht. Saß immer alleine da, der Typ.«

Brechter fingerte fünfzig Euro aus der Brieftasche, faltete den Schein zusammen und schob ihn unter den Bierdeckel. »Rolf ...? Und wie ist sein Nachname?«

Linda ließ den Deckel mitsamt dem Geldschein in der Seitentasche ihrer Jeans verschwinden. »Mehr weiß ich nicht«, antwortete sie knapp und wandte sich von ihm ab.

»Adresse?«, schob Brechter nach, obgleich ihm bewusst war, dass er keine Antwort darauf erhalten würde.

Linda drehte sich um und schüttelte genervt den Kopf. »Fragen Sie den *Franzosen*«, sagte sie plötzlich und fügte hinzu: »Jacky, der Taxifahrer ... hat ihn ab und zu mal gefahren – glaub ich.«

Brechter winkte ihr noch hinterher, doch da war sie bereits wieder unter den missbilligenden Blicken des Wirtes hinter dem Tresen verschwunden.

15.

Tagebucheintrag

Mein Respekt, ich bin beeindruckt. Er hat sich äußerst geschickt verhalten. Geradezu genial, wie er die nervige Schnüfflerin an der Nase herumgeführt hat. Und überhaupt: die Dinge entwickeln sich gut – geradezu phänomenal.

Das Bekennerschreiben ist eine Fälschung, soviel steht fest, aber was macht das schon. Der Initiator (vielleicht ist es auch eine Gruppe), der hinter dieser beispiellosen Idee steckt, ist nur einer von vielen Kämpfern, die gegen die beschissene Obrigkeit aufbegehren – weltweit. Das Chaos zieht immer engere Kreise. Jemand hat den ersten Stein geworfen, jemand hat angefangen, den Finger in die offene Wunde zu legen, jetzt ist eine Kettenreaktion in Gange gesetzt worden, die niemand mehr aufhält. Es bedarf nur weniger Manipulationen, dann nutzen die Trittbrettfahrer die Gelegenheit, um auf den fahrenden Zug aufzuspringen. Und sie kennen keine Skrupel.

Krass, die haben sich alle geirrt, diese angeblich so kompetenten Anführer des Systems. Hurensöhne, die uns jahrzehntelang verarscht haben. Korrupte Marionetten der Faschisten, die meinen, dass sie die Kontrolle über etwas haben, das sich nicht kontrollieren lässt. Die Revolution *kommt später, als wir dachten, aber sie kommt. Die Zeichen stehen auf Sturm. Es wird nicht mehr lange dauern, dann brechen die alten Systeme auseinander. Fragile Gebilde, die nur wenige Gewinner hervorbrachten; auf Ausbeutung aufgebaut; mit Kontrollmechanismen ausgestattet, die die Ängste der Menschen ausnutzen. Sie haben sich mächtig verkalkuliert, die Ärsche. Was für eine Naivität. Sie haben nicht erwartet, dass ihre drangsalierenden Systeme Geschöpfe der Unvernunft hervorbringen. Und mit diesen Geschöpfen kommt das Chaos.*

Die Gläubigen – diese ahnungslosen Irrlichter der Verblendung – werden sagen, dass er wieder da ist – der Antichrist.

Halleluja …, so ein hirnverbrannter Schwachsinn. Gott ist eine menschliche Erfindung, ein nutzloses Fabrikat, das es nicht einmal in die Poststelle eines Patentamtes schaffen würde. Wir sind es selbst, die unsere Welt gestalten.

Jetzt fangen wir an, sie umzubauen. Hindernisse müssen beseitigt werden. Die Schnüfflerin …, sie könnte zum Problem werden. Sie muss genau beobachtet werden. Sollte es nötig sein, werde ich ihr das neugierige Maul stopfen. Notfalls sogar prophylaktisch. Auch der Psychopath ist nur eine Figur auf dem Schachbrett. Er könnte sich als nützlich erweisen, zumal mir seine Boshaftigkeit gefällt. Er ist erpressbar und kennt keine Skrupel. Eigenschaften, die bei der Durchführung des Planes von Nutzen sein könnten.

Der Plan …! So ein geiles Ding haben wir noch nie abgezogen. Damit werden sie nicht rechnen. Jetzt zahlt es sich aus, dass in den beiden Erddepots noch über zweihundert Kilo C4 lagern. Altbestände aus der guten alten Zeit, doch das Zeugs wird ja nicht schlecht. Jede Menge Plastikspreng-

stoff, der sich leicht hineinmanövrieren lässt. Die Spinner aus der Islamistenszene warten nur auf eine derartige Gelegenheit. Ich liefere ihnen die Idee, inklusive Anleitung und Training. Und natürlich den Sprengstoff; den Rest werden die Dumpfbacken selber hinbekommen. Sie werden begeistert sein, schließlich ernten sie den Ruhm. Die Sache muss nur schlau eingefädelt werden, dann gibt es einen Rumms, den die Welt so schnell nicht vergessen wird.

Und wenn sie misstrauisch werden? Schließlich könnten sie annehmen, dass es sich bei meinem Angebot um einen Hinterhalt handelt. Für den Fall lasse ich einige meiner alten Kontakte aufleben. Fürsprecher, die ihnen verdeutlichen werden, dass wir alle am gleichen Strang ziehen.

Dass wir alle nur das Eine wollen: die neue Revolution.

Die Welt ... sie soll brennen ...

16.

ls Daniel Brechter gegen Mittag das Krankenhaus in Hamburg-Wandsbek betrat, kehrten die Farben in seine Umgebung zurück. Von einer Minute zur anderen schien sich das schwarz-weiße Vakuum, in dem er auf seltsame Weise den Vormittag verbracht hatte, von selbst aufzulösen. Auch die Töne wurden klarer, das Licht heller und der pochende Schmerz in seinem Kopf verlor an Intensität, sodass ihm schlagartig bewusst wurde, weswegen er überhaupt hierher gekommen war.

Natürlich! Dieser Taxifahrer. Vermutlich bin ich haarscharf an einer Virusinfektion vorbeigeschrammt. Vielleicht hätte ich den Vormittag besser im Bett verbringen sollen?

Benommen schüttelte er den Kopf und erinnerte sich verschwommen an den Albtraum, von dem er letzte Nacht schweißgebadet aufgewacht war. Schreckliche Bilder blitzten in ihm auf, doch obwohl er verzweifelt versuchte, sich zu konzentrieren, gelang es ihm nicht, ein Gesamtbild des Geträumten zu rekonstruieren. Was ungewöhnlich war, denn seitdem ihn Wolfgang Möller, der Serienkiller, bei seinen imaginären Exkursionen in das Reich des Schreckens begleitete, konnte er sich normalerweise darauf verlassen, dass die Erinnerungen auch am nächsten Morgen noch präsent waren.

Brechter steuerte auf den großen Empfangsschalter in der Eingangshalle zu, bog dann aber kurz vorher rechts ab, und setzte sich schwer atmend auf einen der Besucherstühle. Er schloss die Augen und ließ die Bilder auf sich wirken.

Weiße Betonwände, dazwischen Säulen. Qualm, Feuer, Trümmer und eine alles verzehrende Hitze. Riesige Lachen voller Blut und Gedärme. Dazwischen verstümmelte Leichen, nein, einige von ihnen lebten noch. Abgetrennte Gliedmaßen, klaffende Wunden und Schreie, markerschütternde Schreie, so grauenvoll, als kämen sie direkt aus der Hölle. Stöhnen, das herzzerreißende Jammern sterbender Menschen, gellende Rufe, Panik, eine Sinfonie des Grauens. Überall Tote und Verletzte, zahllose Körper, die wie auf einem Schlachtfeld übereinander gestapelt lagen. Groteske Verrenkungen, entstellte Gesichter, Augen, die ins Leere blickten. Von weit her schrille Sirenen, sich überlagernde Signaltöne und das Flappern eines Rotors. Berstendes Knallen, als wenn ein Staudamm bricht und …

»Geht es Ihnen nicht gut?« Die Dame hinter dem Tresen beugte sich nach vorne und blickte ihn fragend an. Brechter öffnete die Augen und erschauderte. Die Frau hatte ein wunderschönes Gesicht, doch ihr weit aufgerissenes Maul – *Mund wäre der falsche Ausdruck gewesen* – steckte voller langer, messerscharfe Zähne, von denen das Blut heruntertropfte. Sie grinste diabolisch und schnalzte mit der pelzigen Zunge, dann ließ sie die Fänge lautstark aufeinanderschlagen.

Brechter zuckte zusammen, nahm die Brille ab, um sich die Augen zu reiben, und blinzelte zu ihr hinüber.

»Wie bitte?«, hörte Brechter sich fragen. Erleichtert stellte er fest, dass sie jetzt wieder völlig normal aussah.

»Kann ich Ihnen helfen?«, fragte sie und fügte hinzu: »Sie sehen irgendwie mitgenommen aus.«

»Nein danke, es geht mir gut«, antwortete Brechter lächelnd. »Ich war etwas in Gedanken, das ist alles.« Er stand auf und ging an den Tresen. »Aber Sie können mir tatsächlich helfen. Ich würde gern den, äh Herrn …«, er warf einen flüchtigen Blick auf den Zettel, der sich in seiner Jackentasche befand, »… Herrn Ernesto Grauloff besuchen.«

»Moment mal.« Sie setzte die Brille auf, gab den Namen ins System ein und blickte angestrengt auf den Bildschirm. Brechter fiel auf, dass die Empfangsdame ein Namensschild an der türkisfarbenen Hemdbluse trug, auf dem *Frau Johannsen* stand.

»Haus B, zweiter Stock, Zimmer 23«, sagte sie lächelnd und wandte sich dem klingelnden Telefon zu.

»Vielen Dank«, sagte Brechter im Gehen und warf einen Blick auf die Hinweistafel an der Wand. Unterwegs überlegte er angestrengt, was heute Vormittag eigentlich geschehen war. Natürlich war er wie gewohnt gegen acht im Büro erschienen, um … *oder?* Konnte es sein, dass er direkt zur Taxizentrale gefahren war, um sich nach Jacky, dem Franzosen zu erkundigen? Er war dort gewesen, soviel war klar, sonst hätte er nicht in Erfahrung gebracht, dass der Taxifahrer momentan im Krankenhaus lag, doch die Erinnerung daran schien sich hinter einer Nebelbank zu befinden.

Es muss mit diesen Kopfschmerzen zu tun haben.

Und die Liste mit den Ärzten, die Arthritis mit Akupunktur behandeln? Sicher war er zuerst im Büro gewesen, um die telefonischen Ermittlungen diesbezüglich abzuarbeiten. Oder …? Und was war dabei herausgekommen? Grübelnd nahm er die Treppe in den zweiten Stock und blieb plötzlich wie angewurzelt stehen.

Hat nichts gebracht, dachte er zerknirscht. *Am Telefon natürlich keine Auskünfte über die Patienten. … Datenschutz!*

Auf dem Flur der Station herrschte Chaos. Das Telefon im Schwesternzimmer klingelte ununterbrochen und während ein Tross von weißbekittelten Ärzten oder solchen, die es einmal werden wollten, im Rahmen der Visite die letzten Patienten begutachteten, schoben die Pfleger am anderen Ende des Flures das Mittagessen in die Zimmer.

Brechter ärgerte sich über das unglückliche Timing und klopfte lautstark an die Tür von Zimmer 23. Keine Reaktion. Er trat ein, doch die zerwühlte Wäsche der beiden Betten war leer. Im Schwesternzimmer erfuhr er dann, dass der Patient die Cafeteria besuchen wollte, um in Bewegung zu bleiben. Brechter folgte ihm genervt und überlegte unterwegs, wie es wohl zu der seltsamen Namensgebung gekommen war. Den amtlichen Unterlagen zufolge hieß der Taxifahrer Ernesto Grauloff – *was für ein seltsamer Name* –; in Taxifahrerkreisen wurde er aber Jacky, der Franzose genannt. *Kurios, sein richtiger Name hat so gar nichts Französisches an sich.*

In der Cafeteria war nicht viel los. Brechter hatte Glück; bereits der erste Versuch war ein Volltreffer. Grauloff saß am Fenster und stöberte in einer Fernsehzeitung. Er trug einen blau-weiß-gestreiften Bademantel, der aus einer Altkleidersammlung zu kommen schien, und graue Pantoffeln, die kurz davor waren, auseinanderzufallen. Neben dem Stuhl befand sich ein rollbarer Infusionsständer, an dem ein Beutel mit klarer Flüssigkeit hing. Eine dünne Kanüle war am unteren Teil des Beutels befestigt und verschwand im Ärmel seines Bademantels.

»Herr Grauloff?«

Der Angesprochene reagierte unwirsch. »Wer will das wissen?«

»Daniel Brechter, Kripo Hamburg.« Brechter zeigte seinen Dienstausweis, setzte sich an die gegenüberliegende Seite des Tisches und fixierte den Taxifahrer. Der Mann sah schlecht aus. Vermutlich lag sein Alter irgendwo in den Vierzigern, doch sein Gesicht war aufgedunsen, die Farbe der Haut gelblich und der Zustand seiner Zähne besorgniserregend. Er hatte ungepflegte, dunkelblonde Haare, mit deutlich ausgeprägten Geheimratsecken, und braune Augen, die voller Misstrauen funkelten.

»Mann, was wollt ihr Bullen schon wieder?«, blaffte Grauloff. »Ich bin krank, das sehen Sie doch.«

»Das tut mir leid«, sagte Brechter. »Es dauert auch nicht lange.«

Grauloff verzog das Gesicht. »Hatten Sie schon mal ne Bauchspeicheldrüsenentzündung? Mann, das sind vielleicht Schmerzen, kann ich Ihnen sagen. Vor einer Woche lag ich noch stramm im Bett, Mann.«

»… nur eine kurze Auskunft.«

»Solche bescheuerten Sprüche von den Bullen kenn ich zu genüge«, ereiferte sich Grauloff, um im gleichen Moment vor Schmerzen zusammenzuzucken. »Mann, ah … Mist, sprechen Sie doch mit dem Chefarzt und lassen Sie mich in Ruhe.«

Brechter hatte den Mann in der Datenbank gefunden und ging sofort aufs Ganze. »Da Sie vorbestraft sind, kann ich Sie auch ins Gefängniskrankenhaus verlegen lassen, und …«

»Bullshit …, können Sie nicht!«

Grauloff hatte Recht, doch Brechter ließ nicht locker. »Das werden wir sehen. Außerdem frag ich mich, ob Ihre Taxilizenz überhaupt noch gültig ist. Wie lange noch mal waren Sie eigentlich im Knast?«

Grauloff schaute demonstrativ aus dem Fenster und schwieg.

»Ihre Geschäfte interessieren mich nicht«, fuhr Brechter fort. »Ich möchte nur etwas über einen Fahrgast namens Rolf erfahren.«

»Hm«, Grauloff zog die Stirn in Falten. »Rolf? Was für einen Rolf? Kenne ich nicht.«

»Verdammt!« Brechter schlug mit der Hand auf den Tisch. »Ich glaube Ihnen kein Wort. Sie haben ihn mehrmals vom *Dicker Schwein* nach Hause gefahren, stimmt's? Dafür gibt es schließlich Zeugen.«

»Die Kundschaft stellt sich mir nicht vor, Mann.«

»Erzählen Sie mir keinen Scheiß. Sie kommen doch mit den Leuten ins Gespräch. Also, der Typ ist um die siebzig, hört gerne klassische Musik …«

»Ach …, der Kerl mit der Warze im Gesicht.«

»Genau den meine ich«, stellte Brechter fest und trommelte mit den Fingern auf der Tischplatte.

»Ja, kann sein, den hab ich ab und an mal gefahren«, räumte Grauloff ein. »Rolf …, ja, so hieß der wohl. Nachnamen weiß ich aber nicht. Der hatte immer eine CD mit so klassischem Gedudel dabei, die ich einlegen sollte. Mann, nerviges Zeugs, kann ich Ihnen sagen. War immer froh, wenn der Typ ausgestiegen war, zumal er immer ordentlich getankt hatte in der Kneipe.«

»Und wohin ging die Fahrt?«, wollte Brechter wissen.

»Äh, warten Sie mal.« Grauloff strich sich durch das fettige Haar. »War 'ne ganze Ecke zu fahren. Die Reise ging nach … Norderstedt. Ja, genau, jetzt hab ich's. Norderstedt, äh … Brauner Weg … äh, … Nummer weiß ich nicht mehr, Mann.«

»Kommen Sie, denken Sie nach. Die Sache ist wichtig.«

»Mann, bei euch Bullenpack ist immer alles wichtig. Echt, ich weiß es nicht mehr. Ehrlich.« Grauloff kratzte sich am unrasierten Kinn. »Allerdings …«

»Ich höre!«

»Genau gegenüber war so 'ne Gärtnerei mit einem großen Gewächshaus. Die Adresse liegt etwas abseits; eher ländlich, wenn Sie verstehen, was ich meine.«

Brechter nickte. »Ist Ihnen an diesem Rolf irgend

etwas aufgefallen? Worüber haben Sie mit ihm gesprochen?«

»Allerdings«, bestätigte Grauloff. »Mir ist aufgefallen, dass ich ihn äußerst unsympathisch fand. Ich bin ja sonst nicht so harmoniebedürftig, doch der Kerl hat so ziemlich alles in den Dreck gezogen. Politisch und so. Ich hab dann einfach nicht mehr hingehört.«

»Ein Rechtsextremer?«

»Keine Ahnung, Mann, links, rechts … extrem eben, oder eher so ein Scheiß-Querulant. Wie gesagt, ich hab nicht mehr hingehört.«

»Sonst noch was?«

»Nee … oder … doch. Genau, da war noch sein Gelaber über den Pilotenschein, den er angeblich besaß. Gleich bei der ersten Fahrt hat der Angeber mich damit vollgesülzt.«

»Pilotenschein!«, echote Brechter nachdenklich.

»Sag ich doch. Mann, der Typ war voll und konnte das Maul nicht halten. So ein Spinner. Mehr weiß ich nicht.«

Brechter betrachtete ihn ausdruckslos über die Brille hinweg. »Na gut, das sollte reichen. Vielen Dank und weiterhin gute Besserung.«

Grauloff zuckte lustlos mit den Schultern.

»Eine Frage hätte ich noch«, sagte Brechter, während er sich vom Stuhl erhob. »Wieso werden Sie als Taxifahrer eigentlich *Jacky, der Franzose* genannt?«

»Das geht Sie einen Scheißdreck an«, quetschte Grauloff zwischen den Zähnen hervor. »Mann, lassen Sie mich jetzt endlich in Ruhe. Ich hab Ihnen alles gesagt, was ich weiß.«

17.

Sie wollte endlich Gewissheit haben, ob er ihr etwas verheimlichte. Doch dazu musste sie ihn aus der Reserve locken. Dr. Gisela von Boltenhagen lehnte sich zurück und ließ den Blick durch ihre Praxis gleiten, die bis auf das WC und einen winzigen Flur nur aus einem einzigen Raum bestand – dem *grünen* Sprechzimmer.

Es gab keinen Wartebereich, keinen Empfangstresen oder einen speziellen Untersuchungsraum. Auch auf zusätzliches Personal konnte die grauhaarige Psychiaterin verzichten; sie praktizierte allein und unabhängig. Kein nennenswertes Problem für die selbstbewusste 62-Jährige, die seit der Scheidung ihre Einkünfte zusammenhalten musste, zumal sie viel Geld für die Erhaltung des eigenen Körpers verbrauchte. Erst vor sechs Monaten hatte sie fast zehntausend Euro in die komplette Sanierung des Gebisses investiert. Es wäre auch deutlich günstiger gegangen, doch Boltenhagen war tendenziell leicht narzisstisch veranlagt und legte viel Wert auf ihr Äußeres.

Die kleine Praxis in Winterhude war nicht gerade billig, dafür lag sie zentral im ersten Stock eines großen Wohnkomplexes, in dem sich hauptsächlich hochwertige Eigentumswohnungen befanden. Zur Ausstattung gehörte ein Tiefgaragenstellplatz, den sie bequem mit dem Fahrstuhl erreichen konnte.

Boltenhagen sah auf die digitale Uhr ihres PCs und nahm das Notizbuch zur Hand. Achtzehn Uhr; noch dreißig Minuten, bis ihr nächster und für heute auch letzter Patient erscheinen würde. Daniel Brechter. Der Kriminalbeamte, der ihrer Meinung nach aufgrund einer Persönlichkeitsstörung nur eingeschränkt dienstfähig war. Doch die Entscheidungshoheit über seine Einsatzfähigkeit lag nicht in ihrem Zuständigkeitsbereich, und das war auch gut so. Die Behördenleitung würde schon wissen, mit welchen Aufgaben sie den Beamten betreuen könnte. Schließlich erhielten die zuständigen Stellen in regelmäßigen Abständen einen entsprechenden Bericht von ihr.

Das Gespräch mit Clara Sommer, Brechters Frau, hingegen war überaus interessant verlaufen. Insbesondere der Hinweis über sein plötzliches Verschwinden ließ sie aufmerksam werden.

Hm ..., vermutlich nach Florenz!

Theoretisch war es möglich, dass sein damaliges Verhalten – die angebliche Dienstreise – auf eine Dissoziative Identitätsstörung zurückzuführen war. Aufgrund einer schweren Traumatisierung – wie in Brechters Fall – kann es zu einer multiplen Persönlichkeitsstörung kommen, in dessen Verlauf sich zwei Identitäten herausbilden, zwischen denen der Betroffene hin- und herspringt. Ein Schutzmechanismus, der bewirkt, dass die schrecklichen Ereignisse lediglich einem *Anderen* – der zweiten Identität – widerfahren sind. Auf

147

diese Weise lässt sich das Erlebte leichter verarbeiten.

Dass in Brechters Fall aber ausgerechnet sein grausamer Peiniger die zweite Identität darstellte, war allerdings ungewöhnlich. Wenn nicht gar so gut wie abwegig.

Konnte es möglich sein, dass Brechter in der Rolle seines Peinigers – dem Serienkiller – in der besagten Woche verschwunden war? Dann wüsste er als Daniel Brechter nichts davon; er hätte keine Erinnerung daran, da er in der Identität *Möllers* unterwegs gewesen war. Und falls nicht, war er dann, wie er selbst angedeutet hatte, diesem *Möller* in geheimer Mission gefolgt? Warum? Vielleicht um Rache zu nehmen?

Zwei Persönlichkeiten, zwei *Ichs* in einem Gehirn sind zwar selten, stellen aber medizinisch betrachtet keine besondere Hürde für das menschliche Gehirn dar. Für jedes der beiden Ichs werden eigene Verknüpfungen innerhalb der Nervenzellen erzeugt. Jede der beiden Identitäten findet sich gesondert in der Hirnstruktur wieder. Selbst die Eindrücke, die die gerade im Vordergrund stehende Persönlichkeit wahrnimmt, werden von unterschiedlichen Hirnregionen verarbeitet.

Das helle Ding-Dong der Türglocke riss sie aus ihren Überlegungen heraus. Boltenhagen vergewisserte sich über die Sprechanlage, dass die richtige Person vor der Tür stand, und ließ Brechter herein, der sich nach einer kurzen Begrüßung grinsend auf der Couch niederließ.

»Es scheint Ihnen recht gut zu gehen, Herr Brechter?«, fragte sie vom Schreibtisch aus. Boltenhagen war etwas verunsichert, da dieses auffällige Grinsen, das ihr bisher noch nie an ihm aufgefallen war, seltsam entstellend an ihm aussah.

»Mir geht's gut«, murmelte Brechter mit monotoner Stimme. »Der aktuelle Fall, an dem ich arbeite, ist so gut wie gelöst.«

»Meinen Glückwunsch. Erzählen Sie mir davon.«

»Das …«, sagte er bedeutungsschwer, »darf ich natürlich nicht. Aus ermittlungstaktischen Gründen.«

»Ah ja, natürlich. Ich vergaß.« Boltenhagen überlegte kurz, ob es klug war, ihn bereits zu Beginn der Sitzung unter Druck zu setzen. Sie entschied sich für einen Überraschungsangriff. »Dann erzählen Sie mir doch etwas über ihre Undercover-Reise, die Sie nach diesen schrecklichen Vorfällen damals antreten mussten. War das nicht sehr belastend für Sie, so kurz danach? Wohin ging die Reise noch mal? Ich glaube, Sie sagten nach … Florenz … oder?«

Er sah sie mit eisigen Augen an. »Ich hab Ihnen nie etwas darüber erzählt.«

»Aber natürlich«, versuchte sie zu beschwichtigen. »Laut meinen Notizen hatten Sie über dieses Morphische Feld Kontakt zu Möller. Dadurch konnten Sie ihn in seinem Versteck ausfindig machen. Sind Sie ihm nicht nach Florenz gefolgt?«

»Sie konstruieren da Dinge zusammen, die Sie nichts angehen.« Brechters Grinsen war verschwunden; stattdessen sah seine Miene jetzt wie versteinert aus. »Woher haben Sie diese fixe Idee mit Florenz überhaupt? Schnüffeln Sie hinter mir her?«

Ganz ruhig, ermahnte sie sich innerlich. »Sie selbst

waren es doch, der über das Morpische Feld …«

»Ich weiß sehr genau, worüber ich gesprochen habe«, unterbrach Brechter Boltenhagen lautstark. »Sie wollen mich irgendwie auf die Probe stellen, stimmt's? Das alles hier ist ein beschissener Trick!«

»Beruhigen Sie sich, Herr Brechter. Ich will Ihnen doch nur helfen. Lassen Sie uns das Thema wechseln und …«

»Das könnte dir so passen, du blöde Fotze«, zischte Brechter plötzlich und baute sich vor Boltenhagens Schreibtisch auf. »Ich will wissen, was hier abläuft. Hast du hinter meinem Rücken mit Clara, dem Miststück, gesprochen?«

Es dauerte einige Sekunden, bis sie antwortete. »Ihre Frau hat nichts damit zu tun«, log Boltenhagen mit brüchiger Stimme. Kleine Schweißperlen bildeten sich auf ihrer Stirn. Mit dieser Reaktion hatte sie nicht gerechnet; die Situation schien außer Kontrolle zu geraten. Eine derartige Aggressivität hatte sie an ihrem Patienten bisher noch nie beobachten können. Ansonsten hätte sie die Finger von diesem Experiment gelassen. Mit zitternder Hand legte sie den Notizstift beiseite und hob abwehrend die Hände nach oben. Sie spürte eine lähmende Angst in sich aufsteigen. Ein beklemmendes Gefühl, das ihr die Luft zum Atmen nahm.

»Bitte …, setzen Sie sich«, stammelte sie unsicher. »Wir können ein anderes Mal …«

»Nein, das können wir nicht«, fauchte Brechter und näherte sich ihr, indem er um den großen Schreibtisch herumging. »Wir werden das jetzt beenden. Es ist alles nur eine Frage des richtigen Timings, das wissen Sie doch, oder? Jetzt bin ich in der richtigen ... Stimmung. Nachher ist es vielleicht zu spät.«

Beenden ...?

War dies das Ende? Wie erstarrt sah sie ihn auf sich zukommen. Die lähmende Angst türmte sich jetzt wie ein Tsunami in ihr auf, der den letzten Rest ihrer Selbstbeherrschung hinwegfegte. Ohne einen Laut hervorzubringen, starrte sie mit weit aufgerissenem Mund in Brechters kalte Augen, in denen sich seine nach vorne gestreckten Hände spiegelten.

»... Nein ... bitte nicht ...« Sie drehte sich weg; versuchte, seinen Griff abzuwehren, doch ihre ohnehin schwächlichen Kräfte verflüchtigten sich zunehmend. Ihre Gedanken wirbelten durcheinander. Fühlt sich so ein zu Boden gegangenes Tier, das bewegungslos darauf wartet, dass seine Kehle zerfetzt wird? Ungläubig realisierte sie, was passieren würde. Wie ein Stromschlag durchfuhr die Angst jede Faser ihres Körpers.

Seine Hände legten sich fest um ihren zarten Hals. Kraftvoll drückte er den schmächtigen Körper der Psychiaterin in den Sessel hinein, bis der Kehlkopf der Frau knirschende Geräusche von sich gab. Sie ruderte panisch mit den Armen um sich und schlug in ihrer Verzweiflung verschiedene Gegenstände vom Schreibtisch, doch gegen den schraubstockartigen Griff ihres Peinigers vermochte sie nichts auszurichten.

»Die Therapie ist hiermit beendet«, geiferte er mit Schaum vor dem Mund. »Endgültig.«

Für einen kurzen Moment hingen ihre Beine zitternd in der Luft und die Augen schienen aus den

Höhlen hervorzutreten, dann erschlaffte ihr Körper wie die Glieder einer Marionette, deren Fäden durchgetrennt wurden.

Das Letzte, was sie sah, war die metallische Leuchte an der Decke. Irgendjemand drehte an der Dimmung, denn das Licht wurde immer schwächer. So schwach, bis die Dunkelheit sie völlig einhüllte.

18.

Von wegen *cold case*. Dieser Fall war nicht kalt, sondern so heiß wie eine Supernova. Vor vierzig Jahren hatte Seidelberg – als damaliger Staatsanwalt oberster Vertreter der Anklage – dafür gesorgt, dass der Frauenmörder ungeschoren davonkam, doch jetzt schien sich die Spur des Täters problemlos verfolgen zu lassen.

Ein Glücksfall? Vielleicht, doch Daniel Brechter war skeptisch. Das lief alles viel zu einfach. Wer auch immer der Mann mit der Warze im Gesicht war, er hatte nichts gegen ihn in der Hand. Es gab keinen Grund, Seidelbergs Geschichte bedenkenlos zu akzeptieren, zumal der Mann aufgrund seiner lebensbedrohlichen Erkrankung sicher nicht in vollem Umfang zurechnungsfähig war.

Auf der anderen Seite hatte Seidelberg am Ende seines Lebens ekelerregende Dinge von sich preisgegeben, die überaus verabscheuungswürdig waren. Wenn er sein dunkles Geheimnis mit ins Grab genommen hätte – eine durchaus nachvollziehbare Verhaltensweise –, wäre niemand auf die Idee gekommen, den Fall neu aufzurollen. War auch dieser Umstand durch die schwere Krankheit des ehemaligen Staats-

153

anwaltes zu erklären?

Wie auch immer, bis auf das Glasauge hatte er nichts in der Hand, und auch dieses angebliche Beweisstück konnte sich am Ende als völlig nutzlos erweisen. Vielleicht war es irgendein beliebiges Auge, das Seidelberg in einem Bastelgeschäft gekauft und ihm in die Hand gedrückt hatte. Es gab keine DNA-Spuren und auch die daktyloskopische Untersuchung hatte ergeben, dass sich lediglich Seidelbergs Fingerabdrücke darauf befanden. Auch über die Vertriebswege dieses Modells hatte er nichts Brauchbares herausbekommen können.

Und selbst wenn Seidelberg die nächsten Tage noch überleben sollte, würde eine Gegenüberstellung mit diesem *Rolf* wenig Sinn machen. Vierzig Jahre waren seitdem vergangen; außerdem stand dann – wenn es überhaupt dazu kommen sollte – vermutlich Aussage gegen Aussage. Ein hoffnungsloses Unterfangen ohne Aussichten auf Erfolg.

Es sei denn, ich locke ihn mit einem Bluff aus der Reserve. Falls ich diesen Rolf überhaupt finde?

Als Brechter von der Segeberger Chaussee abbog, um den Braunen Weg anzusteuern, stand die Sonne bereits im Zenit und sein Magen fing an zu knurren. Er nahm sich vor, auf der Rückfahrt an irgendeinem Imbiss anzuhalten, und parkte den Dienstwagen am Straßenrand, als er die Gärtnerei mit dem Gewächshaus entdeckt hatte. Laut seinen Nachforschungen gab es keinen Rolf, der hier gemeldet war, doch das hatte noch nichts zu bedeuten. Brechter stieg aus und inspizierte die nähere Umgebung. Grauloff hatte Recht gehabt: links und rechts Felder; dazwischen nur wenige Gebäude. Drei Häuser befanden sich gegenüber der Gärtnerei; ein Stück weiter sah er so etwas wie einen Reiterhof.

Das hier ist schleswig-holsteinisches Gebiet, doch ein Amtshilfeersuchen erspare ich mir in diesem Fall.

Alle Gebäude waren bereits älteren Baujahres und sahen wie umgebaute Scheunen aus. An den Eingangstüren befanden sich mehrere Klingelknöpfe, wobei das linke der drei Häuser unbewohnt wirkte. Brechter steuerte das rechte an und warf einen Blick auf die unleserlichen Namensschilder. Neben ihm öffnete sich ein Fenster und eine alte Frau beugte sich neugierig über das Fensterbrett.

»Was wollen Sie hier?«, fragte sie übellaunig. »Wir kaufen nix ... und wollen auch nicht mit Ihnen über Gott reden.«

Brechter improvisierte. »Ich will nur den Rolf besuchen. Ich hatte ihm mal eine tolle Hi-Fi-Anlage angeboten und ...«

»Rolf? Ich kenne keinen Rolf«, sagte die Alte mürrisch, doch Brechter bemerkte, wie ihr Blick für einen kurzen Moment zum Nachbarhaus wechselte.

Vielen Dank. Er wandte sich ab, blickte noch einmal kurz zurück und wäre vor Schreck fast gestolpert.

Die Alte hatte sich in eine Hexe verwandelt. Das Gesicht war voller Warzen, die Nase lang und gebogen, die Augen funkelten gelb und anstelle von Zähnen grinsten ihm schwarze Stümpfe entgegen, in denen sich zahlreiche Fleischfetzen tummelten. *Er wird dir die Eier abreißen*, zischte sie ihm entgegen.

»Wie … bitte?«, stotterte Brechter verunsichert und kniff die Augen zusammen.

»Wir kaufen nix!«

Sie sah jetzt wieder so aus wie vorher. Brechter schüttelte den Kopf und betrat das Nachbargrundstück.

Reiß dich zusammen, ermahnte er sich innerlich.

Diese Halluzinationen häuften sich, oder war es vielleicht genau andersherum? Waren das, was die Menschen normalerweise sahen, nur Trugbilder? War allein *er* plötzlich in der Lage, hinter die Fassade der Anderen zu blicken? Ihr wahres *Ich* zu erkennen? Alle um ihn herum sahen nur die Illusionen, das Scheinbare, das auch er bisher zu erkennen glaubte. Jetzt gab es immer wieder Momente, in denen sich ihm die eigentliche Realität offenbarte.

Das ergab Sinn, spekulierte Brechter, schließlich unterschied er sich schon seit Längerem von der breiten Masse. Als *Höllengänger* stieg er hinab in die Abgründe der menschlichen Seele und versetzte sich in die Rolle von Mördern und Schwerverbrechern. Da lag es nahe, dass sich die Gabe weiterentwickelt hatte, dass sich seine Fähigkeiten jetzt auch im Wachzustand bemerkbar machten.

Der Gedanke daran ließ seine Brust anschwellen. Immer wieder schien sich zu bewahrheiten, dass er etwas Besonderes war. Jemand, der sich von den Anderen, den *Normalos*, abgrenzte. Jemand, der sich zwischen den Welten wie ein Grenzgänger bewegte, der die Positionen wechselte, vom Guten zum Bösen und umgekehrt.

Drei Klingelknöpfe. Die Namensschilder waren unleserlich, oder nicht vorhanden. Brechter drückte den erstbesten Knopf und wartete. Keine Reaktion. Erst beim letzten Klingeln hörte er ein lautes Gepolter. Es dauerte einen Augenblick, dann öffnete sich die Tür mit einem knarrenden Geräusch und vor ihm stand ein älterer Mann mit einer großen Warze neben der Nase. Er trug einen blauen Jogginganzug und seltsam anmutende schwarze Sandalen, die aus Gummi zu sein schienen. In seinem Gesicht wucherte ein grauer Bart, die wenigen Haare auf seinem Kopf standen wirr ab und seine blauen Augen funkelten mit einer Kälte, die Brechter erschaudern ließ.

»Äh …, guten Tag, wir … äh … ich hätte einige Fragen«, stotterte Brechter unbeholfen. »Wohnt hier ein gewisser Rolf?«

»Worüber wollen Sie denn mit *Rolf* sprechen?«, fragte der Bärtige, dessen Alter Brechter auf Anfang siebzig schätzte.

Brechter ignorierte seine Frage. »Ist er denn da?«

»Falsche Antwort«, befand der Mann und verschärfte den Ton. »Sie müssen schon etwas mehr liefern, damit Rolf sich mit Ihnen unterhält.«

»Es geht um den … 29. August diesen Jahres«, hörte sich Brechter sagen. »Ein Dienstag, etwa in vier Wochen.«

»Na und? Ist da endlich mal eine Demo gegen diese Scheiß-Waffenlobby?«

»Und es geht um dies hier.« Brechter holte einen kleinen durchsichtigen Beutel aus der Jackentasche und präsentierte dem Bärtigen das Glasauge.

Brechter hatte sich auf eine Vielzahl von Reaktionen eingestellt, je nachdem, ob er dem Täter oder einem völlig Unbeteiligten gegenüberstehen würde, doch der Mann überraschte ihn.

»Kommen Sie rein«, sagte er ohne größere Regung.

War das eine Art Geständnis?

»Ich sitze am liebsten in der Küche. Nehmen Sie auch einen Kaffee?«

»Gerne.« Brechter setzte sich an den riesigen hölzernen Küchentisch und staunte nicht schlecht. Er hatte eine gewisse Unordnung erwartet, doch die geschmackvolle Einrichtung, die etwas Minimalistisches an sich hatte, war blitzsauber und perfekt aufgeräumt. Der Bärtige stellte zwei Becher in einen Kaffeeautomaten und drückte schweigend einige Tasten. Die Maschine ratterte los und schon kurze Zeit später stand das schwarze Gebräu dampfend auf dem Tisch.

»Milch, Zucker?«

»Nein danke«, erwiderte Brechter. »Tolle Maschine haben Sie da.«

»Danke. Aber ich nehme nicht an, dass Sie gekommen sind, um meine Kaffeemaschine zu bewundern.«

»Natürlich nicht.« Brechter schwieg eine Weile. »Ich war kürzlich in einem Hospiz. Dort liegt ein ehemaliger Staatsanwalt im Sterben, der mir eine interessante Geschichte erzählt hat. Über eine Mordserie, die sich hier in der Region vor vierzig Jahren ereignet hatte.«

»Vierzig Jahre? Das ist verdammt lange her.«

»Und über das Auge, das ich Ihnen gezeigt habe.«

Der Bärtige blickte ihn regungslos an. »Ja, das

158

Morden stirbt nie«, sagte er teilnahmslos.

Brechter runzelte irritiert die Stirn, genehmigte sich einen Schluck von dem köstlichen Kaffee und fuhr fort: »Der Mörder wurde nie gefasst; er müsste heute so in Ihrem Alter sein. Er soll eine auffällige Warze im Gesicht haben und sein Vorname ist vermutlich Rolf.«

»Interessant! Ich nehme an, Sie sind von der Polizei?«

»Oh … Entschuldigen Sie, ich hatte mich noch gar nicht vorgestellt.« Er zog den Dienstausweis aus der Jackentasche und hielt ihn in die Luft. »Brechter, Daniel Brechter vom Landeskriminalamt Hamburg, Mordkommission.«

Der Bärtige warf einen oberflächlichen Blick auf den Ausweis und nickte. »Calastana, Rolf Calastana vom Verein zu Unrecht verfolgter Warzenträger.«

Brechter lächelte müde. »Sie sind ein Spaßvogel, Herr … äh … Calastana.«

»Nicht nur das, Herr … Brechter.«

»Leben Sie hier alleine?«

»Ich bin schon mit mir selbst ausgelastet, da könnte ich jemand anderen wohl kaum ertragen.«

Ein bedrohliches Knistern lag in der Luft. Eine seltsame Atmosphäre der Unberechenbarkeit, in der praktisch alles Mögliche geschehen konnte – oder auch nichts.

»Kann ich mich bei Ihnen ein wenig umsehen?«, fragte Brechter angespannt, obwohl er die Antwort bereits ahnte.

»Natürlich, wenn Sie einen entsprechenden Durchsuchungsbeschluss vorlegen können«, antwortete der undurchsichtige Gastgeber mit fester Stimme.

Calastana verzog keine Mine. Im Gegenteil: Er schien Gefallen daran zu finden, mit dem jugendlich wirkenden Kommissar aus der großen Stadt zu *spielen*. Der Rotschopf hatte einen Verdacht – nach so vielen Jahren kam plötzlich Bewegung in die Sache –, zierte sich aber, ihn mit den knallharten Fakten zu konfrontieren. Stattdessen spielte er Katz und Maus und tastete sich vorsichtig voran.

Hierfür konnte es nur zwei Gründe geben. Erstens: Er hatte bis auf einige Indizien nichts in der Hand und hoffte darauf, dass ihm ein Fehler unterlaufen würde. Zweitens: Der Polizist ahnte bereits, dass die Angelegenheit hoffnungslos war, doch er führte noch etwas Anderes im Schilde. Calastanas Neugierde war geweckt, zumal es ihm nicht ungelegen kam, dass das solide Gebäude seines bequemen Lebens Risse bekam.

Warum? Eine Antwort darauf blieb er sich selbst schuldig. Vielleicht eine seltsame Begleiterscheinung des Alterns, dachte er und berauschte sich an dem Gedanken, dass sich die menschliche Zivilisation in einem immer schneller voranschreitenden Selbstzerstörungsprozess von der Bildfläche tilgte. Es war einfach *alles*, was ihn seit einigen Jahren wütend machte. Der Fortschritt, die Politik, die Lügen, die Veränderungen, die Zukunft, das Vakuum in seinem Kopf, die Unfähigkeit, etwas zu fühlen, die Angst vor dem Tod. Vielleicht sogar die Angst vor der Hölle.

Keine Kapitulation, aber ein Kampf, bei dem möglichst viel zu Bruch ging. Warum nicht?

Was hatte der Bulle gesagt? Es geht um den 29. August diesen Jahres. Das war interessant. Was hatte er damit gemeint? Was würde in vier Wochen geschehen?

»Ich benötige gar keinen Durchsuchungsbeschluss«, tastete sich Brechter vor und ließ seinen Blick durch die Küche streifen.

Calastana grinste. »Ich denke doch, schließlich bin ich ein alter, unbescholtener Mann. Gefahr im Verzug dürfte also auszuschließen sein. Oder fühlen Sie sich von mir bedroht, Herr Kommissar?«

Die Frage setzte Brechter unter Druck; plötzlich befand er sich in der Defensive. Er entschied, nicht darauf einzugehen, und legte den Beutel mit dem Glasauge auf den Tisch.

»Als ich Ihnen eben dieses Auge präsentierte, haben Sie mich sofort hereingelassen«, sagte Brechter. »Warum?«

»Mmm … reine Neugierde. Sieht unecht aus. Ist es aus Plastik?«

»Ein Glasauge. Eines von denen, die der Täter damals verwendet hat.« Brechter vermied es zu erwähnen, dass nur das Auge, das Seidelberg ihm gegeben hatte, noch vorhanden war. Alle anderen Glasaugen, die damals in den toten Frauen entdeckt wurden, waren verschwunden. Wie so vieles andere auch.

»Lebendige Augen finde ich reizvoller«, raunte Calastana und fügte hinzu: »Sie sagten, dass der Täter Glasaugen verwendet hat. Wozu, frage ich mich?«

»Der Mörder hatte seinen Opfern die Augen herausgeschnitten«, antwortete Brechter und achtete dabei auf jede noch so kleine Regung seines Gegenübers. »Dann hat er sie durch solche Glasaugen ersetzt. Die echten Augen sind verschwunden; er muss sie mitgenommen haben.«

Calastana blieb cool. »Was für ein seltsames Hobby. Aus welchem Grund sollte jemand so etwas tun?«

»Hass auf Frauen? Sagen Sie es mir?«, retournierte Brechter mit einer Gegenfrage.

»Da kann ich auch nur spekulieren«, kam die Antwort. »Vielleicht will der Täter gesehen werden? Vielleicht hat ihn das weibliche Geschlecht immer ignoriert, sodass er ihre Blicke und ihre Aufmerksamkeit auf diese Weise erzwingen wollte. Mit Gewalt.«

»Interessante These.« *Der Typ legt es ja förmlich darauf an, überführt zu werden.*

»Natürlich alles reine Theorie.«

»Natürlich alles Theorie«, echote Brechter.

»Und dieses Glasauge hier …«, Calastana deutete auf den vor ihm liegenden Plastikbeutel, »… ist eines der Augen, die der Täter verwendet hat?«

»Genau.«

»Woher wollen Sie das eigentlich so genau wissen?«, fragte Calastana misstrauisch. »Nach so langer Zeit.«

Brechter setzte alles auf eine Karte. »Ein Wunder der modernen Technik«, sagte er voller Inbrunst. »Selbst nach vierzig Jahren konnten wir auf allen Glasaugen die gleichen DNA-Spuren nachweisen.«

»Tja, die Empfindlichkeit der neuesten Sequencer im Bereich der forensischen DNA-Analyse ist schon erstaunlich. Alte Fälle werden neu aufgerollt. Fantastisch, nicht wahr?«

»Sie … scheinen sich recht gut auszukennen«, murmelte Brechter konsterniert.

»Die Sache mit dem genetischen Fingerabdruck hat aber auch seine Tücken«, referierte Calastana und gestikulierte dabei leidenschaftlich mit den Händen.

Brechter sah seine Felle davonschwimmen. »Wie meinen Sie das?«, fragte er angespannt.

»Ihre Leute bei der Spurensicherung können – ohne es zu beabsichtigen – DNA-Material von einem Tatort auf einen anderen Tatort übertragen. Plötzlich findet sich dort ein genetischer Fingerabdruck von einer Person, die diesen Ort niemals betreten hatte. Der Täter scheint überführt, die Beweislage erdrückend, trotzdem ist es der Falsche. Stellen Sie sich mal vor, wie …«

»So etwas ist gar nicht möglich«, unterbrach Brechter Calastana. »Sie ziehen hier doch nur eine Show ab, da Sie Angst haben, dass wir Ihnen die Glasaugen-Morde nachweisen können.«

Calastana lächelte. »Na endlich kommen Sie mal auf den Punkt. Aber Sie liegen in jeglicher Beziehung falsch. DNA-Spuren können sehr wohl von einem Tatort auf den nächsten gelangen, ohne dass ein Außenstehender die Sache manipuliert. Wollen Sie wissen, *wie* das möglich ist?«

19.

Der Kaffee? Der Alte musste ihm eine halluzinogene Droge eingeflößt haben, oder die stickige Luft in der Küche war angereichert mit einem ...?

Ein Nervengas?

Dieses Gespräch war ganz anders verlaufen, als Brechter es sich vorgestellt hatte. Eigentlich war er unvoreingenommen erschienen, um sich ein Bild von diesem Rolf zu machen, doch am Ende hatte er sich zu einer voreiligen Bemerkung hinreißen lassen.

Ärgerlich, zumal sein Bluff mit den DNA-Spuren völlig ins Leere gelaufen war. Die Hinweise von Seidelberg, der Kellnerin und dem Taxifahrer passten gut zusammen, doch im Grunde hatte er nichts als diese dünnen Aussagen gegen Rolf Calastana in der Hand. Und doch: Der alte Mann verhielt sich, als wenn er Stück für Stück an seiner eigenen Überführung arbeitete. Und das auf eine Weise, die Brechter wie ein Amateur dastehen ließ. Er fühlte sich in die Defensive gedrängt. Der seltsame Einsiedler hätte ihn an der Tür auch abweisen können, doch jetzt kontrollierte er das Gespräch, als wenn die Verhandlungstaktik sein persönliches Fachgebiet war, dabei hatte der Mann angeblich als Handwerker gearbeitet.

Das ergab alles keinen Sinn. Genauso wenig wie sein abenteuerliches Fachwissen über die Nutzlosigkeit des polizeilichen DNA-Testes. Brechter hatte es die Sprache verschlagen, als Calastana ihm erläuterte, wie DNA-Spuren von einem Tatort zum nächsten gelangen können. ›Die Spuren werden von Mitarbeitern der Spurensicherung selbst übertragen‹, hatte er gesagt. ›Der Fingerabdruckpinsel nimmt genetisches Material auf, und wenn dieser Pinsel dann beim nächsten Tatort wieder eingesetzt wird, gibt er dieses Material wieder ab. So einfach ist das.‹

Brechter, selbst Beamter der Hamburger Kriminalpolizei, fühlte sich plötzlich wie ein dummer Schuljunge, der eine simple Rechenaufgabe nicht lösen konnte. Noch schlimmer war in diesem Moment allerdings die Erkenntnis, dass Calastanas Argumentation ganz und gar nicht unschlüssig war. Die Möglichkeit der Verunreinigung von Fingerabdruckpinseln erschien durchaus nachvollziehbar und ähnliche Fälle waren bereits durch die Presse gegeistert, auch wenn ihm die Problematik aus den Reihen der Hamburger Kollegen bisher noch nicht zu Ohren gekommen war.

Spontan fiel Brechter ein, dass die – vermutlich recht teure – Verwendung von geeigneten Einwegpinseln das Problem beheben würde, sofern es so etwas überhaupt gab, doch als er Calastana darauf ansprechen wollte, setzten sie wieder ein – die Halluzinationen.

Die Küche sah plötzlich ganz anders aus. Karg, farblos und heruntergekommen, so als würde diese

Unterkunft der Lebensraum einer ärmlichen Arbeiter-familie aus dem vergangenen Jahrhundert sein. Keine Maschinen, keine frische Farbe an den Wänden, keine modernen Möbel und kein hochwertiges Geschirr. Stattdessen saß er auf einem alten Schemel an einem mit Flecken übersäten Tisch, auf dem ein Teller mit dampfender Milchsuppe stand. Die Haferflocken, die darin schwammen, ließen sich an einer Hand abzählen. Ein kleiner Junge stocherte mit einem Holzlöffel in der Suppe herum und blickte ihn angstvoll an.

»Ich habe gar keinen Hunger«, sagte er leise und nippte zaghaft an dem Löffel.

Brechter schätzte sein Alter auf zehn, höchstens zwölf Jahre. Die blonden Haare waren kurz, das Gesicht voller Schrammen und an seinem rechten Ohr bemerkte Brechter eine blutverkrustete Wunde. Seine Hose konnte er nicht sehen, doch der abgewetzte Pullover deutete darauf hin, dass der Junge unter ärmlichen Bedingungen aufwuchs.

Es gibt nichts anderes. Ess auf, oder soll ich dir wieder eine reinhauen? Die Stimme hing drohend im Raum, kam von irgendwo her und erinnerte Brechter an den Doppler-Effekt, bei dem die Schallwellen gestaucht werden, wenn sich die Geräuschquelle und der Empfänger aufeinander zu bewegen.

»Bitte ... nicht ... ich.« Der Junge blickte flehentlich zu ihm hinüber. In diesen Augen lag etwas Elementares, etwas, das nur im Antlitz eines unschuldigen Kindes zu finden war. Sein Dasein schien von Angst bestimmt zu sein, und die Traurigkeit, die aus seinem Blick sprach, raubte Brechter fast den Verstand.

166

Was?

»Ja … ich esse alles auf«, beteuerte der Junge und musste husten, da er sich fast verschluckt hatte.

Dein Glück! Und komm mir bloß nicht wieder mit diesem Scheiß-Fußballklub. Kapiert?

»Ja … äh … nein. Da geh ich nicht mehr hin, versprochen.« Brechter bemerkte, dass der Junge beim Essen mit den Zähnen klapperte.

Jetzt halt die Schnauze und iss deine Suppe.

Brechter konnte dem Blick des Jungen nicht standhalten. Die ganze Verzweiflung einer schrecklichen Kindheit schien darin zu liegen. Er schloss die Augen und begann zu zählen.

»Eins, zwei … drei …«

»Soll das ein Countdown werden?«, fragte Calastana amüsiert. »Dann müssten Sie rückwärts zählen.«

»Wie bitte?« Das ängstliche Kind war verschwunden, und die Küche sah wieder so aus, wie er sie vorgefunden hatte.

»Nichts, schon gut.« Calastana zog die Augenbrauen hoch. »Sie … verdächtigen mich also, wenn ich Sie recht verstehe, dieser Killer mit dem Glasaugen-Tick zu sein?«

»Es gibt Zeugenaussagen, die darauf hindeuten, dass Sie als möglicher Täter in Frage kämen. Die weiteren Untersuchungen werden zeigen, ob Sie etwas damit zu tun haben. Eine DNA-Untersuchung könnte die entsprechenden Beweise …«

»Hm …, Sie bluffen doch nur. Sie haben gar nichts gegen mich in der Hand.«

»Zumindest könnte ich Ihnen das Leben auf Ihre alten Tage noch sehr ungemütlich machen. Denken Sie darüber nach.«

»Könnte …?«

Sie schwiegen eine Weile.

»Sie haben doch eine Fluglizenz? Stimmt das?«

»Sie sind gut informiert. Ich besitze zwar keine eigene Maschine und fliege nur noch selten, aber ja, die Lizenz zum Fliegen habe ich immer noch. Und ich bin stolz darauf, dass ich die Gelegenheit damals beim Schopfe gepackt habe.«

»Ihre Kenntnisse sind gefragt. Sie haben vier Wochen Zeit.«

»Zeit! Wofür? Geht es um den 29. August, den Sie vorhin so geheimnisvoll angedeutet hatten? Ich hab mich schon gefragt, was Sie damit bezwecken wollten.«

»Es ist nur ein … Streich, auf den Sie die beiden Probanden vorbereiten sollen. Bringen Sie Ihnen das Fliegen bei; nur das Wichtigste, damit sie in die Luft kommen und den Kurs halten können.«

»Ein *Streich*? Sie wollen mich okkupieren, richtig? Oder ist das eine Falle?«

»Nur ein kleiner, tolldreister Streich, nichts weiter. Es wird ein Riesenspaß, etwas, das große Aufmerksamkeit erregt. Sie selbst haben nichts zu befürchten und ich verspreche Ihnen, dass ich die Schnapsidee mit dem DNA-Test nicht weiter verfolgen werde.«

»Und wenn ich mich weigere?«

»Dann geraten Sie mit Sicherheit in den Fokus der Ermittlungen. Und falls ich Ihnen die Glasaugen-Morde nicht nachweisen kann, hängen wir Ihnen einfach einen anderen Mord an. Ich mache es so, wie Sie es mir vorhin selbst erklärt haben. Bevor ich gehe, nehme ich mir irgendetwas von hier mit, an dem sich Ihre DNA-Spuren befinden. Den Kaffeebecher oder etwas aus dem Mülleimer draußen. Ich werde schon etwas finden; Sie werden mich nicht daran hindern können. Dann kontaminiere ich einen Fingerabdruck- pinsel mit Ihrer DNA und die Kollegen von der Spu- rensicherung übertragen Ihren genetischen Fingerab- druck auf einen zukünftigen Tatort. Auf diese Weise sorge ich dann dafür, dass …«

»Schon gut! Hören Sie auf.«

»Sie haben mich ja selbst eben erst auf diese geniale Idee gebracht.«

»Vier Wochen sagten Sie?«

»Richtig, vier Wochen. Der 29. August ist der Tag, an dem sich die Massen am Hafen einfinden werden, um das große Spektakel zu bewundern. Genau dann muss die Sache über die Bühne gehen.«

»Das ist ziemlich knapp. Das Landen lernt man nicht in …«

»Eine normale Landung brauchen Sie ihnen nicht beizubringen. Diese Flugshow hat einen hohen Unter- haltungswert – auch ohne Landung. Das ist ja gerade das Brillante an dieser Posse.«

20.

Hamburg-Farmsen. Auf dem offenen Parkdeck des Einkaufszentrums flirrte die Hitze über dem grauen Betonboden. Ein riesiges Areal, das sich fast über die gesamte Fläche des Einkaufszentrums erstreckte. Um zehn Uhr am Vormittag befuhren die ersten Kunden den steilen Kreisel, um ihre Fahrzeuge abzustellen. Oben auf dem Flachdach standen die Fahrzeuge in der prallen Sonne, sodass die meisten Besucher zunächst versuchten, einen freien Stellplatz in den überdachten unteren Etagen zu ergattern.

Noch war das obere Parkdeck fast unbenutzt, als sich der schwarze Lieferwagen aus der Dunkelheit des Kreisels in das grelle Tageslicht hineinbewegte. Getönte Scheiben, geschlossene Seitenwände, kein Heckfenster: Der Wagen war praktisch uneinsehbar. Bedächtig rollte er quer über die riesige Betonfläche, und kam hinter einem der beiden Bürogebäude zum Stehen, das sich wie der Kommandoturm eines Flugzeugträgers über fünf Stockwerke hinweg vom Parkdeck abhob. Die wenigen Parkplätze, die sich hinter dem Aufbau befanden, lagen etwas versteckt direkt über dem nordöstlichen Zugangsbereich des Einkaufszentrums.

Der Fahrer hatte rückwärts eingeparkt, sodass der Wagen mit dem Heck dicht an der Brüstung stand.

Es dauerte eine Weile, dann öffneten sich die Hecktüren des Lieferwagens. Ein Mann in einem dunkelblauen Overall stieg aus und überprüfte die nähere Umgebung, dann blickte er vorsichtig über die hüfthohe Mauer hinunter. Unter ihm begann das Leben zu pulsieren. Der kleine Platz vor dem Eingangsbereich des Zentrums füllte sich mit zahlreichen Menschen, die geschäftig ihrer Wege gingen. Einige hasteten eilig vorbei, um die geplanten Einkäufe abzuarbeiten, während andere genussvoll in der Vormittagssonne flanierten. Stimmengewirr drang zu ihm herauf.

Ein stattlicher Mann mittleren Alters in einem dunklen Anzug erregte seine Aufmerksamkeit. Er stand wie angewurzelt neben einem Blumengeschäft und telefonierte lautstark. Der Schlipsträger trug eine markante Sonnenbrille und gestikulierte heftig mit dem rechten Arm in der Luft herum, so als wolle er seinen Gesprächspartner lautstark von etwas überaus Wichtigem überzeugen.

Der Beobachter verschwand wieder im Laderaum des Transporters, ließ die Türen aber offen.

Einige Minuten geschah nichts, dann erklang ein leises Piepen, das kurz anschwoll, wieder leiser wurde und zuletzt abrupt aussetzte. Danach schwebte eine seltsam anmutende Drohne mit einer daran befestigten Waffe langsam aus dem Wagen heraus, von der zunächst niemand auf dem Platz darunter etwas bemerkte. Fast geräuschlos verharrte das unheimliche Fluggerät sekundenlang direkt über der Brüstung, die kleine

Kamera an der Unterseite drehte sich leise surrend einmal um die eigene Achse, und dann manövrierte die Drohne im Sturzflug auf den Platz hinunter. Sie überflog das Areal in einer weiten Kurve, stoppte in der Nähe des telefonierenden Schlipsträgers und sackte auf etwa drei Meter hinab. Als sie kurzzeitig in dieser Höhe zum Stehen kam, registrierten die ersten Besucher verblüfft, dass ein Objekt über ihren Köpfen schwebte, von dem eine potenzielle Gefahr auszugehen schien. Plötzlich war sie wieder präsent: die Angst vor dem Drohnen-Killer.

Doch zu diesem Zeitpunkt war es bereits zu spät. Als der Schuss fiel und die Drohne durch den Rückschlag wild hin und her taumelte, brach augenblicklich Panik auf dem belebten Platz aus. Schreiend strömten die Menschen auseinander, den geduckten Kopf dabei mit den Händen schützend, oder sie warfen sich schutzsuchend auf den Boden. Einige von ihnen wurden fast totgetrampelt. Der getroffene Anzugträger ließ sein Smartphone fallen und starrte ungläubig auf sein bügelfreies Business-Hemd, in das sich das Blut aus seinem zerfetzten Herz ergoss. Er sah noch, wie sich die Drohne stabilisierte und nach oben verschwand, doch plötzlich sackte sein Körper in sich zusammen.

Es dauerte nur wenige Sekunden, dann war das schießende Fluggerät dank der automatischen Rückkehr-Funktion im Transporter verschwunden. Der Attentäter verstaute es in einer großen Metallkiste, entledigte sich des Overalls und startete den Motor. Mit quietschenden Reifen schoss der Wagen davon und verschwand in der Dunkelheit des Kreisels. Der Fahrer parkte auf einem der Zwischendecks, mischte sich unauffällig unter die Leute, die zu diesem Zeitpunkt von den Geschehnissen auf der anderen Seite des Einkaufszentrums noch nichts mitbekommen hatten, und entwertete den Parkschein am Automaten. Dann verließ er das Einkaufszentrum und reihte sich vorschriftsmäßig in den quirligen Großstadtverkehr ein, der bereits seit Jahren nur eine Tendenz zu kennen schien – Wachstum. Und das zu jeder Tageszeit. Er setzte die Sonnenbrille auf, kurbelte das Fenster ein Stück weit hinunter und lächelte zufrieden, als er in der Ferne die Sirenen der Einsatzfahrzeuge vernahm.

Leon Sörensen trug kurze Hosen, dazu ein schwarzes T-Shirt mit dem Emblem seines Fußballklubs. Die langen schwarzen Haare hatte er zu einem Zopf zusammengebunden. Er war von kleiner Statur, hatte deutlich zu viele Kilos auf den Rippen und zählte sich eher zu den unauffälligen, schüchternen Typen, doch momentan wunderte er sich über sein eigenes Verhalten. Der Informatikstudent aus Hamburg konnte das Drohnen-Attentat am Farmsener Einkaufszentrum aus nächster Distanz beobachten, ließ sich aber von der Panik um ihn herum nicht beeindrucken. Im Gegenteil.

Vor dem Anschlag saß er mit seinem Laptop neben dem Blumengeschäft auf einem Treppenabsatz und versuchte, sich in eines der zahlreichen Netzwerke zu hacken, die auf dem Bildschirm aufgelistet waren. Mit der entsprechenden Software kein Problem, auch wenn es sich hierbei um geschützte WLAN-Hotspots handelte. Für Leon eine simple Aktion, schließlich verfolgte er keine kriminellen Ziele. Er benötigte lediglich einen kostenlosen Zugang zum Internet. Und diese Verbindung kam genau in dem Moment zustande, als der Angriff der Drohne geschah.

Leon hatte sich vorgenommen, den Tag ruhig angehen zu lassen, da die erste Vorlesung erst gegen Mittag beginnen sollte. Das Shoppingcenter war ein beliebter Ort, um die Seele baumeln zu lassen – bei gutem Wetter auch im Außenbereich. Der Zug zur Uni fuhr gegen zwölf, es blieb also noch genügend Zeit, um nach dem Surfen einen Abstecher in den Burgerladen zu machen. Der ständig klamme Student liebte ein gelegentliches Fast-Food-Menü, vorzugsweise mit einer eiskalten Cola, obgleich das Essen in der Mensa günstiger war.

Doch hieraus wurde heute nichts.

Als Leon das seltsame Fluggerät bemerkte, schien er der Einzige zu sein, der sofort gedankliche Parallelen zu den anderen Mordfällen zog, die auf das Konto des Drohnenkillers gingen. Vielleicht war er aufgrund seiner sitzenden Position aber auch der Erste, der überhaupt etwas bemerkte. Somit konnte er frühzeitig reagieren. Doch anstatt aufzuspringen, die Anderen zu warnen, die Polizei anzurufen, wegzulaufen oder sich im Einkaufszentrum in Sicherheit zu bringen, startete er die Videoaufzeichnung seines Smartphones und nutzte die Gelegenheit, den Datenstrom des gerade gehackten WLANs mit Hilfe eines Spezial-Tools auszulesen und auf seinem Laptop zu speichern. Seiner

Vermutung nach wurde das Fluggerät, oder zumindest die daran befestigte Kamera über eine WLAN-Verbindung gesteuert. Die hohe Signalstärke des Netzes, das auf seinem Laptop angezeigt wurde, deutete darauf hin, dass sich der Sender – und damit der Lenker der Drohne – in unmittelbarer Nähe befand.

Ihm war sofort klar, dass nur wenig Zeit für die Aktion verbleiben würde, zumal er befürchtete, in Erklärungsnot zu geraten, denn seine erste Bürgerpflicht hätte vermutlich das Warnen der anderen Passanten oder der sofortige Anruf bei der Polizei sein müssen. Dennoch blieb er cool und versuchte verbissen das drahtlose Netzwerk auszuspähen. Dabei war sich Leon inzwischen unsicher, ob die Drohne überhaupt über eine WLAN-Verbindung verfügte – zusätzlich zu der normalen Funksteuerung. Mit dieser Thematik hatte er sich bisher noch nicht auseinandergesetzt, vermutete aber, dass die Videoverbindung zur Drohnenkamera mittels WLAN vonstatten ging, während die Richtungssteuerung des Fluggerätes über eine Funkverbindung geregelt wurde.

Doch seine Vermutung schien sich zu bestätigen.

Mit zittriger Hand steuerte er die Spezialsoftware, die den Datenverkehr des als Ziel ausgewählten WLANs mitlas. Die hierbei zwischen Sender und Empfänger ausgetauschten Steuerpakete enthielten eine Vielzahl von Informationen. Der Name des Netzwerkes, die angewandte Verschlüsselungstechnik und das Passwort waren nur einige der Daten, die der Informatikstudent *cracken* und auf der Festplatte seines Laptops speichern konnte.

Sofern das, was ich hier mache, überhaupt Sinn macht?
Vielleicht hacke ich auch gerade nur irgendeine Videoüber-
wachungsanlage oder den Router in der Bank.

Die hohe Signalstärke deutete allerdings darauf
hin, dass das aufgespürte Netzwerk zu der in unmittelbarer Nähe befindlichen Drohne passen könnte.
Theoretisch wäre es jetzt möglich gewesen, das vermeintliche WLAN zu stören oder zu blockieren, doch
als der Schuss fiel, zuckte Leon zusammen und um ein
Haar wäre ihm der Laptop heruntergefallen. Er verlor
die Kontrolle über die Software, konnte nur mit Mühe
die Filmaufzeichnung mit dem Handy fortsetzen und
hoffte in diesem Moment, dass die bisher gespeicher-
ten Daten nicht komplett verloren gegangen waren.

Falls es geklappt haben sollte, so seine gewagte
These, könnte man das Netzwerk auch noch Tage später identifizieren, sofern der Attentäter es wieder aktivieren sollte. Allerdings nur zufällig, da vermutlich
niemand den Aufenthaltsort des Killers oder den Ort
seines nächsten Attentates kannte.

Die Erfolgsaussichten schienen gering, doch die
Spezialisten der Polizei hatten vielleicht noch ein Ass
im Ärmel. Technische Möglichkeiten, von denen er
noch nichts ahnte und mit deren Hilfe sie in der Lage
wären, dem Spuk ein Ende zu bereiten.

Leon war von der Kaltblütigkeit seiner eigenen Lo-
gik beeindruckt und nachdem die Drohne aus seinem
Blickfeld verschwunden war, checkte er erneut die
Programme auf dem Rechner. Aus dem Blickwinkel
sah er, wie einige Passanten dem am Boden liegenden
Mann zu Hilfe eilten. Der blutüberströmte Anzugträ-

ger sah tot aus, doch ob er wirklich tot war, vermochte wohl nur ein Notarzt festzustellen. Leon überlegte, ob jetzt der richtige Zeitpunkt gekommen war, die Rettungskräfte anzurufen, doch als sein Blick auf die verängstigten Menschen fiel, die langsam wieder den Platz bevölkerten, besann er sich eines Besseren.

Die hängen alle am Handy. Gleich rückt hier sowieso eine Armada von Blaulicht-Fahrzeugen an.

Er entschied sich dafür, einfach abzuwarten, und überlegte, wie er der Polizei sein kaltschnäuziges Verhalten erklären sollte. War er überhaupt dazu verpflichtet, irgendwelche Erklärungen abzugeben? Schließlich wäre es seiner Besonnenheit zu verdanken, wenn dank der von ihm aufgezeichneten Daten der Täter überführt werden sollte. Die Polizei sollte ihm lieber einen Orden verleihen, oder noch besser, eine Belohnung auszahlen. Eine kleine Notlüge wäre hierbei sicher von Vorteil. Er würde einfach behaupten, die Drohne erst nach dem Schuss bemerkt zu haben. Niemand würde das infrage stellen können. Im Gegenteil: In der Hoffnung, endlich eine Spur zu haben, die sie zum Attentäter führen könnte, würden sie sich voller Dankbarkeit auf seine Daten stürzen. Vielleicht musste er sogar im Polizeipräsidium erscheinen, damit er zusammen mit den Spezialisten an der Analyse der Daten und somit an der Überführung des Täters arbeiten könnte. Im Nachhinein ließe sich die Story profitabel an die Presse verkaufen, schließlich war es nur seiner besonnenen Aktion am Einkaufszentrum zu verdanken, dass die Polizei den Drohnen-Killer ausfindig machen konnte. Vielleicht …

21.

Dienstag, den 1. August 2017

Tagebucheintrag

Als ich den Raum betrat, überkam mich eine düstere Vorahnung. Eine von der Sorte, die mich nur selten täuschte. Die Hexe hatte der Versuchung nicht widerstehen können. Sollte sie tatsächlich vom Ehrgeiz zerfressen sein, oder steckt etwas anderes dahinter?

Zweifelte sie vielleicht an seiner Zurechnungsfähigkeit und vor allem: Woher besaß sie die Informationen? Warum war sie ein derartiges Risiko eingegangen? Vermutlich aus einer naiven Selbstüberschätzung heraus, denke ich mir.

Diese eingebildete Quacksalberin …

Scheißegal, das Problem ist endgültig gelöst. Wie sagte schon Oscar Wilde: Ehrgeiz ist die letzte Zuflucht des Versagens. Ein weiser Satz des Meisters der Worte.

Ich musste sie stoppen. Die Gelegenheit war günstig gewesen. Keine Zeugen, keine Termine in ihrem Kalender, nur die fachgerechte Entsorgung gestaltete sich als etwas umständlich. Schließlich sollte das Miststück so schnell nicht wieder aufgefunden werden. Ihr Autoschlüssel lag auf dem Schreibtisch. Ich nahm ihn und klemmte mir den schlaffen Körper der hageren Alten unter den Arm. Der Fahrstuhl in die Tiefgarage war ein Risiko, also nahm ich die Treppe und betätigte den Funk-Zündschlüssel, um ihren Wagen ausfin-

dig zu machen. Ich hatte Glück, denn als sich die Koffer-
raumklappe über ihrem leblosen Körper schloss, hatte nie-
mand unseren kleinen Ausflug in die Unterwelt dieses feu-
dalen Gebäudes bemerkt. Was für eine geile Aktion. Ich
muss gestehen, dass ich danach gelechzt habe, mich an die-
sem unbeschreiblichen Gefühl der Allmacht zu berauschen.
So wie in früheren Zeiten.

Der Psychopath ist ein anderes Kaliber. Ein Ebenbürti-
ger, für den ich noch Verwendung habe. Ziemlich harter
Brocken, noch dazu mit Insiderwissen ausgestattet. Keine
Ahnung, woher er das hat, doch es könnte sich als Vorteil
erweisen, seine Dienste in Anspruch zu nehmen. Der Mann
besitzt genau die Fähigkeiten, die noch benötigt werden. Auf
der anderen Seite erscheint er mir unberechenbar.

Ein Risikofaktor?

Ich kenne solche Typen; einem Psychopathen ist alles
zuzutrauen. Sie spielen ihre Spiele, sind nett und freund-
lich, doch in Wahrheit interessieren sie sich nur für ihre
Vorteile – und gehen dafür über Leichen. Immerhin, er ist
auf den Deal eingegangen. Ein Geständnis! Insofern ist er
offensichtlich tatsächlich derjenige, der damals auf der Jagd
nach den Frauenaugen war. Ein überaus ungewöhnliches
Hobby. Gefällt mir! Ich hatte ähnliches im Repertoire, doch
mittlerweile habe ich den Fokus meiner Aktivitäten in eine
andere Richtung verlagert.

Die Anarchie …

Es zieht mich mehr und mehr auf die internationale
Bühne des Schreckens zurück. So wie in den Anfängen.
Damals wurden die Fundamente für den allgegenwärtigen
Terrorismus gelegt. Ich wuchs im Umfeld von mutigen
Männern und Frauen auf, die schon frühzeitig den wahren

Kern der Macht erkannten – und wer die Schweine waren, die an ihren Schalthebeln saßen.

Damals schufen sie auch die Infrastruktur des Terrors. Waffen, Papiere, Sprengstoff und geheime Informationen, die so wertvoll waren wie die Atomkoffer-Codes der Amerikaner. Nach und nach wurde ein Netzwerk voller Verstecke angelegt; über das ganze Land verteilt.

In den Erddepots waren Waffen, gefälschte Papiere und auch Gold und Diamanten eingelagert – in einigen von ihnen bis zum heutigen Tag. Ein paar von denen kenne ich noch. Glücklicherweise, denn jetzt kann ich das C4 gut gebrauchen. Zweihundert Kilo geballte Kraft, die die Welt erschüttern werden. Beide Verstecke liegen günstig; eines im Sachsenwald, das andere in einem Moorgebiet in der Nähe von Stade. Die genauen Koordinaten stehen auf dem Zettel, den ich ihm – meinem Verfolger – damals in Florenz zugesteckt hatte.

Jetzt kommt es darauf an, den organisatorischen Ablauf in den Griff zu bekommen. Noch achtundzwanzig Tage, in denen eine Vielzahl von Aufgaben zu erledigen sind. Die Dschihadisten-Gruppe muss rekrutiert und eingewiesen werden, der nächtliche Transport des Plastiksprengstoffs zum Hangar steht ganz oben auf der To-do-Liste, die Zünder müssen vorbereitet werden, zwei Maschinen sind unauffällig anzumieten und die beiden Piloten müssen ausgebildet werden. Hier kommt der Psychopath ins Spiel, dessen Einsatz sorgfältig koordiniert und überwacht werden muss.

Noch achtundzwanzig Tage. Ein knappes Zeitfenster, doch keine unlösbare Aufgabe. Und in einem hat der Trittbrettfahrer mit dem schießenden Fluggerät Recht: Niemals von der ungeheuren Dimension der eigenen Ziele zurück-

schrecken.

Ok, ich gebe zu, ein geklauter Slogan, doch er hat Power. Und ich reiche ihn ein weiteres Mal weiter – an die religiösen Fanatiker. Doch egal, Hauptsache es wird ein mörderisches Spektakel.

Dort, wo die Königin dem Palast begegnet …

22.

Im Hamburger Polizeipräsidium liefen die Ermittlungen im Fall des Drohnen-Killers auf Hochtouren. Es war den Beamten der Mordkommission zwischenzeitlich gelungen, eine *sehr* umfangreiche, aber noch nicht vollständige Liste von Personen zu erstellen, die sich von der Stadt ungerecht behandelt fühlen könnten und vielleicht auf Rache sannen. Die Gründe hierfür waren vielfältig und standen in einigen Fällen auch mit dem von zahlreichen Problemen begleiteten Bau der Elbphilharmonie in Zusammenhang. Dieser Personenkreis stand ganz oben auf der Liste, doch bisher war es den Ermittlern nicht gelungen, der Staatsanwaltschaft einen Tatverdächtigen zu präsentieren.

Dabei war es höchste Zeit, denn im Rathaus lagen die Nerven blank. Der Anschlag im Einkaufszentrum Farmsen, bei dem ein Bankangestellter zu Tode gekommen war, hatte bei der örtlichen Presse die Frage aufgeworfen, ob die Sicherheit der Hamburger Bürger nur noch dadurch zu gewährleisten sei, den Forderungen des Killers nachzukommen.

Der Abriss der Elbphilharmonie …

Ein Albtraum für alle Beteiligen. Eine völlig undenkbare Option, die von keinem der Entscheidungsträger ernsthaft diskutiert wurde.

Der Staat lässt sich nicht erpressen!

Alle Hoffnungen lagen jetzt bei dem Alpha-Team, denn auf dem Laptop des Studenten Leon Sörensen existierten die einzigen brauchbaren Hinweise, mit denen sich vielleicht eine Spur zu der todbringenden Drohne und somit auch zu dem Killer finden ließ.

Auf der Festplatte des Laptops befanden sich Datenfragmente der WLAN-Verbindung, die zum Zeitpunkt des Attentates zu der Drohne bestanden haben musste. Dies jedenfalls behaupteten die IT-Spezialisten der Hamburger Polizei, zu denen auch Kriminalkommissar Johann Pahlgruber gehörte. Der Rollstuhlfahrer war einer der ehrgeizigsten Computerfreaks in der Mordkommission und bekannt für seine unkonventionellen Ideen, wenn es um das Lösen von digitalen Problemen ging, für die keine standardisierten Konzepte vorhanden waren.

Jetzt sollten Nägel mit Köpfen gemacht werden.

Otto Sänger hatte das Team zu einer Sondersitzung zusammengetrommelt, an der auch Daniel Brechter teilnehmen sollte. Als der rothaarige Polizist den Fahrstuhl im dritten Stock verließ, um die Büros des Alpha-Teams aufzusuchen, blieb er wie angewurzelt auf dem Flur stehen. Am Ende des Ganges stand Thomas Storak und grinste ihm unverhohlen entgegen.

Kriminaloberkommissar Storak ..., sein persönlicher Erzfeind. Sie mieden einander wie die Pest, doch manchmal war eine Begegnung nicht zu vermeiden.

Vor Jahren hatten sie zusammen in der Soko Altenheim den Mann gejagt, der sich als *Altenheim-Mörder* und *Modellbauer* bis in die vorderste Reihe der deutschen Kriminalfälle gemordet hatte. Wolfgang Möller, Ex-Terrorist und der gleiche Mann, den Brechter jetzt als sein zweites *Ich* auserkoren hatte.

Aufgrund seiner übersinnlichen Fähigkeiten war es Brechter seinerzeit gelungen, den Aufenthaltsort Möllers auf eigene Faust zu ermitteln, doch er landete auf dem Folterstuhl des Killers und wäre um ein Haar in dem brennenden Haus in Großseedorf ums Leben gekommen, wenn nicht im letzten Moment Spezialkräfte der Polizei das unheimliche Anwesen am Rande des Moors gestürmt hätten. Noch während des Kampfes gelang Möller mit einem Motocross-Motorrad die spektakuläre Flucht; der Killer blieb bis zum heutigen Tag spurlos verschwunden.

Die Mordserie in den Altenheimen war angesichts Brechters persönlichem Einsatz schlagartig beendet. Allerdings blieben damals viele Fragen offen, da es keine plausible Erklärung hierfür gab.

Nur ein glücklicher Zufall, argumentierte Brechter gegenüber seinen Vorgesetzten und den Medien, denn seine metaphysischen Traumreisen, die ihn mit Hilfe des *Morphischen Feldes* zum Versteck des Killers führten, sollten aus Angst vor persönlichen Diffamierungen unter Verschluss bleiben – um jeden Preis.

Die Presse stilisierte ihn trotzdem zu einem Helden, der gegenüber Kritik unantastbar zu sein schien. Aus Angst vor einem Skandal und aufgrund der traumatisierenden Drangsalierungen, denen der Polizeibeamte während seiner Gefangenschaft ausgesetzt

184

war, verzichteten die vorgesetzten Dienststellen damals aus fürsorgerischen Gründen auf eine umfangreichere Untersuchung des Falls.

Thomas Storak war von Anfang an misstrauisch gewesen. Der Mittdreißiger mit der auffallend großen Knollennase lebte allein und hatte es sich zur Lebensaufgabe gemacht, Brechters Geheimnis zu entzaubern.

Storak galt als unsympathisch; bereits bei der Kieler Kripo war er durch eine überwiegend rücksichtslose Vorgehensweise aufgefallen, die ihm allerdings auch einige Ermittlungserfolge einbrachte. Der unbeliebte Kriminaloberkommissar ließ sich damals extra vom Landeskriminalamt Kiel nach Hamburg versetzen, um hinter Brechter herzuspionieren. Er gönnte ihm den wie von Geisterhand herbeigezauberten Erfolg nicht und heftete sich verbissen an seine Fersen.

Und als ob das alles nicht genug wäre: Storak schien wie besessen von dem Gedanken zu sein, dass Brechter auch auf privater Ebene in den Fall um Möller verwickelt war, zumal Brechters Mutter eine ehemalige RAF-Terroristin gewesen sein sollte – genau wie der Serien-Killer Wolfgang Möller. Storak schreckte auch nicht davor zurück, Brechters Passworte auszuspionieren, um Zugriff auf die dienstliche E-Mail-Kommunikation seines Erzfeindes zu erlangen.

Und landete einen Volltreffer, da Brechter die Reservierung seines Fluges nach Florenz über den Polizei-Rechner abgewickelt hatte. Er flog ohne seine damalige Verlobte und tarnte die Exkursion als Undercover-Dienstreise. Mysteriöse Umstände, die Storak in Alarmbereitschaft versetzten. Kurzerhand folgte er

185

Brechter nach Florenz, um seinen Widersacher zu observieren. Auf einer der Brücken über den *Arno* kam es schließlich zur finalen Konfrontation.

Seitdem war viel Zeit vergangen, doch die Nerven lagen immer noch blank. *Jetzt bloß nichts anmerken lassen*, ermahnte sich Brechter innerlich, als er den Flur entlangging. Hinter der Feuerschutztür fiel ihm auf, dass Sasha Huger und Hildur Seilinger neben Storak standen. Sie schienen sich über das aktuelle Drohnen-Attentat zu unterhalten.

Storak winkte ihm kalt lächelnd zu. »Hey, Brechter, du alter Wichser. Was ist los? Du siehst mitgenommen aus.«

Huger schaute irritiert zu Seilinger, die nur mit den Schultern zuckte. »Die reden immer so«, sagte sie teilnahmslos und wechselte dabei einige vielsagende Blicke mit Huger. Offensichtlich hatte sie ihre Vorsätze fallen gelassen und sich auf eine Affäre mit dem gut aussehenden Kriminalbeamten eingelassen.

Brechter stellte sich lächelnd dazu, vermied es aber, den Kollegen die Hand zu geben. »Er leidet schon seit seiner Kindheit unter dem Tourette-Syndrom. Ein hoffnungsloser Fall«, sagte Brechter zu Huger und deutete auf Storak, der einen Stapel Papier in der Hand hielt. Offenbar hatte er diverse Unterlagen abgeholt, um die Ermittlungsarbeit des Alpha-Teams zu unterstützen. Normalerweise lag sein Arbeitsplatz im Bereich der Wirtschaftskriminalität, doch in der Stadt herrschte der Ausnahmezustand und jede freie Kapazität wurde auf den Fall des Drohnen-Killers angesetzt.

Huger wollte gerade etwas sagen, doch Storak, dessen volles schwarzes Haar nass geschwitzt aussah, kam ihm zuvor. »Komm schon, du Arschloch, mit dir stimmt doch wieder was nicht«, sagte er augenzwinkernd zu Brechter. »Ich seh's dir an der blassen Nasenspitze an.«

»Also wir müssen jetzt in die Besprechung«, sagte Seilinger schnell und zog Huger am Ärmel.

»Na nun spuck's schon aus, Brechter«, bohrte Storak nach. »Wo drückt denn der Schuh? Angst vor der Hölle? Träumst du noch von dem Folterstuhl?«

»Kümmere dich um deinen eigenen Scheiß«, konterte Brechter ohne äußere Regung. Er drehte sich um und ging.

Storak knirschte hasserfüllt mit den Zähnen. »Hey, Brechter. Ich hab dich gestern gesehen, wie du aus der Hinterhof-Moschee am Norddamm gekommen bist«, rief er Brechter hinterher. »Etwa zum Islam konvertiert, du Spinner?«

»Was?«, fragten Seilinger und Huger wie aus einem Mund.

23.

Im Besprechungsraum des Alpha-Teams herrschte eisiges Schweigen, als Huger, Seilinger und Brechter zur Tür hereinkamen.

»Ist ja so ruhig hier«, sagte Huger Kaugummi kauend. »Man hört den Tod schon förmlich.«

Seilinger verpasste ihm eine Kopfnuss und setzte sich neben Anette Berkun.

Bis auf Louis Schäfer, der mit einer Fußverletzung im Krankenhaus lag, war das Team komplett anwesend. Die Plätze neben Berkun waren von Frida Birg und Johann Pahlgruber besetzt, der zwei Laptops, mehrere externe Festplatten und einen unübersichtlichen Wust von Datenkabeln vor sich liegen hatte.

Otto Sänger saß mit verschränkten Armen gegenüber und blickte mürrisch auf seine Armbanduhr. »Sieh an, unser Ermittler-Pärchen und der Kommissar mit dem sechsten Sinn lassen sich doch noch blicken.«

»Ups …, 'tschuldigung …«, stotterte Seilinger. »Storak hatte uns aufgehalten.« Sie lief knallrot an, während Huger irritiert auf die Wanduhr blickte.

Ihr kleines Tête-à-tête war den anderen trotz aller Bemühungen nicht verborgen geblieben. Einige verräterische Blicke, eine enge, unkonventionelle Vertrautheit und die eine oder andere unachtsame Bemerkung reichten aus, um die feinen Antennen der Kollegen zum Vibrieren zu bringen.

Brechter suchte sich einen freien Stuhl und starrte gedankenverloren auf seine Brille, die er umständlich mit dem Taschentuch putzte.

Seilinger beugte sich zu ihm hinüber und fragte hinter vorgehaltener Hand, ob es im Fall des Glasaugen-Mörders eine Spur in die Islamisten-Szene gab, da Storak etwas in dieser Richtung angedeutet hatte.

Brechter antwortete ihr nicht.

Er versuchte krampfhaft, den gestrigen Tag zu rekonstruieren, erinnerte sich aber lediglich daran, den Bericht über das Verhör mit Rolf Calastana geschrieben zu haben. Der Typ mit der großen Warze im Gesicht war ein Volltreffer gewesen, da jetzt endlich Beweise dafür vorlagen, dass der frühere Staatsanwalt Hinrich Seidelberg der Glasaugen-Mörder war.

Der Mann, den es antörnte, mit toten Frauen zu schlafen und der im Hospiz auf sein Ableben wartete. Oder hatte es ihn bereits dahingerafft? Brechter vermutete, dass ihm beim Schreiben des Berichts der gleiche Gedanke gekommen sein musste.

Natürlich, du bist gestern ins Hospiz gefahren, um dich zu vergewissern …

Doch was war dabei herausgekommen?

Und was sollte er von Storaks dämlicher Bemerkung halten, angeblich in der Moschee am Norddamm gewesen zu sein? Zum Islam konvertiert? Völliger Schwachsinn; sein Verhältnis zu Religionen war vor allem von einem geprägt – Desinteresse. Mehr noch:

189

Die zahlreichen Zwänge, die mit vielen Konfessionen einhergingen – insbesondere beim Islam –, waren ihm von jeher zuwider. Er würde nicht im Traum daran denken, sein Leben einem Glaubensbekenntnis unterzuordnen. Im Übrigen war es ihm unverständlich, dass intelligente, moderne und umfassend informierte Menschen leichtfertig all ihre Bildung über Bord warfen, um an die Wahrhaftigkeit dieser abstrusen, uralten Geschichten zu glauben. Die Angst vor dem Tod und das Versprechen, ewig im Paradies weiterzuexistieren, schien alle Vernunft außer Kraft zu setzen.

Doch konnte es sein, dass ihn die Ermittlungen im Fall des Glasaugen-Mörders tatsächlich in die Salafisten-Szene verschlagen hatten?

Blödsinn! Der Fall ist gelöst …

Calastana konnte ihm den Beweis liefern, dass Seidelberg der damalige Serien-Killer gewesen sein musste. Der perverse Sonderling hatte die eigene Position als Staatsanwalt ausgenutzt und seinen handwerklich begabten Saufkumpanen Rolf Calastana gezwungen, das bizarre Mobile aus den Augen der toten Frauen zu konstruieren.

Ein Mobile aus menschlichen Augen – in Gießharz konserviert. Was für eine perverse Idee.

Calastana hatte das perfide Spiel damals mitgespielt – allerdings unfreiwillig. Auf den zahlreichen Baustellen der Stadt verschwanden in den 1970er Jahren ganze Lastwagenladungen mit Material; Calastana wurde erwischt und verurteilt. Außerdem standen Anschuldigungen wegen Hehlerei und Betruges im Raum. Mit der Vorstrafe im Gepäck sah er keinen anderen Ausweg, als sich den Forderungen Seidelbergs zu fügen. Doch Calastana hatte sämtliche Dialoge auf einem Diktiergerät mitgeschnitten. Für alle Fälle. Eine kluge Entscheidung, wie sich nun herausstellen sollte.

Seidelberg persönlich war also das Monster.

Ein todkrankes Monster!

Doch selbst wenn der ehemalige Staatsanwalt noch leben sollte, so waren seine Tage im Hospiz doch gezählt, sodass eine Anklage entbehrlich sein dürfte.

Aus diesem Grund, so resümierte Brechter, hatte er auf die Nachfrage im Hospiz wohl verzichtet. Nein, er war eindeutig nicht dort gewesen, daran würde er sich erinnern. Schließlich litt er noch nicht an …

Obwohl …! Seine Mutter hatte die letzten Jahre ihres Lebens im Pflegeheim verbracht – in der Abteilung für Demenzkranke.

Vielleicht bin ich erblich vorbelastet?

Die Erinnerung an seine Mutter Ingelore löste ein unangenehmes Gefühl in ihm aus. Angeblich war sie in ihren jungen Jahren eine RAF-Sympathisantin gewesen. Unfassbar, doch vermutlich hatte sie damals wirklich geglaubt, für eine gute Sache zu kämpfen. Noch ungeheuerlicher allerdings war, dass Ingelore Brechter vor einigen Jahren vermutlich von einer drogenabhängigen Freundin aus der RAF-Zeit im Pflegeheim erschossen wurde. Brechter glaubte seinerzeit nicht daran, dass seine Mutter Selbstmord begangen hatte, doch …

Er schob den Gedanken daran beiseite. Hinter all diesen Vorgängen verbarg sich ein dunkles Geheimnis, das wie ein bösartiger Dämon an ihm nagte.

Wolfgang Möller, der Terrorist. Damals in Florenz hatte ihm der Killer offenbart, dass …

Nein, du wirst keinen Gedanken mehr an diesen Scheiß verschwenden.

Also kein Besuch im Hospiz, keine Anklage gegen Seidelberg; die Gerechtigkeit nahm auch so ihren Lauf. Blieb die Frage, was gestern geschehen war, nachdem er den Bericht abgeschlossen hatte?

War er vielleicht zufällig in der Nähe der Moschee gewesen, um eine Besorgung zu erledigen, oder hatte Storak ihn – wie üblich – nur verarscht?

Thomas Storak, das arrogante Arschloch!

Schon damals in der Soko Altenheim, als das Ekelpaket noch Mitarbeiter des Landeskriminalamtes Kiel gewesen war, stand Brechter ganz oben auf seiner Abschussliste.

Warum eigentlich?

Er war nie dahintergekommen, was sich der cholerische Kollege davon versprach, ständig hinter ihm her zu spionieren. Und warum? Langeweile, Neid, krankhaftes Misstrauen oder war es möglich, dass Storak ihn einfach nur nicht ausstehen konnte?

Wie auch immer es zu dieser unseligen Beziehung gekommen war, letztlich hatten sich die beiden Kontrahenten gegenseitig in der Hand. Storak schien bereits frühzeitig bemerkt zu haben, dass Daniel Brechter kein *gewöhnlicher* Polizist war, zumal er auf geheimnisvolle Weise an ermittlungsrelevante Informationen gelangte. Doch er glaubte nicht wie all die anderen an Brechters haarsträubende Erklärungen. Für ihn hatte dieser Polizist selbst Dreck am Stecken und Thomas

Storak war geradezu besessen davon, den unliebsamen Kollegen ans Messer zu liefern.

Nach den schrecklichen Vorfällen in Großseedorf war Brechter Möller nach Florenz gefolgt. In geheimer Mission, da er den Aufenthaltsort des Killers nur mithilfe seiner Visionen erahnen konnte. Ein Umstand, den er mit niemand anderem teilen konnte.

Doch er sollte Recht behalten.

Nachdem er Möller auf dem *Piazzale Michelangelo* gestellt und abgeführt hatte, kam ihnen plötzlich Thomas Storak mit einer Waffe in der Hand entgegen. Der fühlte sich in seinen Zweifeln bestätigt, als er den flüchtigen Terroristen an Brechters Seite sah, und ging hasserfüllt auf Konfrontationskurs. Auf einer Brücke über dem *Arno* kam es zum Handgemenge; Möller wurde von zwei Schüssen aus Storaks Waffe getroffen und stürzte blutüberströmt über die Brüstung.

Der Terrorist verschwand in der dunklen Strömung des Flusses. Seine Leiche wurde nie gefunden.

24.

Niemand hatte damals mitbekommen, was auf der Brücke in Florenz geschehen war. Storak hatte seine Waffe im *Arno* entsorgt und verließ ohne ein weiteres Wort den Tatort. Brechter sah ihm hilflos hinterher und versuchte noch, Möllers Leichnam zu entdecken, doch kurz darauf nutzte auch er die Gelegenheit zur Flucht.

Die Schüsse blieben unbemerkt, doch war Wolfgang Möller wirklich tot? Erschossen von Thomas Storak, einem Beamten der Hamburger Polizei? Brechter war dabei gewesen, doch er konnte Storak nicht an die Behörden ausliefern, denn dann hätte er selbst im Fokus der Ermittlungen gestanden. Außerdem gab es keine Leiche. Aussage gegen Aussage …

Brechters Reise, die er ausschließlich aufgrund seiner geheimnisvollen Visionen angetreten hatte, war unzulässig gewesen; außerdem hatte er eine Waffe nach Italien geschmuggelt – genau wie Thomas Storak.

Sie gingen sich seitdem aus dem Weg und …

Plötzlich schien das Universum um Brechter herum zu explodieren. Er zuckte gedankenverloren zusammen, als Otto Sänger mit der flachen Hand auf die Tischplatte schlug. Auch der Rest des Alpha-Teams blickte irritiert auf, doch Sänger grinste nur salopp in die Runde der Besprechungsteilnehmer hinein.

»Sie hatten übrigens Recht, Kollege Brechter«, sagte Sänger, der kurz einen Bericht überflogen hatte, während die Mitarbeiter des Teams auf den Beginn der Dienstbesprechung warteten.

»Äh ... womit?«, wollte Brechter wissen. Er zwinkerte einige Male mit den Augen, um die Erinnerungen abzuschütteln, die sich eben noch in seinem Kopf manifestiert hatten.

»Es gibt tatsächlich eine überproportional große Anzahl an Obdachlosen, die spurlos von der Bildfläche verschwunden sind.« Sänger runzelte die Stirn.

»Worum geht's?«, fragte Huger beiläufig.

Bis auf Sänger und Brechter wusste bisher niemand im Alpha-Team von den verschwundenen Obdachlosen, da es lediglich auf Brechters übersinnliche Fähigkeiten zurückzuführen war, dass der mysteriösen Angelegenheit nachgegangen wurde.

»Um die Sache kümmern sich die Kollegen von der Vermissten-Abteilung«, antwortete Sänger nebulös. »Jetzt erst mal zu unserem Drohnen-Attentäter.«

Anette Berkun meldete sich zu Wort. »Kleine Zwischenfrage vorab.« Sie stellte die Ellenbogen auf den Tisch, stützte das Kinn auf ihre Hände und schaute nachdenklich auf die grau gemusterte Tischplatte vor sich. »Wozu eigentlich dieser enorme Aufwand mit der Drohne? Warum legt sich der Kerl nicht einfach mit einem Präzisionsgewehr auf die Lauer? So wie diese ...? Äh ... wie nennt man die Heckenschützen noch?«

»Sniper«, nuschelte Huger.

»Was?«

»SNIPER. In Amerika nennt man die Typen Sniper, Anette.«

»Ja, genau.«

»Vielleicht hat der Knallkopf einfach nur Spaß an der Fliegerei?«, mutmaßte Seilinger und tippte eine Textnachricht an ihre Haushaltshilfe, die auch das Mittagessen für ihre achtjährige Tochter zubereiten musste.

»Die Sache ist ziemlich … spektakulär«, meinte Sänger und nieste kräftig in sein riesiges, olivgrünes Taschentuch, das noch aus Bundeswehrbeständen stammte. Er hatte sich eine leichte Erkältung eingefangen. »Das erinnert mich an diesen Kaufhaus-Erpresser, der unter dem Pseudonym *Dagobert* jede Menge technischen Schnickschnack erfand, um seine kriminellen Ziele durchzusetzen. Er wurde geschnappt, aber diese Bastler und Tüftler haben offensichtlich generell ein Faible dafür, ihre Erfindungen dem Rest der Welt zu präsentieren.«

Johann Pahlgruber nickte zustimmend. »Es gibt natürlich auch Vorteile.«

»Und zwar?«, wollte Huger wissen.

»Er kann mit den Augen der Drohne sehen und außerdem ist das Fluggerät seine verlängerte Waffe«, antwortete der Rollstuhlfahrer, der heute besonders unter seiner heimtückischen Krankheit litt, ohne dass es hierfür einen erkennbaren Grund gab. »Bei einem Gewehr muss er das Opfer direkt anvisieren, mit der Drohne ist er viel flexibler. Er kann sich irgendwo verstecken, während er per Fernsteuerung das Ding dahin manövriert, wo er es haben will.«

»So wie bei dem letzten Mord im Einkaufszentrum«, stellte Seilinger fest. »Vermutlich aus einem Fahrzeug heraus, das auf dem Parkdeck stand.«

»Das ist doch sehr praktisch«, befand Pahlgruber. »Fast so wie die Jungs von der US-Army, die irgendwo in der Heimat am Bildschirm sitzen, einen Joystick in der Hand halten und am anderen Ende der Welt eine Rakete von einer Drohne abfeuern.«

»Irgendwie finde ich das beängstigend«, sagte Berkun und schüttelte sich, so als hätte sie etwas Saures gegessen. Sie trug einen farbenfrohen Schal über dem weißen Shirt, der dadurch hin- und herwippte.

»Das sind nun mal die Realitäten«, schaltete sich Huger altklug dazwischen und setzte seine Weltuntergangsmiene auf. »Irgendwann beherrschen wir die Technik nicht mehr, sondern sie uns.«

Seilinger zuckte mit den Schultern. »Dein Zynismus hilft uns jetzt auch nicht weiter.«

»Stimmt«, sagte Sänger. »Außerdem stehen wir diesmal nicht mit leeren Händen da. Also weiter; was ist mit dem Opfer? Neue Erkenntnisse?«

»Nein. Der Banker wurde offensichtlich völlig zufällig ausgewählt – wie bisher«, erwiderte Berkun, die bereits entsprechende Nachforschungen angestellt hatte. »Es gibt keine Verbindungen zu den anderen Opfern und mit der Elbphilharmonie oder der RAF hatte der auch nix am Hut.«

Sänger räusperte sich laut und angelte einen Hustenbonbon aus seiner Anzugjacke. »Dann gehen alle drei Drohnen-Morde auf das Konto dieses Erpressers, der im Stil der RAF die Zerstörung der Elbpilharmonie fordert. Zuerst in Altona, dann auf der *Mö*, und jetzt der Mord auf dem Parkdeck in Farmsen. Apropos Parkdeck. Haben sich Zeugen gefunden, die brauchbare Hinweise geben könnten?«

Frida Birg räusperte sich hinter vorgehaltener Hand. »Fehlanzeige!«, sagte sie verärgert. »Es gibt dort auch keine Videoüberwachung.«

»Mmm … schade«, brummte Sänger enttäuscht. »Übrigens: Die Experten gehen davon aus, dass es sich bei dem Bekennerschreiben um eine Fälschung handelt. Diese Information bleibt aber unter Verschluss.«

»Also keine vierte Generation der Roten Armee Fraktion?«, kommentierte Brechter, der sich innerlich seltsam zerrissen fühlte. »Vielleicht sollten wir mal die Fingerabdruckpinsel austauschen.«

Huger schüttelte den Kopf; auch die anderen Kollegen sahen sich verwundert an.

»Ich kann Ihnen nicht ganz folgen«, bemerkte Sänger, der mit den Gedanken schon woanders war.

Huger zeigte auf Brechter. »Er will diese Pinsel …«

»Äh … Blödsinn. Ich war gerade ganz woanders, sorry«, ruderte Brechter zurück.

Sänger blickte irritiert in die Runde. »Also …, dann äh … ja, vermutlich kein Terrorist, sondern ein irrer Einzeltäter. Aber bisher sind das nur Spekulationen; wir ermitteln in alle Richtungen weiter. Am meisten verspreche ich mir hierbei von diesem Studenten, der gestern den ganzen Tag bei Kollege Pahlgruber war, um diese äh … WLAN-Geschichte aufzudröseln. Der junge Mann befand sich direkt vor dem Eingang des Einkaufszentrums Farmsen ganz in der Nähe des Tatortes, als die Drohne auftauchte und der tödliche Schuss fiel. Geistesgegenwärtig hat er dort irgendwelche Daten abgegriffen, als er zufällig in dem Moment einen WLAN-Zugang mit seinem Laptop hacken wollte, um im Internet zu surfen.« Sänger machte eine kurze Pause, suchte Blickkontakt zu Pahlgruber und fuhr fort, als dieser zustimmend nickte. »Äh ... Kollege Pahlgruber wird uns mal die Einzelheiten erläutern.«

»Eigentlich ist es nicht erlaubt, sich in ein fremdes Netzwerk zu hacken«, erläuterte Pahlgruber einleitend, »doch erstens ist das heutzutage so ähnlich wie früher Äpfel klauen, also eher *Pillepalle,* und zweitens würden wir immer noch ohne jegliche Spur dastehen, wenn uns Leon nicht diese Daten geliefert hätte.«

»Leon?« Brechter wirkte verwirrt.

»Leon Sörensen, der Informatikstudent, der sich zufällig in der Nähe des Tatortes aufhielt«, erwiderte Pahlgruber müde und fügte nach einer kurzen Pause hinzu: »Mit seinem Laptop, auf dem sich zugegebenermaßen einiges an illegaler Software befindet.«

»Interessant«, sagte Huger neugierig. »Ich such auch schon seit Längerem ...«

»Um es gleich vorwegzunehmen«, unterbrach Pahlgruber Huger, »wir sind froh, im Besitz dieser Daten zu sein. Insofern lassen wir das mit den illegalen Programmen einfach mal auf sich beruhen.«

»... und reden auch außerhalb der Truppe nicht darüber«, fügte Sänger augenzwinkernd hinzu.

»Ich hol uns mal die Kaffeekanne«, sagte Huger, als

199

das Blubbern der Maschine im Nebenzimmer verstummt war.

»Gute Idee.« Berkun warf Seilinger einen doppeldeutigen Blick zu, die daraufhin ihre Stirn in Falten legte.

Huger schien seine soziale Ader entdeckt zu haben, denn er ließ es sich nicht nehmen, die Kaffeebecher seiner Kollegen persönlich zu füllen.

»Was ist denn mit dir los?«, fragte Seilinger misstrauisch, denn sie vermutete, dass sich Huger aus einem unerfindlichen Grund plötzlich einschleimen wollte.

»Nix! Ich wollte nur freundlich sein.«

»Also gut, danke«, brummte Sänger und nippte an dem Becher. »Weiter im Text … Kollege Pahlgruber, was genau hat dieser Student, äh … Leon Sörensen da eigentlich gemacht?«

»Er wollte mit seinem Laptop im Internet surfen und benötigte dazu einen WLAN-Zugang. Ein freier Hot Spot war nicht vorhanden, also hat er sich in das nächste Netz mit der höchsten Signalstärke gehackt.«

»Und da die Drohne in unmittelbarer Nähe war, ist er zufällig in das WLAN der Drohnen-Kamera eingebrochen, richtig?«, fragte Sänger.

»Genau«, erwiderte Pahlgruber. »Dann hat er die Drohne bemerkt, eins und eins zusammengezählt, und den Datenstrom auf seinem Laptop gespeichert. Außerdem hat er nebenbei den Flugkörper mit seinem Handy gefilmt.«

Huger verdrehte die Augen. »Lasst mich raten! Sein wirklicher Name ist Bond, … James Bond. Der

MI6 hat uns Verstärkung geschickt.«

»Der hat allerdings wirklich cool gehandelt«, gab Seilinger zu bedenken. »Und das in der Kürze der Zeit.«

»Nein, der Junge ist sauber«, widersprach Sänger. »Das wurde hinreichend überprüft. Der war einfach auf zack … und fix.«

»Als Informatik-Student hat er eben das entsprechende Fachwissen«, sagte Pahlgruber gereizt.

»… und offensichtlich Nerven aus Stahl«, frotzelte Huger.

»Die Drohne hat er ja erst später bemerkt, als er sich schon längst …«

»Vielleicht ein Komplize?«, spekulierte Brechter missmutig. »Dieser ganze Technik-Scheiß …«

»Stopp jetzt mal«, ermahnte Sänger die Kollegen und wischte mit dem Taschentuch auf seiner rotschwarzen Krawatte herum. Er hatte sich mit Kaffee bekleckert. »Leon Sörensen ist ein wichtiger Zeuge. Wir haben keinen Grund, an seiner Aufrichtigkeit zu zweifeln. Herr Pahlgruber erläutert jetzt den Sachverhalt. Fragen können hinterher gestellt werden.«

Pahlgruber, der heute einen knallig roten Rollkragenpullover und eine schwarze Cordhose trug, nickte behäbig. Die Anstrengungen der letzten Tage waren ihm anzusehen, sodass Sänger umdisponierte und eine kurze Pause einlegen ließ. Anette Berkun nutzte die Gelegenheit, um das Damen-WC aufzusuchen; der Rest der Crew stand diskutierend auf dem Flur. Nur Pahlgruber blieb mit seinem Rollstuhl im Besprechungsraum sitzen und zermarterte sich das Gehirn.

25.

Mittwoch, den 2. August 2017

Der rasselnde Atem der alten Frau schwebte wie ein Damoklesschwert über ihm. Da war sonst gar nichts, nicht einmal das Ticken einer Uhr an der Wand, nur dieses nervtötende Geräusch der Greisin, das sich wie ätzende Säure in sein Gehirn einzubrennen schien. Der Mann mit der Maske und den weißen Handschuhen saß in einem abgewetzten, braunen Sessel und beobachtete den Brustkorb der Alten, der sich unregelmäßig hob und senkte. Er hatte das karge Zimmer bereits vor einer Stunde betreten, die Tür von innen verriegelt und seine Taschenlampe so platziert, dass die Decke des Raumes von einem schwachen, diffusen Licht erfüllt wurde.

Er kam immer in der Nacht und setzte sich in eine Ecke des Raumes, um zu beobachten – und zu lauschen. Die bettlägerigen Alten lagen stets auf dem Rücken – nie auf der Seite – und die Geräusche, die sie im Schlaf von sich gaben, waren für ihn stets der hörbare Beweis für die Notwendigkeit ihrer baldigen Erlösung.

Der Tod liegt bereits neben ihr ...

Es war leicht, in der Nacht in eines der städtischen Pflegeheime einzudringen. Unauffällig und geräuschlos. Die Personaldecke war äußerst dünn – wie fast überall in den sozialen Bereichen – und die Nachtschichten zumeist nur spärlich besetzt.

Es war nicht das erste Mal. Mittlerweile hatte er einen *Modus Operandi* entwickelt, der ihm einen sicheren Zugang in die Einzelzimmer der Bettlägerigen ermöglichte. Hier gab es genügend von dem Material, das er für den Bau seiner Modelle benötigte.

Menschliche Knochen …

Heute Nacht noch würde er der Alten ein Bein amputieren. Natürlich würde sie die Prozedur nicht überleben, doch hier, in diesen Aufbewahrungsorten der lebenden Toten, in diesen morbiden Endstationen des Leidens war der Tod nichts weiter als eine Erlösung. Die Dahinsiechenden wären ihm vermutlich dankbar gewesen, dass sie einen Teil ihres welken Körpers für die Erschaffung seines Kunstwerkes zur Verfügung stellen durften, wenn sie aufgrund des geistigen Zerfalls nicht zunehmend verblöden würden. Ja, es stimmte, die Amputationen waren unfreiwillig und ohne Gegenleistung, dafür aber mit der Gewissheit, dass die Knochen-Modelle des *Modellbauers* von einzigartiger Schönheit waren.

Natürlich sind die Dementen nicht in der Lage, meine Arbeit wertzuschätzen …

Er sog die morbide Atmosphäre des spärlich eingerichteten Raumes in sich auf. Hier gab es nichts, für das es sich noch zu leben gelohnt hätte. Schäbige Möbel, abgewetzte, verschmutzte Handtücher, ein Nachtschrank voller Medikamente, graue Tapeten und einige vergilbte Bilder an den Wänden, auf denen Szenen aus einem längst vergangenen Leben abgebildet waren. Fotos, die aus einer anderen Realität zu kommen schienen. Zeugnisse für eine lebendige Existenz, doch statt einen schnellen, würdevollen Tod zu sterben, würde die Frau nun langsam und qualvoll in diesem Raum dahinsiechen.

Das sollte sich heute ändern.

Der Mann mit der Maske griff nach der schwarzen Ledertasche zwischen seinen Beinen und stellte sie auf eine kleine Anrichte. Er öffnete die Tasche, entnahm das Fläschchen mit dem Chloroform, ein weißes Tuch, einen großen Plastikbeutel und die Knochensäge, auf dessen metallischer Oberfläche sich der schmale Schein der Taschenlampe spiegelte.

Jetzt, da er den tristen Raum, die Alte mit dem röchelnden Atem, den Dreck, die Schäbigkeit und den ganzen Kosmos seines bizarren Handelns in sich aufgenommen hatte, ging alles sehr schnell.

Er stand auf und ging zum Bett der alten Frau. Behutsam weckte er die Greisin, griff ihr an die Schulter, schüttelte sie vorsichtig und flüsterte ihr absonderliche Worte in das faltige Ohr, auf dem sich Strähnen weißen Haares befanden.

Schon mal mit dem Teufel getanzt, alte Frau?

Zuckend öffneten sich die Augen der Alten. Verwirrt und orientierungslos blickte sie auf das maskierte Gesicht des Mannes und stöhnte. Ihr Geist – oder das, was die Demenz-Erkrankung von ihm übrig gelassen hatte – befand sich noch in der Zwischenwelt zwischen Traum und Realität, doch die Angst in ihr bahnte sich bereits einen Weg an die Oberfläche ihres

Bewusstseins.

Der Maskierte beugte sich dicht zu ihr hinab. Sein Interesse galt ihren Augen und den Veränderungen, die er darin erkennen konnte. Der trübe Glanz des Erwachens, leere, dann suchende Blicke, ungläubiges Erstaunen, erstes Begreifen und lähmende Angst, unsagbare Todesfurcht, die den gebrechlichen Körper der alten Frau in eine tiefe Ohnmacht fallen lassen würde, wenn …. Jetzt war der Zeitpunkt gekommen, um in den Besitz des *Elixiers* zu gelangen. Er durfte nicht zu lange warten, denn dann würde sie nur noch hemmungslos schreien und nichts mehr um sich herum wahrnehmen.

Das, was nach der Angst kam, die schiere Manifestation des Grauens, dieser kurze Moment, bevor der Geist kollabierte, dieser quälende Blick, der sich jedweder Beschreibung entzog, nur er enthielt jenen schimmernden Glanz, den er das *Elixier der Hölle* nannte. Und er bekam, was er wollte, denn …

… er zeigte ihr die Knochensäge.

Das *Elixier* strömte ihm entgegen, floss aus den Augen der Alten heraus und noch bevor sie die realen Konsequenzen der Geschehnisse um sich herum begriffen hatte, nahm er das mit Chloroform getränkte Tuch und erlöste sie von den Bildern, die ihr Bewusstsein zu formen begann.

Der Mann mit der Maske wartete, bis die Alte betäubt war, dann lauschte er an der Tür. Auf dem Flur war alles ruhig. Wenn überhaupt, dann war erst in zwei Stunden mit einem Kontrollgang zu rechnen. Das war gut, denn die Arbeit würde ihn eine Zeit lang in

Anspruch nehmen.

Zuerst würde er mit dem Fleischermesser einen …

»Die WLAN-Frequenzen liegen normalerweise bei 2,4 GHz«, sagte Pahlgruber und kratzte sich am Kinn. »Die Drohnensteuerung auch. Gefilmt wird dann mit 5,8 GHz; insofern hätte sich Sörensen eigentlich gar nicht in den Datenstrom der Drohnenkamera hineinhacken können.«

»Wie bitte?« Brechter hatte das Gefühl, aus einer durchzechten Nacht zu erwachen. Sie saßen wieder im Besprechungsraum, doch der schreckliche Tagtraum, der ihn eben noch paralysiert hatte, tobte in seinen Knochen wie eine heimtückische Viruserkrankung. Zweifelsohne war es Wolfgang Möller persönlich gewesen, der ihn auf eine Traumreise in die Vergangenheit mitgenommen hatte. In eine Zeit, in der er als Altenheim-Mörder bettlägerigen Senioren Gliedmaße amputierte, um aus den Knochen abstoßenden Modelle zu bauen. Möller, das Ungeheuer, in dessen Folterkeller Brechter fast zu Tode traktiert worden war und der sich jetzt in seinem Kopf eingenistet hatte. Oder lebte Möller vielleicht doch noch und die Visionen erreichten ihn über das *Morphische Feld*?

Wie auch immer: Es musste etwas zu bedeuten haben, dass Möller ihm einen seiner bestialischen Morde wie bei einer Filmpremiere vorgeführt hatte. Fast so, als wäre er in diesem miefigen Zimmer im Pflegeheim dabei gewesen, als der alten Frau die Knochensäge präsentiert wurde. Vielleicht eine Botschaft, deren Zweck er nicht verstand? Noch nicht!

Oder ...? Brechter kam ein schrecklicher Verdacht. Konnte es möglich sein, dass sich Möllers Bewusstsein zur alten Stärke zurückentwickelte? Dann würde sein eigenes *Ich* mit Sicherheit verdrängt werden? Vielleicht wollte Möller wieder der sein, der er einmal war; nicht nur ein geduldeter Nischenbewohner am Katzentisch seines Gehirnes. Warum sonst sollten sich die Erinnerungen des Serien-Killers so plötzlich und ohne Ankündigung in seinem Kopf breitmachen?

Auf der anderen Seite: Wenn ohnehin alles nur Einbildung war, dann schien er plötzlich die Kontrolle über seine eigene Persönlichkeit zu verlieren. Diese Erinnerungslücken und die Visionen waren vielleicht kein Zufall? Also doch eine fortschreitende dissoziative Identitätsstörung? Auf Brechters Stirn bildete sich ein feiner Schweißfilm.

»Geht es Ihnen nicht gut?«, fragte Sänger besorgt. »Sie sehen blass aus, Herr Brechter.«

Brechter starrte aus dem Fenster und schien in sich selbst versunken. Dann reagierte er schließlich: »Was? Äh ... nein, äh ja ... danke, alles bestens. Es geht mir gut.« *Nein, es geht mir beschissen!*

Sänger blickte skeptisch drein. »Wirklich?«

Brechter winkte ab. »Ich bin wohl etwas übernächtigt«, antwortete er ausweichend.

»Hm ..., na gut, dann lassen sie uns weitermachen. Fahren Sie fort, Herr Pahlgruber.«

»Gern«, sagte Pahlgruber genauso matt, wie er sich fühlte. »Also ..., wo war ich? Ach ja. Die WLAN-Frequenz und die Kamera-Frequenz müssen also identisch gewesen sein, sonst hätte Leon die Daten nicht hacken können. Videokameras auf 2,4-GHz-Basis gibt es durchaus, dann ist die Drohne vermutlich auf einer anderen Frequenz geflogen. Der Täter hat hier offensichtlich ein komplexes System mit einer in Eigenregie entwickelten Technik erschaffen. Eigentlich sind es sogar drei Systeme, die miteinander verbunden sind: der Copter, die FPV-Kamera und die Steuerung der Schusswaffe.«

»Ich verstehe kein Wort«, maulte Huger.

»Wir bevorzugen wohl doch lieber die kurze Version«, warf Sänger ein.

»Umso besser«, sagte Pahlgruber mit gerötetem Gesicht. »Ich kürz das mal ab: Es ist uns gelungen, die Daten von Leons Rechner auszulesen. Wir verfügen also über verschiedene Informationen bezüglich der WLAN-Verbindung, die der Täter zur Drohnen-Kamera aufgebaut hatte: Name, Passwort, Verschlüsselungstechnik und so weiter. Falls das WLAN wieder aktiviert werden sollte – zum Beispiel bei einem erneuten Anschlag –, könnten wir das mit unserer Technik erkennen.«

»Und wo ist der Haken bei der Sache?«, fragte Seilinger mit großen Augen.

Pahlgruber stöhnte resigniert. »Da wir nicht wissen, wo der Täter als Nächstes zuschlägt, müssten wir theoretisch die gesamte Stadt nach der WLAN-Verbindung absuchen – und zwar ständig, da wir ja auch nicht abschätzen können, *wann* ein erneuter Anschlag geplant ist.«

»Was ist denn mit den Filmaufnahmen, die der Student mit seinem Handy gemacht hat?«, fragte Berkun und hielt ihr eigenes Smartphone demonstrativ in die Höhe. »Bringt uns das vielleicht weiter?«

»Vermutlich nicht«, bemerkte Sänger skeptisch. »Unscharf und verwackelt. Die Auswertung läuft noch, doch so wie es aussieht, kommt da nichts bei rüber.«

»James Bond wäre das nicht passiert«, flachste Huger grinsend.

Seilinger verzog das Gesicht. »Lass mich raten«, meinte sie herablassend. »Du hast natürlich schon eine zündende Idee? Wie Mister Bond persönlich.«

Huger nickte. »Diese WLAN-Daten führen uns zu dem Täter.«

»Und wie?«, fragte Sänger. »Wie sollen wir die gesamte Stadt überwachen?«

»Wir binden eben alle Dienststellen und die Privatrechner der Kollegen mit ein«, konkretisierte Huger. »Tag und Nacht. Bis auf irgendeinem der Rechner diese WLAN-Verbindung auftaucht. Dann schlagen wir zu.«

Alle schauten sich verblüfft an.

»So einfach ist das?«, grübelte Berkun.

»Eine logistische Herausforderung«, sagte Sänger nachdenklich, »doch im Grunde …«

»Mein Gott, die Idee ist so einfach wie genial«, unterbrach Pahlgruber seinen Chef. »Ich weiß jetzt, wie wir das hinbekommen. Und vermutlich können wir den Standort des Täters sogar noch *vor* dem nächsten Attentat ermitteln.«

»Ich bin ganz Ohr«, sagte Sänger erwartungsvoll.

26.

Pahlgruber wirkte sichtlich erregt. Sein linkes Augenlid zuckte ständig und mit den Fingern trommelte er nervös auf der Tischplatte herum. Der ausgeklügelte Plan, der in seinem Gehirn Gestalt anzunehmen begann, hing wie ein unsichtbares Gespenst über den Köpfen der Besprechungsteilnehmer. Alle Blicke ruhten jetzt auf dem Mitarbeiter im Rollstuhl.

»Kollege Huger hat völlig Recht«, eröffnete Pahlgruber seine Ausführungen. »Wir brauchen allerdings ein neues Netzwerk an Rechnern; verteilt über ganz Hamburg. Natürlich sämtliche Dienststellen und diverse PCs, die zuhause bei Kollegen stehen. Möglichst gleichmäßig verteilt, damit kein WLAN-Funkloch entsteht. Und die Rechner müssen rund um die Uhr laufen.«

»Das dürfte sich realisieren lassen«, schnaufte Sänger. »Und woher wissen diese ganzen Rechner, wonach sie überhaupt suchen sollen?«

»Ganz einfach«, antwortete Pahlgruber mit einem Funkeln in den Augen. »Ich programmiere eine Software, die sämtliche WLAN-Netze, die sich in der Nähe befinden, in einer Tabelle auflistet – mit Name und

Signalstärke. Das Programm versende ich per Mail an die entsprechenden Rechner bei den Dienststellen und den Kollegen – inklusive Anleitung. Die werden natürlich vorab informiert. Das Programm läuft auf diesen Rechnern, die über das gesamte Stadtgebiet gleichmäßig verteilt sind, rund um die Uhr. Sofern in einer dieser Tabellen das gesuchte WLAN unseres Täters auftaucht, sendet das Programm diese Information automatisch an das Polizeipräsidium, von wo aus die notwendigen Kräfte alarmiert und gelenkt werden.«

»Hmm. Dann haben wir einen gewissen Radius, in dem sich der Täter aufhält«, mutmaßte Huger. »Den genauen Aufenthaltsort kennen wir so aber noch nicht, oder?«

Pahlgruber lächelte verschmitzt und rieb sich die Hände. »Falsch, Sasha. Das Programm sendet auch die jeweilige Signalstärke des gesuchten WLAN mit. Und da jeder unserer eingesetzten Rechner einen Radius abdeckt, der sich mit den benachbarten Rechnern überschneidet, bekommen wir bei einem Treffer im Präsidium mehrere positive Meldungen mit verschiedenen Signalstärken. Die höchste ist am dichtesten dran, die zweithöchste am zweitnächsten und so weiter. Mein Programm ist so ausgelegt, dass die Daten der verschiedenen Signalstärken mittels Kreuzpeilung auf dem virtuellen Stadtplan berechnet werden. Da, wo der Schnittpunkt ist, befindet sich auch das Zentrum des Drohnen-WLANs und somit auch der Täter.«

Stille erfüllte den kleinen Raum.

Verblüfft schauten sich die Besprechungsteilnehmer an, so als könnten sie kaum glauben, was sie eben gehört hatten.

»Genial«, hauchte Seilinger kaum hörbar. Sie war insbesondere von Sasha Huger schwer beeindruckt, da der Kollege aus Bremen anfänglich Anstalten gemacht hatte, sich zum Gruppenclown zu entwickeln – glaubte sie jedenfalls. Das wäre ein Minuspunkt gewesen, mal abgesehen von seinem Knackarsch, der es ihr angetan hatte. Doch die Idee mit den vernetzten PCs, die er mal eben so aus dem Hut gezaubert hatte, war die ideale Vorlage für Pahlgruber gewesen.

Der hochbegabte Computerfreak hatte sofort das Potenzial erkannt, das sich hinter Hugers Vorschlag verbarg. Zusammen war es ihnen gelungen, ein Konzept vorzustellen, mit dem sie endlich auf brauchbare Fahndungserfolge hoffen konnten.

»Klasse Arbeit«, lobte Sänger, der sich nebenbei zahlreiche Notizen gemacht hatte. Sein Blick wanderte zwischen Pahlgruber und Huger hin und her. »Wenn ich das richtig verstanden habe, scannen wir sozusagen die gesamte Stadt Tag und Nacht nach dieser WLAN-Verbindung. Lässt der Täter seine Drohne starten – und aktiviert damit das WLAN für die Drohnen-Kamera –, dann registriert das Pahlgrubers Programm und mittels dieser softwaregesteuerten Kreuzpeilung wissen wir dann genau, wo sich der Typ befindet.«

»Das ist der Plan«, sagte Pahlgruber und rieb sich erschöpft die Augen. »Ich mache mich gleich an die Arbeit und programmiere die Software.«

»Eine Frage noch, Johann«, meldete sich Seilinger zu Wort.

»Ja bitte?«

»Du hast vorhin gesagt, dass wir mit dieser Methode den Standort des Täters ermitteln können, noch *bevor* er das nächste Mal zuschlägt. Wie soll das vonstatten gehen?«

»Oh, das hätte ich fast vergessen«, bedauerte Pahlgruber. »Du hast natürlich Recht, insofern müssen wir uns beeilen. Er wird die Drohne vor dem nächsten Attentat mindestens noch einmal benutzen.«

»Was macht dich da so sicher?«

Pahlgruber grinste. »Er muss sich davon überzeugen, dass das Ding auch funktioniert, bevor er wieder zuschlägt. Insofern wird er hundertprozentig einen Testlauf machen. Und das ist unsere Chance. Das WLAN-Spionagenetz muss stehen, wenn er den Copter aktiviert.«

Sänger wischte sich den Schweiß von der Stirn. »Dann müssen wir sofort alle Dienststellen informieren, die Privatadressen aller Kollegen erfassen, die in und um Hamburg wohnen, und eine Auswahl treffen, bei denen wir dann sicherstellen, dass ein PC mit dem Programm ...«

»Großer Gott«, unterbrach Seilinger Sänger. »Eine Mammutaufgabe.«

»Ganz schön aufwendig«, meinte Berkun in Anbetracht der logistischen Herausforderung.

»Dann lassen Sie uns sofort anfangen«, sagte Sänger und wandte sich an Brechter. »Wir brauchen jeden verfügbaren Mitarbeiter, um möglichst schnell einsatzbereit zu sein. Wie weit sind Sie denn eigentlich mit Ihren Ermittlungen im Fall des Glasaugen-

Mörders?«

»Ich …«, begann Brechter verwirrt. »Äh …, mein Bericht ist so gut wie fertig. Allerdings müsste ich …«

»Wie ist denn der Sachstand?«, fragte Sänger ungeduldig.

»Tja, also … eigentlich ist der Fall so gut wie gelöst.«

»Tatsächlich? Hab ich gar nicht mitbekommen. Wer kommt denn als Täter in Betracht?«

Brechter machte sich keine übertriebenen Hoffnungen. Es würde keinen Sinn machen, weiterhin an einem vierzig Jahre alten Fall festzuhalten, bei dem der vermeintliche Täter bereits im Sterben lag. Sänger würde ihn abziehen, und das aus gutem Grund. Schließlich gab es eine akute Bedrohung für die Bevölkerung Hamburgs, bei deren Beseitigung alle verfügbaren Kräfte eingesetzt werden mussten.

Das ist ein perfektes Ablenkungsmanöver für die eigentliche Bedrohung …

Brechter schüttelte den Kopf, so als wollte er die Unordnung in seinen Gedanken durch einen Neustart des Systems annullieren.

»Seidelberg selbst ist der Täter.«

»Verstehe«, sagte Sänger, obwohl sein Gesicht das Gegenteil ausdrückte. »Äh … war das etwa dieser …?«

»Der ehemalige Staatsanwalt, der im Hospiz liegt«, kam Brechter ihm zuvor. »Genau jener. Die Beweislage ist erdrückend. Steht alles in meinem Bericht.«

Sänger war sichtlich schockiert. »Unfassbar. Allerdings, wenn ich es recht bedenke: Der hatte doch diese perverse Neigung.«

214

»Sex … mit toten Frauen«, ereiferte sich Berkun angewidert. »Ekelhaft …«

»Genau«, bestätigte Sänger, »dann hat er natürlich auch ein starkes Motiv. Was mich allerdings wundert: Warum hat er sich am Ende seines Lebens überhaupt bei uns gemeldet und dadurch die Ermittlungen erst ins Rollen gebracht? Kein Mensch hätte sich je wieder mit dem Fall beschäftigt.«

»Die Krankheit hat ihm wohl das Gehirn vernebelt«, sagte Brechter mit bestechender Überzeugungskraft und rieb sich an der Nase.

»Hmm …, durchaus möglich«, erwiderte Sänger nach einer kurzen Bedenkzeit.

»Metastasen im Gehirn«, schob Brechter nach und wunderte sich über sein eigenes Improvisationstalent.

»Lebt der Mann denn überhaupt noch?«

»Äh … es ist jederzeit mit seinem Ableben zu rechnen. Vielleicht gerade in diesem Moment?« Brechter hatte keine Ahnung, wie es um den pensionierten Staatsanwalt stand, doch natürlich war ihm bewusst, dass der Zugang zu einem Hospiz ausschließlich schwer erkrankten Menschen offenstand, die nur noch eine begrenzte Lebenserwartung hatten.

Sänger runzelte die Stirn. »Dann lassen Sie sich ruhig noch etwas Zeit mit dem Bericht«, sagte er mehrdeutig. *Die Sache erledigt sich von allein.*

»Verstehe«, sagte Brechter.

»Dann können Sie ab sofort am Aufbau unseres WLAN-Abhörnetzes mitarbeiten«, stellte Sänger fest. »Also, ich spreche die Angelegenheit kurz mit der Führung ab und nehme die anderen Dienststellenleiter mit ins Boot. Dann geht's los, Leute; und zwar noch heute.«

Brechter seufzte. Er würde sich etwas einfallen lassen müssen, um Zeit herauszuschinden, doch das Schlimmste an der Angelegenheit war, dass er nicht wusste, *wofür* eigentlich. Er hatte ständig das Gefühl, etwas zu verpassen. Eine überaus wichtige Sache, die sich nicht aufschieben ließ und die seiner vollen, uneingeschränkten Aufmerksamkeit bedurfte. Manchmal war diese ominöse Sache zum Greifen nahe; so nahe, dass sich nebulöse Bilder in seinem Geist formten, die dann plötzlich wie Seifenblasen zerplatzten. Der Faden riss ab; irgendetwas kappte die Verbindung zu seinen Erinnerungen.

Diese innere Zerrissenheit nervte, doch auf der anderen Seite war da eine unerschütterliche Gewissheit in ihm, dass er die auferlegten Herausforderungen fristgerecht meistern würde. Welche auch immer es sein würden. Er hatte keine Ahnung, warum das so war, doch es fühlte sich irgendwie *richtig* an.

Dir wird schon noch einfallen, was es so Wichtiges zu erledigen gibt …

27.

Montag, den 7. August 2017

Tagebucheintrag

Es ist vollbracht. Zwei Nächte, in denen sich bestätigen sollte, dass die Zusammenarbeit mit diesen orientalischen Typen viel schwieriger ist, als ich es mir vorgestellt hatte. Chaotisch, angefüllt mit sinnlosem Palaver, überwiegend improvisationsgesteuert und voller Überraschungen, doch irgendwie – ich kann es kaum glauben – konnte die riskante Aktion erfolgreich abgeschlossen werden.

Der C4-Sprengstoff befindet sich jetzt in einem sicheren Versteck bei Lauenbrück – ganz in der Nähe des kleinen Flugplatzes. Eine einfache Grasbahn, doch für unsere Zwecke völlig ausreichend. Dabei hatte ich schon befürchtet, dass der Zeitplan aus dem Takt geraten könnte. Dieser Drohnen-Terrorist, der, ohne es zu ahnen, die Idee für das Vorhaben geliefert hat, kommt als Ablenkungsmanöver wie gerufen, doch die beschissene Fahndung nach ihm kostet jede Menge Zeit. Wertvolle Zeit, die uns davonzulaufen droht.

Gut, dass ich einiges vorbereitet hatte. Ohne eine reibungslose Kommunikation läuft gar nichts. Der Psychopath mit dem Pilotenschein, die Typen aus der Moschee, der Flugzeugbeschaffer, den ich noch aus alten Tagen kenne, und natürlich ich selbst: Jeder besitzt jetzt ein nicht registriertes Prepaid-Handy, mit denen wir uns absprechen können. Anonym und unter Verwendung der vorab festgelegten Geheimsprache. Keine Verfolgung möglich. Das ist typisch, die ahnungslosen Dilettanten vom Verfassungsschutz kriegen wie üblich nichts mit.

Als Nächstes kümmere ich mich um die Zündkapseln. Eines meiner Spezialgebiete, doch mit der heutigen Technik habe ich noch ganz andere Möglichkeiten als früher. Ich werde sie so konfigurieren, dass sie sich mittels Handytastatur aktivieren lassen. Mit einer kurzen Verzögerung natürlich, denn bereits der erste Aufprall könnte dem Piloten das Genick brechen.

Zur gleichen Zeit beginnt der Flugunterricht.

Der Psychopath hat drei Wochen, um den beiden Paradiesanwärtern die Grundregeln des Fliegens beizubringen, wobei das zweifelsohne schwierigste Manöver – die Landung – nicht auf dem Unterrichtsplan steht. Nein, diese Art der Ankunft bedarf keiner besonderen Ausbildung. Allerdings müssen die beiden Vollstrecker in der Lage sein, dass jeweilige Ziel punktgenau zu treffen. Wenn man jedoch einen Blick auf den flusswärts gerichteten Plaza-Ausgang wirft, wird einem schnell klar, dass sich das Ziel eigentlich gar nicht verfehlen lässt, so markant und passgenau zeichnet es sich vom Rest der Fassade ab.

Fast wie ein Fadenkreuz.

Auch das zweite Ziel wird mit Sicherheit ein Volltreffer, denn seine schiere Größe dominiert einen Bereich, an dem ein heranfliegendes Flugzeug einfach nicht vorbeikommt.

Einzig das Wetter! Die Wahrscheinlichkeit um diese Jahreszeit ist gering, doch dichter Nebel könnte – trotz der *umfangreichen Beleuchtung – zu einem Problem werden. Ich baue darauf, dass dies nicht der Fall sein wird, schließlich sind die Langzeitprognosen für den Spätsommer als durchaus positiv einzustufen. Mit ein bisschen Glück …*

Außerdem entwickeln die Dschihadisten plötzlich einen ungeahnten Enthusiasmus, gepaart mit viel Kreativität. Sie sind geradezu besessen von der Idee, die ich in ihre Köpfe gepflanzt habe. Insofern werden sie alles dransetzen, das Vorhaben erfolgreich abzuschließen.

Das erinnert mich an diesen bescheuerten Olympia-Spruch: »Feuer und Flamme«. Eine gelungene Analogie, finde ich, und ich befürchte, dass es nach unserer Aktion sehr …, sehr lange dauern dürfte, bis die Olympischen Spiele (oder irgendeine andere Großveranstaltung) wieder in Deutschland stattfinden können. Ein netter Gedanke. Auch die Dschihadisten sind Feuer und Flamme, nachdem ich sie von der Seriosität meines Angebotes überzeugen konnte. Sie können es gar nicht abwarten, dass der große Tag endlich da ist, an dem sie in Aktion treten können.

Doch wir müssen vorsichtig sein. Es kann jederzeit zu unvorhersehbaren Zwischenfällen kommen, zumal die Anzahl der eingeweihten Personen jetzt ein Level erreicht hat, bei dem der Plan außer Kontrolle geraten könnte.

Erst wenn alles vorbei ist, können wir aufatmen und den Laden endgültig säubern.

Denn Köpfe werden rollen müssen …

28.

Wie einfach es doch war, eine ganze Stadt in Atem zu halten. Gewisse Fähigkeiten vorausgesetzt. Keine Genialität, keine verbrecherische Vorgeschichte, kein Netzwerk zur Unterwelt, ja nicht einmal Anzeichen krimineller Energie oder ein klar definiertes Motiv, aufgrund dessen sich sein Handeln nachvollziehen ließ. Nichts, außer diesen Fähigkeiten, die, jede für sich selbst betrachtet, kaum etwas Spektakuläres zu bieten hatte.

In der Summe allerdings ergab sich ein anderes Bild. Mit Ende sechzig eine gewachsene Persönlichkeit; ein ansehnlicher Cocktail von Eigenschaften, in seinem Inneren genährt und vergiftet von einem langsam wachsenden Tumor, der nur aus Hass zu bestehen schien. Tiefsitzender, kompromissloser, blanker Hass, der sich gegen ein namenloses *System* richtete, dem man sämtliche Verfehlungen in die Schuhe schieben konnte, seien sie nun privater oder öffentlicher Natur.

Wie es dazu kommen konnte?

Der Bienenzüchter wusste es nicht. Die Dinge hatten sich so ergeben. Fast schien es ihm, als ob sein Handeln nichts weiter als die logische Konsequenz zahlreicher Grübeleien war, die sich im Laufe der Jahre wie unablässig rotierende Windräder in seinem Hirn manifestiert hatten.

Mobbing gab es an den Schulen bereits vor sechzig Jahren, allerdings interessierte sich zu jener Zeit niemand ernsthaft dafür. Wer sich zum Opfer machen ließ, war selbst schuld. Auf diese Weise gab's die Häme gleich im Doppelpack – und das auf Dauer. Wer damals aufgrund einer Essstörung oder wegen einer genetischen Veranlagung als *Dicker* wahrgenommen wurde – die Anzahl der Betroffenen war verschwindend gering –, der hatte schon verloren. Fette Sau, dickes Schwein, Mops, Fleischklops: Irgendwann setzte ein kurioser Prozess der Gewöhnung ein, und er begann zu glauben, dass sie wohl Recht hatten mit den Beleidigungen, die sie ihm Tag für Tag an den Kopf warfen.

Die klassische Rechtfertigung? Eine schwere Kindheit! Völliger Quatsch. Es gab keinen Zweifel daran, dass diese Art der Erklärung alles andere als nachvollziehbar war. Zumal die Dämme erst vor Kurzem gebrochen waren. Damals wurde offensichtlich das Fundament gelegt, mehr nicht, und über Jahrzehnte hinweg gab es keinen spürbaren Groll, der sich in ihm angestaut hatte. Und wenn doch, dann hatte er nichts davon bemerkt. Jetzt war alles anders. Ob es etwas mit der Einsamkeit zu tun hatte? Vielleicht, doch es gab auch zahlreiche Vorteile, die ein Singleleben mit sich brachte. Freiheit, Ungebundenheit, Spontanität, keine Rechtfertigungen, keine Kompromisse und ein Minimum an Verantwortung.

Hobbys und Interessen ... Voller Hingabe konnte er sich den Dingen zuwenden, die ihm Spaß machten. Modellbauflugzeuge, Elektro-Technik, die Jagd und das Angeln, der Schießsport beim Schützenverein, der Naturschutz und natürlich die Bienenzucht. Ein Tüftler und Erfinder, der sich ständig weiterentwickelte. Ein Naturbursche und Umweltaktivist, der irgendwann den Bezug zur Realität verloren hatte.

Doch warum dieser grenzenlose Hass?

Ein unbeschwertes Leben im Einklang mit der Natur: Was gab es Schöneres? Doch der Schein trog, die Welt funktionierte bereits seit Jahren nach Mechanismen, die sich grundlegend falsch anfühlten. Inkompatibel und fremdartig. Seine persönlich zusammengezimmerten Regeln galten schon lange nicht mehr.

Ein Außenseiter; der letzte Lebende seiner Familie, einer, der andere mied und der sich in das alte Haus am Rande des Dorfes zurückgezogen hatte, um ...

Das *System* zu bekämpfen? Chaos und Unordnung verbreiten? Einen logischen Schlusspunkt setzen, auf den sein bisheriges Leben zwangsläufig hinauslaufen würde. Sonst wäre ja alles umsonst gewesen.

Der Kampf gegen ein globalisiertes System, das nur aus konturlosen Schatten bestand, war mit den herkömmlichen Mitteln ohnehin sinnlos. Die Gegner waren unsichtbar. Sie saßen in den Chefetagen multinationaler Konzerne, unerreichbar für die Regierungen dieser Welt. Unabhängig von Nationalstaaten. Unerreichbar für Jedermann. Ihr Durst nach Macht und Profit war grenzenlos, sie kannten weder Skrupel noch Moral. Das Interesse galt den Aktienkursen, nicht irgendwelchen belanglosen ethischen Grundsätzen.

Globalisierungswahn, Industrielle Landwirtschaft, Massentierhaltung, Klimawandel, Waldzerstörung, Luftverschmutzung, Artensterben, Ausbeutung, Verschmutzung der Meere, Kriege, nukleares Wettrüsten, Menschenrechtsverletzungen, Armut: Die Liste der Verfehlungen, für die auch die *Global Player* verantwortlich waren, war erschreckend lang. Und er, der Bienenzüchter, würde daran nichts ändern. Niemand kam an diese Leute heran, für die das Leben nichts weiter als ein zäher Wettkampf war, den es zu gewinnen galt. Und das um jeden Preis. Nein, in diesem Krieg galten andere Regeln, und aus diesem Grund hatte er sich von vornherein für die *absurde* Variante des Widerstands entschieden.

Er hatte nicht vor, sich in die Karten schauen zu lassen. Das Etikett des Öko-Kriegers sollten andere für sich beanspruchen; seine Strategie setzte auf Verwirrung, Täuschung und Desinformation. Eine falsche Fährte legen, im Namen anderer Angst und Schrecken verbreiten, Forderungen stellen, die sinnlos erschienen und die dann doch die ganze Welt in Aufruhr versetzten.

Warum? Welchen Sinn hatte ein Widerstand, an dessen Ende nichts als Anarchie und Chaos stehen würde? Wenn sich ohnehin nichts ändern ließe, weshalb Menschen töten, die nur indirekt verantwortlich waren für das, was diese Welt an den Abgrund gebracht hatte? Warum …? Eigentlich nur aus einem einzigen Grund.

Weil er es wollte und auch konnte …

29.

Im Dienstwagen stank es nach kalter Asche. Sasha Huger verzog das Gesicht und fluchte lautstark vor sich hin. In Bremen gab es ein striktes Rauchverbot in allen Polizeifahrzeugen; hier in Hamburg schien man es nicht so genau zu nehmen.

»Dann geh doch zurück nach Bremen!« Hildur Seilinger, die den Wagen durch den Hamburger Stadtteil Rahlstedt lenkte, reagierte unwirsch auf Hugers Bemerkung, obgleich auch ihr der Geruch schon bei der Hinfahrt gehörig auf die Nerven ging. Huger schob sich ein Kaugummi in den Mund und verzieh ihr die schlechte Laune, da er den eigentlichen Grund hierfür kannte: Die Schulprobleme von Seilingers Tochter. Ein leidiges Thema, von dem er eigentlich – wenn er ehrlich war – gar nichts wissen wollte.

Seilinger warf ihm einen verstohlenen Blick zu. Der Dreitagebart, den er neuerdings trug, sah sexy aus, doch sie schob den Gedanken an einen leidenschaftlichen Abend mit hemmungslosem Sex beiseite. Jedenfalls momentan. Es war zu heiß; der rosafarbene Pulli und die Jeans klebte ihr am Leib und sie ärgerte sich darüber, dass sie die schwarzen Stiefeletten mit den hohen Absätzen angezogen hatte.

Als Huger die Ärmel seines blau-melierten Hemdes hochkrempeln wollte, meldete sein Handy einen Anruf. Er checkte die Nummer und nahm das Gespräch sofort an, da es aus dem Präsidium kam.

»Ja, Huger hier. Was gibt's?«

Pahlgrubers Stimme klang nervös. »Wo seid ihr?«

»In Rahlstedt«, antwortete Huger nuschelnd. »Wir haben diesen Parkettleger vernommen, der beim Bau der Elbphilharmonie …«

»Fahrt mal rechts ran!«, unterbrach ihn Pahlgruber. »Wie es aussieht, haben wir einen Treffer.«

Huger blickte zu Seilinger hinüber und zuckte mit den Schultern. »Treffer?«, echote er und schob das Kaugummi unter die Zunge. »Halt mal kurz an, Hildur. Johann hat einen …«

»Ja … mein Gott, Treffer!«, wiederholte Pahlgruber lautstark. »Auf unserem WLAN-Abhörnetz. Drohnen-Killer! Klingelt's jetzt?«

Hugers Gehirn schaltete schlagartig in den Expertenmodus um. »Klar doch, Johann. Wo sollen wir hinfahren?«

»MEK und BKA sind bereits informiert«, hechelte Pahlgruber kurzatmig, »aber ihr seid gerade am dichtesten dran und könntet viel früher da sein. Es ist dieses kleine Gewerbegebiet am Höltigbaum. Den Koordinaten nach zu urteilen ist es eine Firma oder eine Montage-Halle in der Merkurstraße. Nummer 18 würde ich sagen. Die Kreuzpeilung ist da nicht so ganz eindeutig.«

Huger gab Seilinger ein Zeichen. »Merkurstraße 18, schnell, der Drohnen-Killer ist aktiv geworden«, rief er

225

ihr zu und bestätigte Pahlgruber, dass sie bereits unterwegs waren.

»Seid bloß vorsichtig«, meinte Pahlgruber. »Keine unnötigen Risiken eingehen. In der Gegend laufen kaum Leute herum, insofern vermuten wir, dass er einen Testflug macht. Also: Nur observieren und Meldung machen.«

Huger nickte beflissen. »Verstanden, eine Observation.«

Seilinger hatte den Daimler gewendet und gab Gas. »Hat unser Überwachungsnetz angeschlagen?«, fragte sie aufgekratzt.

»Korrekt. Das Ziel ist hier gleich um die Ecke. Deswegen haben sie uns informiert.« Huger hatte die Navi-App auf seinem Handy aktiviert und starrte konzentriert auf den kleinen Bildschirm. »Nächste links, dann geradeaus. Vor der Tankstelle rechts, dann sind wir schon in der Merkurstraße.«

»Ist das ein Wohngebäude?«, fragte sie und setzte den Blinker.

Huger nickte seltsamerweise. »Was? Äh, nein, ne Firma, Lagerhalle oder so was ähnliches. Wir sollen uns aber …«

»Schon verstanden, Sasha. Nur gucken, nicht anfassen«, klagte Seilinger und zog eine Schnute.

30.

Ungefähr zur selben Zeit testete ein kleiner, korpulenter Mann mit Halbglatze und einem grauen, stoppeligen Kinnbart die technische Funktionsweise seiner aufwendig modifizierten Drohne, die im Inneren einer leeren Halle wenige Meter vor ihm in der Luft schwebte.

Die VR-Brille lag noch unbenutzt im Gerätekoffer, doch die Drohnenkamera war bereits auf Sendung und übertrug farbige Livebilder auf den Laptop, der zusammen mit einigen anderen Ausrüstungsgegenständen auf einem kleinen Tisch an der Stirnseite der Halle stand. Gleich daneben lehnte ein abgegriffenes, braunes Jagdgewehr an der Wand, auf dessen Schaft ein überdimensionales Zielfernrohr prangte. Eine silberne *Smith & Wesson*, Kaliber .357 Magnum, mit der er gelegentlich einen Fangschuss abfeuerte, hing im Holster an einem Wandhaken. Die Munition des Revolvers hatte eine enorme Durchschlagkraft, mit der sich ein verwundetes Tier aus nächster Nähe erlösen ließ.

Der alte Mann betätigte den Gier-Hebel der Fernsteuerung, danach den Nick- und Rollhebel, um die korrekte Funktionsweise der Drohnen-Steuerung zu überprüfen. Die Drohne flog einige elegante Manöver, kippte und neigte sich zur Seite, um dann direkt vor ihrem Besitzer sanft zu landen.

Die verlassene, fensterlose Leichtbauhalle der Pflanzenversand-Firma war ideal für seine Zwecke. Neben dem ehemaligen Lager für die Gartenpflanzen, das von außen nicht einsehbar war, bestand das eingezäunte Areal aus einem Verwaltungstrakt und einigen eingeschossigen Anbauten, in denen sich die Räume für die Mitarbeiter befanden. Gearbeitet wurde hier zuletzt vor fünf Jahren, seitdem war das Firmengelände ungenutzt. Es fanden sich keine Investoren, die dem Betrieb neues Leben einhauchen wollten.

Der Bienenzüchter hatte zwanzig Jahre seines Lebens als Hausmeister und Techniker in der Firma gearbeitet, und war dann zeitgleich mit ihrer Schließung in den Ruhestand gegangen. Die jetzige Hausmeister-Tätigkeit hatte ihm der Besitzer, ein ehemaliger Bauunternehmer, der seinen Lebensabend in Argentinien verbrachte, wohlwollend überlassen – allerdings in stark reduziertem Umfang auf Minijob-Basis.

Der Bienenzüchter schaute gelegentlich nach dem Rechten, lichtete das Unkraut, hielt die Heizung in Gang und … nutzte die ausgedehnte, leere Lagerhalle als Übungsareal für seinen Quadrocopter. Inoffiziell natürlich. Eine perfekte Möglichkeit, um die kuriose Eigenkonstruktion, die von sensibler Technik nur so strotzte, unauffällig auf den nächsten Einsatz vorzubereiten.

Das Haus, in dem der Bienenzüchter wohnte, lag nur fünf Kilometer entfernt in Stapelsdorf, einer kleinen Gemeinde vor den Toren der Großstadt. Ein glücklicher Umstand, zumal niemand von seinen Aktivitäten Notiz nahm. Weder am Wohnort noch hier im Gewerbegebiet, in dem noch zahlreiche freie Flächen vorhanden waren, in denen sich neue Betriebe ansiedeln sollten.

Überhaupt gab es so gut wie niemanden, der von Georg Dorn, dem Bienenzüchter und Jäger, Notiz nahm. Und das war auch gut so, da der Hass am besten gedieh, wenn man ihn nicht mit anderen teilen musste. Dann bildete er ein effektives Konzentrat, das das Gehirn seines Trägers beharrlich infiltrierte, bis es buchstäblich aus den Fugen geriet. Und dann Dinge befehligte, die bösartig waren.

Mörderische Dinge …

Dennoch … Dorns Hass war ein widersprüchlicher Hass.

Seine persönliche Situation war alles andere als prekär. Ein schuldenfreies Haus, eine auskömmliche Rente und der Hinzuverdienst als Hausmeister: Keine schlechte Grundlage für ein sorgenfreies Leben, das aufgrund seiner vielschichtigen Hobbys nie langweilig wurde. Diejenigen, die ihn – oberflächlich – kannten, nahmen ihm den Bienenzüchter, den Jäger, den Angler oder den engagierten Umweltschützer gutgläubig ab, doch den Drohnen-Lenker, den technischen Spezialisten, den EDV-Programmierer, der in der Lage war, ein schießfähiges Fluggerät zu bauen und zu steuern, diesen Typus brachte kein Mensch mit Dorn in Verbindung.

Es ist mein Hass, mein Kampf gegen das System; ich tei-

le ihn mit niemandem.

Sein Erzfeind, dieses korrupte, krakenhafte *System*, hinter dem sich die Mächtigen und Gewissenlosen verbargen, war seiner Meinung nach für zahlreiche negative Entwicklungen verantwortlich, ob sie nun politischer, gesellschaftlicher oder ökologischer Natur waren. Das Bienensterben war nur eines der vielen Desaster, die über kurz oder lang zum finalen Untergang der Ökosysteme führen würde. Jahr für Jahr beobachtete er bei seinen eigenen Völkern den unaufhaltsamen Zerfall dieser hoch entwickelten Spezies.

Der massive Einsatz von Insektenvernichtungsmitteln aus der Gruppe der Neonicotinoide dezimierte die Insektenwelt in einem schwindelerregenden Ausmaß. Der Glyphosat-Skandal, die weltweite Abholzung der Wälder, der Raubbau an den Ressourcen, die Erderwärmung, Monokulturen, Luft- und Meeresverschmutzung: Es gab zahllose Beispiele für das skrupellose Handeln der Mächte, aus denen sich das *System* formierte.

Früher war die Windschutzscheibe voller toter Insekten, wenn man die Autobahn verließ, dachte Dorn und zuckte resigniert mit den Schultern. *Es gibt immer weniger Insekten und dadurch auch weniger Vögel.*

Der Prozess war unumkehrbar, und es spielte auch keine Rolle, welche Absichtserklärungen die Regierungen dieser Welt postulierten, nein, das verhasste *System* zerstörte die Erde, und er antwortete auf die gleiche Weise: mit Zerstörung. Mit der Eliminierung von Mitläufern, die sich gedankenlos dem *System* unterordneten. Doch es musste auf eine ungewöhnliche

Art und Weise geschehen. Eine, die noch nie zuvor jemand angewendet hatte. Eine Tat mit Alleinstellungsmerkmal, eine, die sich abhob von der Masse, die ein Höchstmaß an Aufmerksamkeit hervorrief und die in die Annalen des bewaffneten Widerstandes eingehen würde.

Außerdem: Das Auslösen der an der Drohne befestigten Waffe fühlte sich an wie das Zocken eines dieser Ego-Shooter-Videospiele. Es war viel einfacher als gedacht. Er sah das Zielobjekt *nur* als TV-Bild in der VR-Brille und nie direkt. Auch betätigte er den Abzug der Waffe nicht selbst, sondern drückte *lediglich* den Auslöser an der Fernsteuerung, nachdem der Laser das Ziel markiert hatte. Die Hemmschwelle war – sofern es sie überhaupt je gegeben hatte – auf diese Weise viel geringer, als wenn er mit seinem Jagdgewehr ein menschliches Ziel ins Visier genommen hätte.

Als passionierter Jäger kannte er das Gefühl zu töten nur allzu gut.

Diese Art der Menschenjagd fühlte sich ganz anders an. So, als wenn er die Verantwortung für die Tat an die Elektronik übergeben würde. Eine ausgeklügelte Technologie, die ihren Ursprung in *Silicon Valley* hatte. Dort saßen die machthungrigen IT- und High-Tech-Konzerne; sie waren die Miterschaffer des skrupellosen *Systems*, sie lieferten das Know-how, um die Welt an den Abgrund zu manövrieren. Er war nur ihr verlängerter Arm. Er beschritt den martialischen Weg, den sie geebnet hatten. Er hielt ihnen den Spiegel vor ihre Fratzen. Seht her, zeigte er ihnen durch seine Taten, das sind die wahren Konsequenzen eurer angeblich so verheißungsvollen Innovationen.

Die Welt wird nicht besser, sie geht unter …

Dorn war zufrieden mit dem Verlauf des Tests. Sämtliche Komponenten funktionierten einwandfrei; es gab keinen Grund, den nächsten Einsatz auf die lange Bank zu schieben. Zumal die zuständigen Behörden – wie erwartet – nicht auf seine Forderungen reagiert hatten. Sicher waren sie zwischenzeitlich zu der Erkenntnis gelangt, dass es sich bei seinem Bekennerschreiben um eine Fälschung handelte, doch das spielte keine Rolle. Der Text ging um die Welt und sorgte für ein breites Spektrum an Reaktionen: Panik, Entsetzen, Hass, Wut, Angst, Verachtung, Resignation, Faszination, Sensationslust, ungläubiges Staunen, betretene Ignoranz und eine schrille Irritation der Medien, die mit ihrer weltuntergangsgeilen Berichterstattung für maximale Aufmerksamkeit sorgte.

Nein, er hatte nicht erwartet, dass seine Forderungen erfüllt werden würden. Obwohl es für die Behörden ein Leichtes gewesen wäre, ein erstes Zeichen des Entgegenkommens zu setzen, indem sie den zahlreichen Kreuzfahrtschiffen den Einlauf in den Hamburger Hafen untersagt hätten.

Riesige Pötte, die vor allem eines in die Hafenstädte dieser Welt brachten: giftige Abgase; verursacht durch das Verbrennen schadstoffbelasteter Treibstoffe wie zum Beispiel Schweröl. Die dämlichen Touristen schwärmten entzückt von der frischen Seeluft, ohne zu ahnen, dass sie mehr Feinstaub einatmeten als zur Rushhour auf einer der verstopften Hauptverkehrsstraßen. Die Kreuzfahrtbranche kündigte den Einbau von Filtern an, doch den blumigen Versprechungen der profitorientierten Konzerne konnte man nicht über den Weg trauen.

Dorn misstraute ihnen allen.

Sein Blick fiel auf die VR-Brille. Er hatte lange gebraucht, um sich in die ungewohnte Funktionsweise der Technik einzuarbeiten, doch mittlerweile war ihm die Drohnensteuerung unter Verwendung der Brille in Fleisch und Blut übergegangen. Mit der *Virtual Reality* tat sich eine neue, fantastische Welt auf, die unzählige Möglichkeiten bot und die ebenso ein enormes Suchtpotenzial beinhaltete. Eigentlich auch nur eines dieser Teufelswerkzeuge der multinationalen Konzerne, die mit immer neuen Innovationen Märkte erobern wollten, doch für Dorn ein Mittel zum Zweck, um die Konzerne mit ihren eigenen Waffen zu schlagen.

Er nahm die Brille in die Hand, legte sie aber gleich wieder an ihren angestammten Platz zurück. Es fing an zu regnen. Dorn beschloss, den heutigen Testlauf abzubrechen, da die Wetterfrösche Starkregen vorhergesagt hatten. Eigentlich erst für die Nacht, aber den Geräuschen nach zu urteilen fing es jetzt schon an. Er kannte das Bombardement, das die Regentropfen auf dem Dach der Leichtbauhalle verursachten, und wusste, dass bei dem Höllenlärm kein konzentriertes Fliegen mehr möglich sein würde.

Sein schwarzer VW-T5-Transporter stand geschützt an der betonierten Laderampe, an der früher die zahllosen Pflanzenpakete für den Versand verladen wurden. Doch das mit grünen Algen überzogene Glasdach war undicht; Dorn musste sich mit dem Beladen beeilen, da der Regen immer mehr an Intensität zunahm.

Es goss wie aus Kübeln.

Mit Beunruhigung registrierte Dorn, was sich dort oben am Himmel über ihm zusammenbraute. Dunkle Wolkenberge, die nichts Gutes verhießen, formierten sich zu monströsen Gebilden. Es fing an zu donnern.

Früher gab es einen kurzen, heftigen Wolkenbruch und danach schien meist die Sonne, dachte Dorn wehmütig.

Das hier sah anders aus. Auch das Wetter spielte nicht mehr nach den bewährten Regeln; es entwickelte sich wie ein Geschwür. Unberechenbar und bösartig, genährt durch den Klimawandel.

Heute schien sich der Starkregen in ein länger andauerndes Phänomen zu verwandeln, das an Heftigkeit nicht nachließ.

Als Dorn den Transporter beladen hatte, verriegelte er die Gebäudetüren und umrundete aus Gewohnheit die Halle, um nach Schäden Ausschau zu halten. Der Dachüberstand schützte ihn einigermaßen vor dem Niederschlag, doch zwischen den Gehwegplatten bildeten sich bereits zentimeterhohe Pfützen. Auf halbem Weg blieb er verunsichert stehen und blickte durch einen grauen Vorhang aus Regentropfen zum Haupteingang. Dort ragte die Schnauze eines Fahrzeugs hinter einem Busch hervor.

Dorn presste seinen Körper an die Wand. Am Firmengelände war bisher noch nie jemand aufgetaucht. Vorsichtig schlich er bis zur nächsten Ecke und lief dann zum Transporter, um das Fernglas aus der Gerätekiste zu holen. Er hing es sich um den Hals und ging in das obere Geschoss des Verwaltungstraktes, von dessen Fenster aus er einen guten Überblick über den Eingangsbereich hatte.

Ein Daimler, zwei Personen. Scheiße, die beobachten das Gelände. Einer von ihnen scheint zu telefonieren. Ich verschwinde besser durch die hintere Ausfahrt.

In der Hoffnung, dass sich seine Silhouette hinter einem undurchsichtigen Regenschleier verbarg, rannte Dorn quer über den Platz zum Transporter. Dank seines Allradantriebs rollte der schwere Wagen mit beeindruckender Leichtigkeit über den aufgeweichten, mit riesigen Wasserlachen übersäten Boden. Der Revolver lag schussbereit auf dem Beifahrersitz. Nach einem kurzem Zwischenstopp am hinteren Tor, das per Hand geöffnet werden musste, gab Dorn Gas.

Er verließ das Gewerbegebiet über den breiten Fußweg, der das Areal mit der Kreisstraße nach Stapelsdorf verband, und warf einen gehetzten Blick in den Rückspiegel. Die Abkürzung über den Kiesweg, das miserable Wetter und die schlechte Sicht würde es seinen potenziellen Verfolgern unmöglich machen, ihm auf den Fersen zu bleiben.

Dorn atmete tief durch und lächelte, doch es sollte anders kommen …

31.

Gelegentlich hatte Sasha Huger hinter dem hohen Drahtzaun eine Bewegung ausmachen können, doch der starke Regen behinderte seine Sicht. Vor fünf Minuten hatten sie das Firmengelände an der Merkurstraße 18 erreicht und den Daimler neben dem angerosteten Eingangstor hinter einem Busch geparkt. Das Grundstück sah ungenutzt und leicht verwahrlost aus, doch Hildur Seilinger entdeckte einen schwarzen Transporter, der mit offener Heckklappe an einer Verladerampe stand.

Die beiden Kriminalbeamten des Alpha-Teams waren froh, dass sie den Wagen nicht verlassen mussten, um einen Blick auf das gesicherte Areal werfen zu können, denn mittlerweile prasselten die Regentropfen mit einer Intensität auf das Dach des Daimlers, dass ihnen Angst und Bange wurde.

»War heute Weltuntergang angesagt?«, fragte Seilinger mit großen Augen und schüttelte den Kopf. »Was hältst du von diesem Transporter, Sasha?«

Huger verzog das Gesicht. »Sieht verdächtig aus«, meinte er. »Überhaupt … hier stimmt doch was nicht. Was verlädt der Typ da? Wie das hier aussieht, ist diese Bruchbude doch seit Jahren außer Betrieb.«

Seilinger nickte in Gedanken versunken. »So eine Halle da …«, sie zeigte auf das große fensterlose Gebäude, »… ist doch perfekt geeignet, um unbemerkt eine Drohne zu testen.«

»In der Tat, groß genug ist das Ding«, bestätigte Huger und blickte sie von der Seite auffordernd an. »Wir sollten reingehen und uns den Typen mal genauer ansehen.«

»Bei dem Wetter?«, meinte sie blasiert. »Du hast sie ja wohl nicht alle. Außerdem: nur gucken, nicht anfassen.«

Huger nahm sein Handy. »Ich ruf die Zentrale an.«

»Das klingt schon besser«, lobte Seilinger erleichtert. »Ich versuche in der Zwischenzeit einige Fotos zu machen. Von hier drinnen aus natürlich.«

Kurze Zeit später erklang die brüchige Stimme von Otto Sänger aus dem Lautsprecher von Hugers Smartphone. »Gebt mir das Kennzeichen von dem Transporter durch«, brummte er fordernd, nachdem Huger einen kurzen, aber knackigen Sachstandsbericht durchgegeben hatte.

Huger runzelte die Stirn. »Chef, ich weiß ja nicht, wie die Lage beim Präsidium ist, aber hier hat einer die Dusche voll aufgedreht. Wir sind froh, überhaupt irgendetwas zu sehen.«

»Wenigstens einen Buchstaben oder eine Zahl?«, fragte Sänger genervt.

»Negativ«, antwortete Huger, ohne die Spur einer Emotion erkennen zu lassen. »Sollen wir reingehen?«

»Nix da«, befahl Sänger. »Haltet die Verbindung und meld…«

»Was?«

»... Verstärkung ist ... Probleme mit dem ...«

»Chef, die Verbindung ist schlecht. Was hatten Sie gesagt?«

»... Ham... säuft ab ... Hubschrauber ... kann so nicht ... Wetter ist ... Kata...ophe ...«

»Hallo ... Ich kann hier nichts ...« Huger zuckte mit den Schultern. »Keine Verbindung mehr.«

»Hier, probier mal meins«, sagte Seilinger und reichte ihm ihr Smartphone, mit dem sie zahlreiche Fotos vom Gelände und dem Transporter gemacht hatte. Allerdings von schlechter Qualität, denn der Regen stürzte wie eine Wasserwand zu Boden, sodass die Bilder auf dem Display völlig verschliert aussahen. Huger probierte sein Glück, doch es kam keine Verbindung zustande.

»Dieses Chaos-Wetter lässt die Netze zusammenbrechen«, mutmaßte er resigniert und nahm wieder sein eigenes Handy, um eine Nachricht zu schreiben. »Alle telefonieren gleichzeitig. Ich schreib eine SMS, vielleicht kommt die ja eher durch.«

»Das bezweifel ich. Was hat Sänger gesagt?«, wollte Seilinger wissen, während sie das Handy wieder in ihre Jeans quetschte.

Huger seufzte. »Weiß nicht. Die haben wohl auch Probleme wegen dem Scheißwetter. Verstärkung kommt später, Hubschrauber kann nicht starten: so was in der Art.«

Sie schwiegen eine Weile.

Plötzlich fuhr Seilinger aus ihrem Sitz hoch. »Scheiße!«, schrie sie und hämmerte mit der Hand gegen das Lenkrad. »Der Typ macht sich vom Acker! Es scheint einen Hinterausgang zu geben.«

Huger hatte das Navi wieder aktiviert. »Da ist aber keine Zufahrt zur Straße. Mist.«

Seilinger fackelte nicht lange. Sie ließ den Motor aufbrüllen und lenkte den Daimler über das offene Nachbargrundstück zur Rückseite des Firmengeländes. Huger wurde ordentlich durchgeschüttelt und klammerte sich am Haltegriff fest, während Seilinger mit quietschenden Reifen über einen leeren Parkplatz schrubbte. Um den Fußweg zu erreichen, auf dem sie den schwarzen Transporter gesehen hatte, musste Seilinger einen kleinen, grasüberwachsenen Sickergraben überqueren.

»Festhalten!«, brüllte sie entschlossen und gab Vollgas. Der Wagen machte einen Satz, blieb für einen Moment mit den hinteren Reifen im Graben hängen und schoss dann unkontrolliert den Schotterweg entlang. Die Sicht war schlecht, doch bei dem extremen Starkregen war hier niemand auf den Beinen, der im Wege stand. Vor der Kreisstraße musste sie eine Vollbremsung hinlegen, um nicht in den quer verlaufenden Verkehr hineinzuschliddern.

»Links rum«, presste Huger gequält hervor, dessen Gesichtsfarbe einen rötlichen Teint angenommen hatte. »Da vorne ist er. Ich hab ihn im Blick.«

Seilinger hatte den Scheibenwischer auf die höchste Stufe gestellt, doch die Welt um sie herum schien trotzdem zu zerfließen. Sie konnte gerade noch erkennen, dass sich ein weiteres Fahrzeug zwischen ihr und dem Transporter befand, der jetzt begann, seine Geschwindigkeit kontinuierlich zu erhöhen. Um dranzubleiben, musste sie den schleichenden Vordermann überholen.

»Ich muss gleich kotzen«, stöhnte Huger und probierte erneut vergeblich, die Dienststelle zu erreichen. Der Daimler kam ins Schlingern, doch Seilinger gelang es, ihn zu stabilisieren. Sie setzte sich hinter den Transporter und versuchte mit zusammengekniffenen Augen, das Kennzeichen des Wagens zu identifizieren.

Vergeblich …

Der Allradantrieb erlaubte es Georg Dorn, trotz des Starkregens zu beschleunigen. Ein Vorteil, der es eigentlich ermöglichen sollte, den hartnäckigen Verfolger abzuschütteln, doch der Daimler blieb ihm wider Erwarten auf den Fersen. Sie fuhren jetzt dicht hintereinander.

Mist, der ist nicht zufällig hier. Ich kann auf keinen Fall nach Hause fahren.

Dorn nahm im letzten Moment die Abzweigung Richtung Stellau und sah im Rückspiegel, wie sich der Daimler fast überschlagen hätte, als er um die Kurve schleuderte. Die Geschwindigkeitsbeschränkung in der Ortschaft interessierte Dorn nicht. Der Transporter pflügte förmlich durch die Seenlandschaft, die sich zwischenzeitlich überall gebildet hatte, und spritzte riesige Wellenberge in die Vorgärten der Häuser.

Dorn hatte nur ein Ziel: Er wollte so schnell wie möglich in den Tiefen seines Jagdreviers untertauchen, um sich auf diese Weise seinen Verfolgern zu entziehen. Und wenn sie ihm in den Wald folgen würden?

Und wenn schon, dachte er, notfalls gäbe es auch einen anderen Weg, sich von dem lästigen Ungeziefer zu befreien. Seine Ausrüstung war der ihren – sofern sie überhaupt bewaffnet waren – vermutlich weit überlegen, und Dorn würde keinen Moment zögern, sie auch einzusetzen.

Der Regen verlor etwas an Intensität – vorübergehend. Seilinger war einige Male kurz davor gewesen, die Kontrolle über den Wagen zu verlieren. Die Aquaplaning-Gefahr war tückisch, trotz der Sicherheitstechnik, über die der gut ausgestattete Daimler verfügte. Sie kam nicht dicht genug an den Transporter heran, der offensichtlich über einen Allradantrieb verfügte und ihnen aus diesem Grund überlegen war.

»Wenn du nicht schneller fährst, verlieren wir ihn«, monierte Huger.

Oh Gott! Seilinger schlug sich mit der Hand auf die Stirn. »Danke, ohne deine Hilfe wäre ich da gar nicht drauf gekommen.«

Huger ignorierte ihren Zynismus. »Wir haben eben ein Kaff namens Stemwarde passiert. Der fährt Richtung Sachsenwald.«

Außerhalb der Ortschaft beschleunigte Seilinger wieder. »Unser Kandidat ist ein Naturfreund«, sagte sie genervt.

Es dauerte nicht lange, dann säumte dichter Laubwald die Straße. Huger blickte zu den hohen Bäumen hinauf, die am Wegesrand wie Schatten vorbeiflogen, und wunderte sich über die bedrohliche Atmosphäre, die das extreme Wetterereignis mitten im Sommer herbeigezaubert hatte. Zahlreiche neue Wolkenberge schoben sich beständig näher, sodass der Regen wieder an Stärke gewann. Gelegentlich zuckte ein greller Blitz über den Himmel, der dazugehörige Donner grummelte allerdings in weiter Ferne.

Die Strecke war voller Kurven und von einem Moment auf den anderen war der Transporter aus ihrem Blickfeld verschwunden. Seilinger fluchte wie ein Hafenarbeiter, während sie nach Forstwirtschaftswegen Ausschau hielt, die bisweilen in das finstere Dickicht des Waldes hineinführten. »So eine verfickte Scheiße, wo steckt der Arsch?«

»Stopp!«, brüllte Huger und schlug Seilinger unsanft gegen die Schulter. »Setz zurück und dann rechts den Feldweg rein. Ich hab sein Bremslicht gesehen.«

»Wehe, du hast dich geirrt.«

Der Daimler schoss mit quietschenden Reifen zurück und pflügte dann wie eine wild gewordene Wildschweinrotte durch den aufgeweichten Waldboden. Huger konnte sich kaum noch auf dem Sitz halten. Der Transporter war nicht mehr zu sehen, doch die frischen Reifenspuren vor ihnen zeugten unverkennbar von der Anwesenheit eines geländegängigen Fahrzeugs.

»Scheiß Botanik«, schimpfte Seilinger und würgte den zweiten Gang rein.

»Mein Gott, fahr einfach der beschissenen Spur hinterher«, fauchte Huger und zog seine Waffe aus dem Holster, da er auf eine etwaige Konfrontation mit dem Flüchtenden vorbereitet sein wollte.

Der Daimler arbeitete sich mühsam voran und

blieb gelegentlich im Morast stecken. Sie waren tief in den Wald hineingefahren und Huger begann sich zu fragen, ob sie hier jemals wieder herauskämen. Eine alberne Überlegung, allerdings war es eine befremdliche Situation, in der sie sich befanden. Es war stockdunkel – mitten am Tag –, der lang anhaltende Starkregen schien sich zu einem Jahrhundert-Ereignis zu entwickeln und sie waren von der Außenwelt abgeschnitten. Doch zumindest hier zeigte sich der Niederschlag von seiner sanfteren Seite, da die Baumkronen wie riesige Regenschirme über ihren Köpfen thronten.

Vor ihnen lag eine scharfe Biegung, dann kam ein kleiner Hügel, den Seilinger mit Vollgas überwinden wollte. Eine schlechte Entscheidung. Der Wagen rutschte hinten weg und blieb in einer gewaltigen Pfütze stecken, deren Dimensionen eher denen eines Teiches ähnelten. Seilinger probierte es auf die sanfte Tour und gab behutsam Gas, um den Wagen aus dem Schlamm herauszuschaukeln, doch das Heck des Wagens sank immer tiefer ein.

»Scheiße, Scheiße, Scheiße …!!«

»Da kommen wir ohne Hilfe nicht wieder raus«, stellte Huger fest und stieg aus. »Komm, wir folgen ihm zu Fuß.«

Seilinger starrte ihn entgeistert an und zeigte auf ihre Füße. »Mit den Schuhen?«

Huger schüttelte den Kopf. »Dann bleib du im Wagen. Vielleicht erreichst du jetzt jemanden im Präsidium. Ich schau mich mal um.«

»Irgendwann werden die Kollegen ja auch unsere Handys orten«, sagte Seilinger und stellte den Sitz nach hinten. »Sei bloß vorsichtig, Sasha.«

Huger nickte und stakte davon. Anfänglich versuchte er noch, seine teuren Lederschuhe zu schonen, doch nach kurzer Zeit wurde ihm klar, dass es keinen Sinn hatte, an diesem hoffnungslosen Vorhaben festzuhalten. Am besten lief es sich auf dem von Blättern übersäten Waldboden neben dem Weg, doch dort lagen auch zahlreiche Äste, die leicht zur Stolperfalle werden konnten. Nach zehn Minuten stand Huger plötzlich am Rande einer Lichtung, die voller Wasserlachen war. Die Reifenspuren des schwarzen Transporters endeten hier; der Wagen war wie vom Erdboden verschwunden.

Huger überlegte unschlüssig, was er als Nächstes tun sollte, da entdeckte er den Hochsitz auf der anderen Seite der Lichtung und ging mit der Waffe in der Hand in Deckung.

Das *Swarowski*-Zielfernrohr auf der Jagdbüchse lieferte ein glasklares Bild auf die Netzhäute seiner Augen. Hier auf dem Hochsitz hatte Dorn einen perfekten Überblick über das freie Gelände. Er wusste, dass der Regen die Treffsicherheit beeinflussen konnte, doch auf diese kurze Distanz hatte er bisher noch nie danebengeschossen – selbst bei schlechtem Wetter. Auf die Zuverlässigkeit des bedienungsfreundlichen und robust gebauten *Merkel-Helix*-Gewehrs, Kaliber .30-06, war immer Verlass.

Der Mann mit der Waffe in der Hand schien verunsichert zu sein. Er war gut hundert Meter entfernt und starrte direkt auf den Hochsitz, konnte Dorn hinter der

Schießscharte aber nicht sehen. Auch der Transporter stand gut getarnt in einer kleinen Senke, die von dichten Büschen umgeben war.

Dorn vermutete, dass die beiden Verfolger Polizisten waren. Er hatte keine Ahnung, wie sie auf ihn aufmerksam geworden waren, doch gedanklich hatte er sich bereits vor längerer Zeit mit einem derartigen Szenario beschäftigt. Er würde seine Haut so teuer wie möglich verkaufen. Und das um jeden Preis …

Dorn suchte die Lichtung und den gegenüberliegenden Waldrand nach der zweiten Person ab – die Frau aus dem Daimler –, konnte aber nichts entdecken.

Umso besser, dachte er erleichtert, *dann hab ich es vorerst nur mit einem Gegner zu tun.*

Der mutmaßliche Polizist nutzte die Deckung der Bäume und arbeitete sich auf diese Weise um die Lichtung herum. Ohne Frage versuchte er, den Hochsitz zu erreichen. Vermutlich wäre er nie auf die Idee gekommen, dass der Bienenzüchter ihm durch das Zielfernrohr folgte, doch die Leistungsfähigkeit der Präzisionsoptik war von überragender Qualität. Dorn konnte problemlos erkennen, dass der Mann Kaugummi kaute.

Einer von den jungen, lässigen …

Während der Lauf der fünfschüssigen Büchse dem heranschleichenden Polizisten folgte, schweiften Dorns Gedanken ab.

Er war kurz davor, die geliebte Bienenzucht aufzugeben. Niemand hierzulande wagte, das Dilemma öffentlich auszusprechen, doch die Ökosysteme waren bereits zusammengebrochen. Die Insektenpopulation schrumpfte und mit ihnen die Vogelwelt. Die Bienen teilten es den Menschen mit, man musste ihnen nur zuhören. Doch das taten nur wenige, und wenn doch, dann kämpften sie mit stumpfen Schwertern für den Erhalt der bedrohten Natur.

Seine Bienenvölker gingen zugrunde. Jahr für Jahr schrumpfte die Zahl der Völker, da sie den Winter nicht überlebten. Die Varroa-Milbe – ein Parasit, der in Bienenstöcken lebt – hatte ihren Anteil an dem Desaster, doch in erster Linie lag die Verantwortung hierfür bei dem *System*.

Pestizide, Monokulturen, Profitgier: Das gesamte landwirtschaftliche Konzept gehörte an den Pranger gestellt. Die Chemiekonzerne stopften sich die Taschen voll, ohne an zukünftige Generationen zu denken.

Dabei gäbe es Lösungen. Der Verbraucher müsste tiefer in die Geldbörse greifen, ohne Frage, doch am Ende würden alle profitieren. Zurück zur Fünf-Felder-Wirtschaft, dann könnte der Einsatz von Pestiziden erheblich verringert werden. Doch diese Vorgehensweise lag nicht im Interesse des *Systems*. Außerdem müsste der Fleisch-Preis steigen, damit weniger Gülle auf die Felder kommt. Das Nitrat im Grundwasser trägt nicht nur zur Versauerung der Meere bei, es kann auch zu erheblichen gesundheitlichen Problemen beim Menschen führen – insbesondere bei Kindern.

Positive Veränderungen lagen in weiter Ferne. Mehr noch: Sie wurden verhindert, überall dort, wo sie aufkeimten.

Und jetzt? Vielleicht erledigte sich die Aufgabe seiner Bienenzucht von selbst. Das *System* – das im Moment vermutlich von der hiesigen Polizei repräsentiert wurde – würde nicht lockerlassen, um sich seiner zu bemächtigen. Vermutlich hatte er bisher nur Glück gehabt, da die dramatische Wetterlage die Einsatzkräfte beeinträchtigte. Dorn konnte sich nicht erinnern, jemals einen derartigen Starkregen erlebt zu haben.

Das besondere Bienenvolk! Es war seine letzte Waffe. Sie würde auf jeden Fall zum Einsatz kommen, entweder geplant oder, im Falle seines Todes, im Laufe der nächsten Jahre von alleine.

Das Knacken eines Astes riss den Bienenzüchter aus seinen Gedanken. Sein Verfolger hatte sich bereits dicht an den Hochsitz herangearbeitet. Zu dicht …

Ganz ruhig, ermahnte er sich innerlich.

Über ihren Köpfen blitzte und donnerte es; der Regen prasselte unaufhaltsam auf den Boden herab. Dorn nahm den jungen, Kaugummi kauenden Polizisten ins Visier, doch dann entdeckte er über dessen Kopf ein alternatives Objekt, das seine Aufmerksamkeit erregte. Der Bienenzüchter lächelte, richtete die Waffe auf das neue Ziel und drückte den Abzug.

sum … sum

Huger hatte die Waffe gezogen und die nähere Umgebung abgesucht, ohne dabei jemanden anzutreffen. Er fragte sich, warum die Person, die sie verfolgten, ausgerechnet hier in den Wald geflohen war. Eines war jedenfalls unbestreitbar: Der Mann in dem Transporter flüchtete vor ihnen, also war die Wahrscheinlichkeit hoch, dass es sich tatsächlich um den Drohnen-Killer handelte. Insofern war davon auszugehen, dass er bewaffnet war, doch was wollte er ausgerechnet im Wald?

Er muss sich hier auskennen … und nutzt den Gelände-vorteil.

Huger war auf der Hut. Er hatte den Hochsitz ins Visier genommen, nahm aber nicht den kürzesten Weg über die Lichtung, sondern hielt sich im Schatten der Bäume. Stück für Stück arbeitete er sich voran, ging dann hinter einem umgefallenen Baum in Deckung und blickte voller Konzentration auf die Schießscharte im Hochsitz.

Eine Bewegung …?

Durch den Regen konnte er kaum etwas erkennen, doch bei diesem länglichen Ding, das dort oben aus dem Hochsitz herausragte, könnte es sich durchaus um den Lauf eines Gewehrs handeln.

Und dieser Lauf zeigte genau in seine Richtung.

Als Huger die Gefahr erkannte, duckte er sich hinter den Baumstamm und überlegte, ob es sinnvoller war, den Rückzug anzutreten. Irgendwann schließlich würde das MEK anrücken und selbst, wenn der Mann auf dem Hochsitz das Feuer eröffnen sollte, seine Munition war begrenzt. Es war nur eine Frage der Zeit, dann müsste er aufgeben, warum also jetzt ein unkalkulierbares Risiko eingehen?

Auf der anderen Seite platzte Huger vor Neugier. Außerdem: Sollte es sich tatsächlich um den Drohnen-Killer handeln, könnte er den Fahndungserfolg komplett für sich beanspruchen. Ein verlockender Gedanke, zumal er sich fest vorgenommen hatte, irgendwann als feste Größe innerhalb der Hamburger Polizei wahrgenommen zu werden.

Huger wechselte die Position und näherte sich dem Hochsitz. Hinter einem Baum blieb er kurz stehen und blickte sich irritiert um. Ein merkwürdiges Geräusch erfüllte die Luft. Es erinnerte ihn an das Summen eines Ventilators. Verdutzt blickte er nach oben, doch da war es bereits zu spät.

Ein lauter Knall ließ ihn zusammenfahren. Das riesige Wespennest über seinem Kopf zerplatzte wie eine überreife Frucht, als die Kugel das fragile, graue, aus einer papierartigen Masse gefertigte Gebilde traf.

Huger hatte mit allem Möglichen gerechnet, doch für ein derartiges Szenario fehlte ihm schlicht die Vorstellungskraft. Auf einen Schlag regneten Hunderte Wespen auf ihn herab, die sofort in den Angriffsmodus übergingen, da sie Huger für den Verursacher der Zerstörung hielten.

Zu diesem Zeitpunkt wusste er noch nicht, dass Wespen mehrfach zustechen können und dass mit jedem Stich auch die Gefahr bestand, Keime zu übertragen. Er wusste ebenfalls nicht, dass sie auch bei Regen fliegen können, da das Wasser an ihrem Chitinpanzer abperlte.

Eigentlich wusste Huger gar nichts über die vertrackte Situation, in der er sich befand. Vermutlich ein Segen, denn ansonsten hätte er vielleicht die Dienstwaffe eingesetzt und … sich eine Kugel in den Kopf gejagt.

32.

Als der vermeintliche Polizist begann, einen grotesken Tanz voller Verrenkungen aufzuführen, verflüchtigten sich die schwarzen Wolken am Horizont. Zuerst nur zögerlich, doch dann verwandelte sich der sintflutartige Niederschlag in einen warmen, unschuldigen Sommerregen, so als wäre nichts geschehen.

Georg Dorn schüttelte seinen pausbäckigen Kopf. Anstatt im Schutz der Bäume in den Wald zu flüchten, war der idiotische Bulle auf die freie Lichtung gelaufen, da dies vermutlich der kürzeste Weg zu seinem Fahrzeug war. Ein folgenschwerer Fehler. Schließlich wurde er von mehreren hundert schlecht gelaunten Wespen attackiert, die vor wenigen Minuten ihre Behausung verloren hatten. Um diese Jahreszeit waren die Insekten besonders aggressiv, und sie konnten auch durch Kleidung stechen.

Der Polizist schlug wild um sich, er stürzte zu Boden, wälzte sich im Gras umher und torkelte dann schreiend auf die Lichtung hinaus. Die zahllosen Wespen folgten ihm. Sie umhüllten ihn wie eine dynamisch pulsierende Wolke, die ständig ihre Form veränderte. Seine Kräfte schienen schnell zu schwinden, die Schritte wurden unkontrollierter und seine Bewegungen fahrig. Immer wieder schlug er einen Haken, um seinen Verfolgern auszuweichen, doch der hartnäckige Schwarm ließ nicht locker. Pausenlos stürzten sich die aufgebrachten Tiere auf ihn, um ihre spitzen Stacheln in sein Fleisch zu treiben.

Fast hätte Dorn so etwas wie Mitleid empfunden, doch dann besann er sich eines Besseren. Dieser Mann stand für das *System*. Er würde nicht zögern, um ihn, den Bienenzüchter, aus dem Verkehr zu ziehen. Der Mann war nur ein Handlanger der verlogenen Regierung, die seit jeher ihre eigentlichen Absichten verschleierte. Desinformationen, Halbwahrheiten und Manipulationen: Die Taktik war immer dieselbe. Das Volk wurde für dumm verkauft.

Er würde sich nicht für dumm verkaufen lassen.

Dorn legte die Büchse an und visierte das Ziel an. Der Polizist war zäher als gedacht, denn die Hälfte der Lichtung hatte er bereits überwunden. Im Zielfernrohr sah er, wie der Mann Haken schlug und wild um sich fuchtelnd in die Luft sprang. *Ein derartig herumzappelndes Ziel hatte ich bisher noch nie im Visier gehabt*, dachte Dorn und konzentrierte sich verbissen auf die neue Herausforderung.

Als der Schuss über die Lichtung hallte, brach der Polizist strauchelnd zusammen. Doch er rappelte sich erstaunlich schnell wieder auf und rannte geradewegs auf das andere Ende der Lichtung zu. Hierbei schienen sich seine Prioritäten geändert zu haben, denn die Wespen waren ihm jetzt offensichtlich egal.

Scheiße, ich hab ihn nur an der Schulter getroffen.

Dorn legte erneut an und schoss, doch im letzten Moment verriss er den Lauf der Waffe. Jemand erwiderte das Feuer. Er legte die Büchse beiseite, um sich einen besseren Überblick zu verschaffen, und registrierte die vermeintliche Kollegin des Polizisten am anderen Ende der Lichtung. Sie lief mit gezogener Waffe auf den Verletzten zu und schrie undefinierbare Worte, die er nicht verstand.

Dorn legte erneut an und schoss auf die Frau, die plötzlich stehen blieb, um den kompletten Inhalt ihres Magazins auf den Hochsitz abzufeuern. Fluchend ging Dorn in Deckung, sah aber noch, dass er ihr einen Streifschuss am Bein verpasst hatte. Er wollte erneut die Büchse in Stellung bringen, da vernahm er plötzlich ein flatterartiges Geräusch am Himmel.

Der Polizeihubschrauber kam genau im falschen Augenblick. Wie ein Schutzschild platzierte sich der rot-weiß-blaue Helikopter zwischen ihm und seinen beiden Verfolgern, von denen jetzt klar erkennbar war, dass sie Angehörige einer Polizeibehörde waren. Die Maschine schwebte wenige Meter über dem Boden, schien aber zur Landung anzusetzen. Der Lärm der Rotorblätter ließ seine Halsschlagader anschwellen. Eine schnarrende, verzerrte Megaphon-Stimme forderte ihn auf, umgehend das Feuer einzustellen und den Hochsitz zu verlassen. Unbewaffnet natürlich.

Dorn sah in der Ferne eine zweite Maschine anfliegen, die er als Rettungshubschrauber identifizierte.

»Ihr könnt mich alle mal am Arsch lecken, ihr dämlichen Wichser!«, schrie er auf die Lichtung hinaus und nahm den im Landeanflug befindlichen Polizeihubschrauber ins Visier. Er suchte im Zielfernrohr nach den empfindlichen Bauteilen des Hauptrotors, an dem sich auch die Drehgelenke und die Rotorblätter befanden, schoss mehrmals in die komplizierte Technik hinein, lud nach, schoss und beobachtete dann fasziniert, wie der Helikopter abschmierte.

Während in der Ferne Sirenen heulten, spielten sich auf der Lichtung chaotische Szenen ab. Die Rotorblätter des Hubschraubers schlugen hart in den schwammigen Boden hinein, auf dem noch das Regenwasser stand. Das Kreischen von Metall erfüllte die Luft; die Motoren kollabierten. Die Maschine fiel wie ein Stein vom Himmel, landete dann seitlich auf dem Boden und wurde durch die Kraft der noch laufenden Rotorblätter wieder nach oben gedrückt. Als anschließend der Heckrotor den Boden durchpflügte, brachen dessen Blätter ab. Einige von ihnen flogen plötzlich wie Geschosse über die Lichtung. Der Helikopter wurde noch einige Male hart durchgeschüttelt und kam dann auf der Seite zum Liegen.

Schwarzer Qualm stieg auf.

Dorn sah, wie der Rettungshubschrauber ebenfalls zur Landung ansetzen wollte, sich dann aber von der Unglücksstelle entfernte, um einen gefahrloseren Landeplatz anzusteuern. Die Piloten aus der abgestürzten Maschine waren zwischenzeitlich geflüchtet, da aufgrund des auslaufenden Kerosins jederzeit mit einer Explosion gerechnet werden musste.

Dorn wollte erneut anlegen, doch als das Sirenengeheule immer lauter wurde, gurtete er sich die Büchse auf den Rücken, um fluchtartig den Hochsitz zu verlassen.

Das Mobile Einsatzkommando der Polizei Hamburg rückte an.

Mehrere geländefähige Fahrzeuge standen plötzlich am Rande der Lichtung. Schwer bewaffnete Polizisten verteilten sich in Windeseile, um den Hochsitz zu erstürmen. Sie bildeten kleine Gruppen, die sich im Schutz der Bäume voranarbeiteten.

Dorn hörte das Gebell von Diensthunden und suchte ruhelos hinter einem umgestürzten Baum Deckung. In der Hand hielt er den sechsschüssigen Revolver; um seinen Hals baumelte eine Ledertasche, in der sich Dutzende von Moon Clips befanden, mit denen er sich den Weg zum Transporter notfalls freischießen würde. (Ein Moon Clip ist ein dünner Metallring, der die sechs Patronen des Revolvers als eine Einheit zusammenhält. Er ermöglicht es, die Trommel der Waffe in einem Rutsch nachzuladen.)

Als die Hunde näher kamen, schoss Dorn einige Kugeln ins Blaue hinein. Er grinste zufrieden, als ihm das schmerzerfüllte Jaulen eines der Tiere einen Treffer signalisierte. Die Beamten fackelten nicht lange, ohne eine weitere Warnung erwiderten sie das Feuer. Maschinengewehrsalven durchpflügten den Waldboden; angefaulte Baumrinde landete auf seinem Kopf. Erneut hallte die Stimme eines ranghohen Polizisten zu ihm herüber, um ihn aufzufordern, sich umgehend zu ergeben. Dorn antwortete mit seiner silbernen *Smith & Wesson.* Mehrmals lud er einen der Moon Clips nach, um sich dabei immer tiefer in den Wald zurückzuziehen. Die Geschosse hatten eine enorme

Durchschlagskraft, sodass selbst die Spezialausrüstung der MEK-Beamten keinen absoluten Schutz gewährleistete.

Die Männer blieben auf Abstand.

Der Transporter stand fünfhundert Meter vom Hochsitz entfernt. Als er ihn endlich erreicht hatte, gab ihm die knarrende Stimme aus dem Megaphon zu verstehen, dass die Polizei ihn eingekreist hatte. Seine Lage war aussichtslos; jeder Fluchtversuch würde sofort im Keim erstickt werden.

Dorn war erschöpft, doch er ignorierte die Warnung. Er warf die Büchse, den Revolver und die Tasche mit den Moon Clips auf den Beifahrersitz und startete den Wagen. Mit heulendem Motor rutschte der schwarze VW-T5 über den aufgeweichten Waldboden hinweg. Der Forstweg war mit Polizeifahrzeugen blockiert. Dorn musste sich einen freien Weg zwischen den Bäumen suchen, doch sein Fluchtversuch war nur von kurzer Dauer. Die Scharfschützen des MEK nahmen die Reifen des Transporters ins Visier. Der Wagen schlitterte weg, die Räder blockierten und Dorn blieb nichts anderes übrig, als seine Flucht zu Fuß fortzusetzen. Er nahm den Revolver, lief von Baum zu Baum und schoss auf alles, was sich bewegte. Die leeren Moon Clips warf er dabei achtlos auf den Waldboden.

So muss sich ein in die Enge getriebenes Tier fühlen, dachte Dorn und blickte sich gehetzt um. Überall Polizei, es gab keinen Zweifel: Er war eingekesselt.

Jetzt hilft nur noch ein Überraschungsangriff!

Die Beamten zogen den Ring immer enger und

Dorn bemerkte verblüfft, dass sich offensichtlich auch Kräfte der Bereitschaftspolizei im Einsatz befanden. Unerfahrene, junge Polizisten, die das MEK personell verstärken sollten. Der Wald war dicht bewachsen; viel konnte er nicht erkennen, doch der lange blonde Pferdeschwanz, der hinter einem der Bäume hervorlugte, brachte ihn auf eine Idee.

Der korpulente Endsechziger war klein und sah unsportlich aus, doch der Schein trügte. Dorn war sein Leben lang in Bewegung geblieben, hatte Tabak und regelmäßigen Alkoholgenuss gemieden und sich nie gescheut, hart anzupacken. Kraft und Ausdauer waren dementsprechend stattlich – trotz seines Alters.

Er gab einige Schüsse ab und sprintete los. Sein Ziel war die junge Polizistin mit dem Pferdeschwanz. Die zahlreichen Bäume gaben ihm Deckung, doch sein Ausbruchsversuch blieb nicht unbemerkt. Die Scharfschützen des MEK hatten seine Beine ins Visier genommen. Er wurde am Oberschenkel getroffen und konnte sich nur noch humpelnd fortbewegen.

Die junge zierliche Beamtin war jetzt nur noch wenige Meter von ihm entfernt. Dorn sah, dass die Hand, in der sie die Waffe hielt, zitterte. Ungestüm preschte er vor, griff um den Baum herum und zog heftig an ihrem Pferdeschwanz.

Die Beamtin ging zu Boden.

Verzweifelt wälzte sie sich herum und schoss auf ihren Gegner, doch sie verfehlte Dorn, der sie brutal wieder hochzog. Plötzlich stand er hinter der Polizistin und drückte ihr seinen Revolver an den Kopf.

»Lassen Sie die Waffe fallen!«, fauchte Dorn frostig.

Die Polizistin reagierte verängstigt. »Hören Sie, das hat doch keinen Sinn. Bitte …«

»Lassen Sie die Waffe fallen! Sofort!«

Sie tat, was Dorn von ihr verlangte.

»Los jetzt«, raunte ihr Dorn ins Ohr. »Wir gehen jetzt zusammen zu den Fahrzeugen.«

Sie setzten sich in Bewegung. Dorn humpelte mit schmerzverzerrtem Gesicht, da hallte die Stimme eines Mannes zu ihnen herüber.

»Hören Sie, Dorn. Mein Name ist Sowanowitsch, ich bin der Einsatzleiter. Wir können über alles reden, Dorn, aber lassen Sie zuerst die Beamtin frei.«

Dorn ließ sich nicht zu einer Reaktion hinreißen; sie gingen weiter.

»Dorn, Sie kommen doch eh nicht weit. Geben Sie auf, dann wird man sich anhören, was Sie zu sagen haben. Das verspreche ich Ihnen.«

Die junge Polizistin stolperte. »Bitte … er hat doch Recht«, beteuerte sie. »Bitte hören Sie auf und …«

»Ich bin an der Stelle, von der aus es kein Zurück mehr gibt«, meinte Dorn teilnahmslos.

Plötzlich hielt er inne. Sein Blick schien entrückt zu sein, so als ob sich dem Bienenzüchter im Geiste etwas Fantastisches offenbarte. Dann riss ihn die Wucht der Einschläge zu Boden. Gleich zwei fast gleichzeitig abgefeuerte finale Rettungsschüsse trafen den Drohnen-Killer in den Kopf. Die Dunkelheit kam so schnell wie der Flügelschlag einer Honigbiene.

33.

Ein Fehler! Die Hochzeit war ein Irrtum gewesen. Sie hätte sich nie darauf einlassen dürfen, zumal Daniel bereits früher verschiedene Auffälligkeiten an den Tag gelegt hatte, die ihr mitunter Angst einjagten.

Diese krankhafte Vorliebe für blutige Horrorfilme, die Wachträume, in denen er bei vollem Bewusstsein von furchterregenden Halluzinationen geplagt wurde, und jetzt seit einiger Zeit dieses merkwürdige Verhalten, so als ob sich seine Persönlichkeit in etwas … Unerklärbares verwandelt hatte.

Während Clara Sommer um die Außenalster joggte, musste sie an das Gespräch mit Daniels Psychiaterin denken. Vielleicht war auch diese Unterhaltung ein Fehler gewesen? Sie hatte gehofft, an der Verbesserung der Therapie mitwirken zu können, doch seit einigen Wochen war Daniel verschlossener denn je.

Clara hatte ein schlechtes Gewissen.

So wie damals, als sie heimlich seine Notizen über diese abscheulichen Visionen gelesen hatte. Es war nie zu einer Aussprache zwischen ihnen gekommen und jetzt, da sie Frau Boltenhagen mehr erzählt hatte, als sie eigentlich wollte, kamen die quälenden Schuldgefühle zurück – und mit ihnen die Zweifel.

Eine Trennung? Den Spuk endlich beenden?

Sicher, die letzten Wochen waren für alle Beteiligten schwierig gewesen. Natürlich wusste Clara, dass die Jagd nach dem Drohnen-Killer die gesamte Polizei Hamburg in Atem gehalten hatte. Auch für Daniel war es eine aufreibende Zeit gewesen, zumal er anfänglich mit einem dieser bizarren Altfälle beschäftigt war.

Jetzt war alles vorbei, doch an ihrer Beziehung hatte sich nichts geändert. Im Gegenteil: Daniels Verhalten wurde immer seltsamer … und unberechenbarer.

Du musst nur etwas Geduld haben …

Clara lief allein. Ihre Kollegin Birte, mit der sie sonst regelmäßig lief, hatte kurzfristig abgesagt. Es war ein heißer Wochenendtag mit zahlreichen Segelbooten auf der Außenalster – dem wohl schönsten Segelrevier im Herzen einer Großstadt. Der Wanderweg war voller Menschen. Zu Fuß, auf dem Fahrrad, in Gruppen oder wie Clara allein. Sie trug zur Jogginghose lediglich ein schwarzes T-Shirt; die langen, schwarzen Haare hatte sie zu einem Zopf zusammengebunden. Beim Laufen bekam sie einen freien Kopf, doch heute schien der Mechanismus nicht zu funktionieren.

Eine Stunde später war sie froh, die Altbauwohnung in Hamburg-Eppendorf zu betreten, um sich den Schweiß der Anstrengung vom Körper zu duschen. Als sie fertig war, griff sie sich den flauschigen, weißen Bademantel und setzte Tee auf.

Daniel und der Rest des Alpha-Teams nutzte den freien Tag, um die beiden verletzten Beamten im Universitätskrankenhaus zu besuchen. So schnell würde er zuhause nicht wieder auftauchen, und Clara warf im Vorbeigehen einen kritischen Blick auf seinen vollgemüllten Schreibtisch.

Eine günstige Gelegenheit, um ...

Bitte nicht schon wieder. Ich will es gar nicht wissen ...

Doch die Neugierde war stärker. Ihr fiel auf, dass von seinem früheren Ordnungssinn offensichtlich nicht viel übrig geblieben war. Es herrschte ein unüberschaubares Chaos auf dem Tisch. Doch die zahllosen beschriebenen Zettel, die um den Laptop herumlagen, schienen nichts anderes als Notizen zu sein, die vermutlich mit einem seiner Fälle in Zusammenhang standen. Viel interessanter dürfte der Inhalt der Schublade sein, dachte Clara, und beförderte einen rot gemusterten Collegeblock zutage, in dem sich mehrere vollgeschriebene Seiten befanden.

Clara überlegte einen Moment, ob sie das wirklich tun wollte, und entschied sich vorerst dagegen. Minutenlang ging sie nervös im Zimmer auf und ab, dann schlug sie alle Skrupel in den Wind und begann zu lesen.

Nehmen wir einmal an, meine Persönlichkeit wäre gespalten. Natürlich nur rein theoretisch. Ansonsten wäre ich gesund, topfit und mit 45 Jahren in der Blüte meines Lebens. Was für Auswirkungen hätte das? Grundsätzlich hat eine Persönlichkeitsspaltung auch Vorteile; insbesondere für einen Mitarbeiter der Hamburger Mordkommission.

Klar, wir tauschen uns aus. Besprechungen, Briefings, Diskussionen und auch verbale Streitigkeiten sind an der

Tagesordnung. Immer geht es um den aktuellen Fall, und immer reden wir uns die Köpfe heiß. Die meisten Mordfälle sind leicht zu lösen, da der Täter oft aus dem direkten Umfeld des Opfers kommt, doch manchmal liegen die Dinge auch anders. Dann wird es schwierig, dann dauern die Ermittlungen oftmals sehr lange und nicht selten verlaufen sie im Sande.

Zum Beispiel Serienmörder. Sie töten zumeist nach einem bestimmten Muster, doch solange wir dieses Muster nicht durchschauen, so lange wird er uns an der Nase herumführen. Wir bilden eine Soko, schalten das BKA ein und fahren die modernste Technik auf, um eine Spur zu finden, die uns zu dem Täter führt. Die Zeit ist immer knapp. Wir müssen in alle Richtungen denken; nichts darf unversucht bleiben, schließlich geht es um die Sicherheit der Bürger.

Nehmen wir also an, meine Persönlichkeit wäre gespalten. Zwei Polizisten, oder nein, noch besser: Ein Polizist und ein Verbrecher. Ein Killer, einer von der ganz schlimmen Sorte. Dann hätten wir endlich einen Vorteil. Wir würden der Entwicklung nicht immer hinterherhinken, sondern wären dem Täter sogar noch einen Schritt voraus.

Ich lasse meinen Gedanken freien Lauf und überrasche mich selbst. Nichts sollte eingeschränkt werden, nichts unerlaubt sein. Das Experiment könnte beginnen. Worauf also noch warten?

Allerdings! Wie überzeuge ich die Kollegen? Wie soll es aussehen, das Lügengebäude, das ich um mich herum errichten müsste? Mit dem Morphischen Feld und meinen übersinnlichen Visionen kann ich ihnen nicht kommen. Nein, es ist alles nur Show, werde ich sagen. Spekulationen und Improvisationen, aber diese Show ist so echt, so überzeu-

gend und sie glänzt mit zahlreichen korrekten Vorhersagen,
sodass eine neue Realität entsteht, die irgendwo im Graube-
reich zwischen der Illusion und dem Realen existiert. Dieser
neuen, Erfolg versprechenden Realität, in der das Gute mit
dem Bösen verschmilzt, diesem Pakt werden sie nicht wider-
stehen können. Bleibt nur noch die Frage: Was sage ich
Clara?

Clara legte den Collegeblock zurück und schüttelte
verwundert den Kopf. Persönlichkeitsspaltung? Das
passte zu seiner – nicht so ganz ernst gemeinten – Be-
hauptung, dass sich der Geist dieses Serienkillers in
seinem Kopf aufhielt. Genau wie bei der Spaltung gab
es plötzlich zwei Persönlichkeiten, die sich ein und
dasselbe Gehirn teilten. Doch hatte er sich das alles
nur ausgedacht, um für die dunkle, abgründige Facette seines Inneren, die zweifelsohne in ihm existierte,
eine offizielle Festanstellung bei der Polizei Hamburg
zu ergattern?

Eigentlich schlummerte in jedem Menschen das Böse, auch in Polizisten, sie trauten sich nur nicht, in den
Dimensionen des Bösen zu denken, da sie ja zwangsläufig zu den *Guten* gehörten. Vielleicht war aber gerade *das* der Schlüssel zum Erfolg im Kampf gegen die
Abgründe der menschlichen Seele.

Dann war Daniels *Masche* in Wirklichkeit ein gran-
dioser Geniestreich gewesen. Oder sie hatten ein Problem. Ein gewaltiges Problem …

34.

Samstag, den 19. August 2017

Es hätte schlimmer kommen können. Als Sasha Huger und Hildur Seilinger im Hamburger Universitätskrankenhaus eingeliefert wurden, hatte sich ihr Zustand dank der Erstversorgung im Helikopter weitestgehend stabilisiert.

Die Wespen hatten auch Seilinger nicht verschont, die zusätzlich einen üblen Streifschuss einstecken musste, der ihr einen Teil des Oberschenkels abrasierte, doch Huger war mit weit über hundert Stichen der ungekrönte Meister im Wespenstich-Ranking. Der Oberarzt konnte sich nicht erinnern, jemals einen Patienten mit derartig vielen Einstichen behandelt zu haben. Sein Körper war von zahlreichen roten Schwellungen übersät, die stechende Schmerzen und einen äußerst unangenehmen Juckreiz verursachten.

Außerdem musste sich Huger sofort unters Messer legen, damit seine Schussverletzung an der Schulter versorgt werden konnte. Für den diensthabenden Anästhesisten eine echte Herausforderung, da der Kreislauf des Patienten aufgrund des Wespengiftes in seinem Blut verrückt spielte.

Jetzt, acht Tage später, ging es den beiden Beamten der Hamburger Mordkommission deutlich besser.

Huger war sogar schon wieder zum Scherzen aufgelegt. Telefonisch hatte er im Schwesternbüro nachgefragt, ob seine Verlegung in das Zimmer von Seilinger organisiert werden könnte, doch das Pflegepersonal schüttelte nur genervt die Köpfe.

Heute war Besuchstag. Bis auf Johann Pahlgruber, dem es zurzeit wieder schlechter ging, war das komplette Alpha-Team anwesend, um den beiden verletzten Beamten die besten Genesungswünsche auszusprechen. Und sie zollten ihnen Respekt für den Fahndungserfolg, denn die Stadt konnte endlich wieder aufatmen: Der Fall war gelöst, der Drohnen-Killer würde nie wieder mit seinem tödlichen Fluggerät auf Menschen schießen können.

Otto Sänger, der Leiter der Mordkommission, bewies nur wenig Sitzfleisch, als sich das Team durch die Krankenzimmer der verletzten Kollegen arbeitete. Sängers Frau war anfällig, litt unter allen möglichen Beschwerden und lag öfter in einem der städtischen Krankenhäuser. Dementsprechend unwohl fühlte sich der Kriminaloberrat, wenn er die von Desinfektionsmitteln geschwängerte Luft einer Klinik einatmen musste. Sänger klinkte sich frühzeitig aus, um in der Cafeteria bei Kaffee und Kuchen auf andere Gedanken zu kommen. Daniel Brechter, der heute seltsam schweigend und in Gedanken versunken daherkam, heftete sich an seine Fersen.

Sänger, bei den Kollegen als knickerig bekannt, zückte am Kuchentresen das Portemonnaie, um die komplette Rechnung zu begleichen. Brechter murmelte so etwas wie *Vielen Dank* und blickte sich orientierungslos um. Sie suchten sich einen Tisch am Fenster und als Sänger begann, eines der beiden riesigen Tortenstücke mit der Kuchengabel zu bearbeiten, schien sich seine Stimmung augenblicklich zu verbessern.

Brechter, der in sich selbst versunken schien, stocherte währenddessen lustlos in seiner Marzipantorte herum.

»Was ist los?«, fragte Sänger mit vollem Mund. »Schmeckt Ihnen der Kuchen nicht?«

»Was …? Ach so. Doch, der Kuchen ist … sehr gut. Vielen Dank noch mal. Es ist nur …«

Sänger blickte zu ihm auf. »Was …?,« fragte er neugierig. »Was ist los mit Ihnen, Daniel?«

Brechter schüttelte den Kopf. »Ich … Irgendetwas stimmt hier nicht.«

Sänger runzelte die Stirn. »Was soll denn hier nicht stimmen? Im Gegenteil, momentan ist doch alles in Butter. Dorn, der Drohnen-Killer ist tot, genau wie unser Staatsanwalt aus dem Hospiz. Wir können die Fälle zu den Akten legen. Also …, besser hätte es doch nun wirklich nicht laufen können, oder?«

Brechter atmete tief durch. »Ja, ja. Ich … ich weiß auch nicht, es ist alles so …«

»Haben Sie wieder eine Ihrer Visionen?«, fragte Sänger und warf Brechter einen nicht zu deutenden Blick zu.

»Ja, vielleicht«, log Brechter. Er hatte keinerlei Visionen diesbezüglich gehabt, und dennoch nagte eine Angst einflößende Gewissheit an ihm, für die er keine Worte fand. *Da braut sich was zusammen …*

»Und …?«, hakte Sänger nach. »Was sehen Sie?«

265

»Irgendwie habe ich das Gefühl, dass die eigentliche Bedrohung erst noch auf uns zukommt«, antwortete Brechter nebulös, mehr zu sich selbst.

»Eine ungewöhnliche Antwort«, bemerkte Sänger. »Was für eine Bedrohung?«

»Ende August wird etwas Grauenvolles geschehen.« *(Warum habe ich das gerade gesagt?)*

Sänger blieb das Stück Kuchen im Halse stecken. »*Was* soll Ende August geschehen?«, fragte er hustend und spülte mit lauwarmem Kaffee nach.

»Ich weiß es nicht!« *(Oder weiß ich es doch?)*

»Hm ... das klingt ziemlich mysteriös«, brummte Sänger irritiert. »Sie müssen mich unbedingt informieren, sobald Sie etwas Näheres darüber wissen.«

»Natürlich!« *(Natürlich nicht ...)*

Sänger blickte ihn eine Zeit lang nachdenklich an.

»Wissen Sie was, Daniel«, sagte er plötzlich. »Ich glaube, wir sollten uns nicht allzu viele Gedanken machen. Der Stress in den letzten Wochen war groß, das ist an uns allen nicht spurlos vorübergegangen.«

Brechter nickte bedächtig. »Ja, wenn ich jetzt so darüber nachdenke. Sie haben Recht, Chef«, stellte er lächelnd fest. »Es ist bestimmt nur der Stress.« *(Und es ist dieses Etwas, das am 29. August geschehen wird.)*

35.

Dienstag, den 29. August 2017

Zögerlich, doch voller Neugierde überließ er seinem *Mitbewohner* die Kontrolle, um den Lauf der Geschichte in eine neue Bahn zu lenken.

Das Rendezvous sollte die Welt verändern. Sie aus den Angeln heben und ihr Antlitz erneuern. Wo es eben noch Beständigkeit gab, herrschte alsbald der grausame Gesandte des Chaos. Es war nur eine Frage der Positionen. Wenn sich alle Objekte zur korrekten Zeit am richtigen Ort befanden, dann würde ein Ereignis eintreten, das niemand für möglich gehalten hätte. Die Strukturen der Macht würden erschüttert werden, *wenn die Zeit dazu bereit war, ihren Atem anzuhalten.*

Um 18:00 Uhr startete die erste Maschine vom Flugplatz Lauenbrück in nordöstliche Richtung. Fünfzehn Minuten später die zweite. Die Wettervorhersage hatte sich bewahrheitet: ruhiges Spätsommerwetter ohne Niederschläge. Perfekte Voraussetzungen für das beispiellose Vorhaben.

Die kleine Grasbahn lag unauffällig auf halbem Weg zwischen Hamburg und Bremen. In der Nacht zuvor hatte das Team die beiden Leichtflugzeuge, die in einer angemieteten Halle standen, mit dem formbaren Plastiksprengstoff beladen. Weit über 100 Kilogramm extrem effektives C4 pro Maschine, komplett verkabelt und dank der elektronischen Kapseln jederzeit zündbereit. Eine perfekt vorbereitete Aktion, von der niemand etwas mitbekommen hatte. In jeder der beiden *Cessnas* saß ein Pilot, der mit den notwendigen Kenntnissen ausgestattet war, um das ausgewählte Ziel zu erreichen. Mehr war nicht erforderlich; es war eine Reise ohne Rückflugticket.

Auf halber Strecke über Seevetal änderten die Maschinen ihren Kurs in Richtung Norden und beschleunigten auf 300 km/h – die eingeplante Flugzeit lag bei zwanzig Minuten. Über den verschlüsselten Messenger-Dienst auf ihren Smartphones wurde den Piloten mitgeteilt, dass eine Änderung im Zeitplan nicht zu erwarten war. Sie überflogen Harburg und nahmen Kurs auf die Hamburger Hafencity. Dabei orientierten sie sich an den großen Kanälen, die den Hafen an der Elbe durchzogen. Sie gingen auf Höchstgeschwindigkeit, und dann, nur Minuten später, *stieg der Fürst der Finsternis auf die von den Ungläubigen besudelte Erde hinab.*

Die Queen Mary 2 lag unweit der Elbphilharmonie am Cruise Center in der Hamburger Hafencity. Zahllose Menschen hatten sich heute auf den Kaianlagen eingefunden, um das Ablegemanöver des legendären Kreuzfahrtschiffes zu beobachten, das zu den größten Passagierschiffen der Welt gehörte. Ein majestätischer Gigant; 345 Meter lang und 72 Meter hoch. Neben dem typisch schwarzen Rumpf und dem markanten rot-schwarzen Schornstein mit unzähligen, extravaganten Annehmlichkeiten ausgestattet, die dem Luxusschiff dieses besondere Flair verliehen.

New York stand auf den Tickets der dreitausend Passagiere, die auf allerhöchstem Niveau reisten. Pünktlich um 18:30 Uhr wurden bei Hochwasser die Leinen gelöst. Gemächlich setzte sich die Königin der Meere elbabwärts in Bewegung. Auf dem Promena-dendeck, den Aussichts- und Sonnendecks und auf den Balkonen des Schiffes hatten sich zahlreiche Passagiere eingefunden, die der imposanten Auslauf-parade winkend beiwohnten. Die Menschen an der Pier erwiderten die maritimen Grüße. Fast jeder hielt sein Smartphone in die Luft, um das grandiose Spek-takel festzuhalten.

Aus dem Schornstein des Schiffes stieg weißer Qualm auf und als der Kapitän das mächtige Schiffs-horn dreimal hintereinander beeindruckend tröten ließ, jubelten und pfiffen die Besucher am Pier so laut, als wollten sie alles andere um sich herum übertönen. Eine Vielzahl von kleinen Booten, Jachten, Jollen und Ausflugsdampfern flankierte den Luxusliner auf der Backbordseite. Es war ein phänomenales Ereignis; die Begeisterung kannte keine Grenzen.

Die Queen Mary 2 hatte gerade den kleinen Gras-brookhafen passiert und näherte sich bedächtig der an Steuerbord liegenden Elbphilharmonie, da geschah das Unfassbare.

Die Hölle öffnete ihre Tore …

Das erste der beiden Flugzeuge überflog den Rangierbahnhof am Veddeler Damm, zog rechts an einer Ansammlung von Flüssiggastanks vorbei und hielt mit hoher Geschwindigkeit direkt auf das Kreuzfahrtschiff zu. Dabei verlor es sehr schnell an Höhe.

Als die Offiziere auf der Kommandobrücke das heranfliegende Flugzeug bemerkten, war es bereits zu spät. Sie hatten keine Zeit, in irgendeiner Weise zu reagieren. Sie konnten sich nicht einmal mehr in Sicherheit bringen, denn das Ziel der Maschine war ihr Arbeitsplatz: Die mit modernster Technik ausgestattete Brücke, die sich im Bereich des Bugs in einundvierzig Meter Höhe auf Deck 12 befand und die mit fünfundvierzig Meter breiter als das gesamte Schiff war.

Viele der Besucher an Land und auch die zahlreichen Passagiere, die an den Backbord-Relingen standen, hielten die Aktion für einen extravaganten Gag, mit dem das auslaufende Schiff gebührend verabschiedet werden sollte, doch sie wurden auf grausame Weise eines Besseren belehrt.

Die *Cessna* traf die Queen Mary 2 wie ein Geschoss präzise auf der Backbordseite der Brücke – dem Brückennock –, bohrte sich tief in das Brückendeck hinein, und explodierte dann mit ungeheurer Wucht im Inneren des Schiffes, sodass der gesamte vordere Aufbau des Ozeanriesen zerstört wurde. Sämtliche am Bug befindlichen Decks unterhalb der Brücke wurden weggerissen oder zumindest schwer beschädigt. Die Kommandobrücke auf Deck 12 zerbarst in einem glühend heißen Feuerball. Der auf dem Sonnendeck befindliche Metall-Mast knickte wie in Zeitlupe um und schlug mit einem ohrenbetäubenden Scheppern auf das Bugdeck. Metall-, Glas- und Kunststoffteile flogen wie Geschosse in alle Richtungen. Der gesamte Bereich um die Einschlagstelle stand sofort in Flammen. Der Knall der Detonation vermischte sich mit einem knirschenden, metallischen Grollen, das aus den tiefsten Innereien des Schiffes zu kommen schien.

Schnell breitete sich Panik unter den Passagieren aus. Es gab zahlreiche Tote und viele Verletzte. Aus ihren Schreien entwickelte sich ein grausam klingender Chorgesang, der zu einem schrillen, Angst einflößenden Crescendo anschwoll. Wie ein Leichentuch legte sich das blanke Entsetzen über die Szenerie. Eine riesige, schwarze Rauchwolke stieg zum Himmel empor und unzählige heiser kreischende Vögel kreisten plötzlich über der Hafencity.

Die Besucher an Land waren geschockt und unfähig, dass Unfassbare zu realisieren. Erstarrt blickten sie ungläubig auf das Szenario, welches sich vor ihren Augen abspielte. Der Anschlag hatte bereits eine große Anzahl von Opfern gefordert, doch an Bord des Luxusliners kämpften noch viele der Passagiere um das nackte Überleben. Das Feuer im Inneren fraß sich rasend schnell voran und durch die Wucht des Einschlages bekam das riesige Schiff Schlagseite, um dann wieder auf die Backbordseite zurückzurollen. Die Menschen wurden hin- und hergeschleudert, sodass es nur wenigen gelang, sich auf den Beinen zu halten. An den Relingen gingen viele über Bord, wenn sie nicht die Kraft aufbrachten, sich am Geländer festzuhalten. Auch im Schiffsinneren ereigneten sich zahlreiche Unfälle, da sämtliche nicht befestigte Gegenstände in

Bewegung gerieten. Die gesamte Elektronik fiel aus; das brennende Schiff schlingerte steuerlos durch das Hafenbecken, begann sich langsam um die eigene Achse zu drehen und stieß mit dem Heck an die gegenüberliegende Kaimauer. Riesige Wellenberge schwappten schäumend gegen die Uferbefestigungen.

Viele der Besucher an Land hatten sich jetzt in Sicherheit gebracht. Einige Unverdrossene hielten immer noch die Handys hoch, um die Katastrophe zu filmen, während andere nach einer Möglichkeit suchten, diejenigen zu retten, die den Sturz ins Wasser überlebt hatten. Zahlreiche Sirenen kündigten bereits das baldige Eintreffen von Feuerwehr und Rettungskräften an.

Die Luft auf der Aussichtsplattform der Elbphilharmonie war böig, es roch nach Schiffsdiesel, Schmieröl und Meer. Hier oben auf der frei zugänglichen *Plaza*, die sich zwischen dem Backsteinsockel und dem darauf befindlichen gläsernen Neubau befand, stockte den Menschen der Atem. Aus siebenunddreißig Meter Höhe hatten sie einen phänomenalen Blick auf die grauenvollen Geschehnisse, die sich in unmittelbarer Nähe der *Elphi* auf dem Wasser abspielten. Oben auf der *Plaza* herrschte dichtes Gedränge, da sich die Auslaufparade von hier am besten verfolgen ließ, doch jetzt schienen die Menschen in eine Ekstase des Schreckens verfallen zu sein. Hastig verließen einige Verängstigte das neue Wahrzeichen Hamburgs, aber eine große Menge Schaulustiger konnte sich der Faszination des Grauens nicht entziehen. Sie drängelten sich auf dem Teil der *Plaza*, der als Außenrundgang komplett um das Gebäude herumführte. Das Gedrücke und Geschiebe war so groß, dass diejenigen, die am hüfthohen Metallgitter standen, drohten zerquetscht zu werden – oder hinunterzustürzen.

Auch hier zückten rücksichtslose Gaffer ihre Smartphones, um das Chaos zu filmen, und als die Lage außer Kontrolle geriet, begann das Sicherheitspersonal mit der Räumung der *Plaza*. Eine blechern klingende Lautsprecherdurchsage kündigte das Vorhaben in mehreren Sprachen an, doch hierzu sollte es nicht mehr kommen.

Auf dem südlichen Teil der Aussichtsplattform kam plötzlich Unruhe auf. Einige der Besucher hatten bemerkt, dass sich ein weiteres Flugzeug im Anflug befand. Noch war es nur ein kleiner, schwarzer Punkt in der Ferne, doch er wurde zunehmend größer. Und allem Anschein nach hielt das Flugzeug direkt auf ein bestimmtes Ziel zu – die Elbphilharmonie.

Jetzt überschlugen sich die Ereignisse. Die ersten Skeptiker begannen damit, sich den Weg zum Ausgang rücksichtslos freizustoßen. Weitere folgten. Die Nachricht über das zweite Flugzeug verbreitete sich plötzlich wie ein Lauffeuer. Es kam zu einer Kettenreaktion, doch der Rundgang, ja die gesamte *Plaza* entpuppte sich als Falle, da sich die Menschen in den Gängen gegenseitig blockierten.

Auf einmal brach eine Massenpanik aus.

Niemand nahm mehr Rücksicht auf den anderen. Männer, Frauen und Kinder stürzten zu Boden, schreiende Menschen schlugen um sich, es wurde gerempelt, getreten, geboxt und in den angstverzerrten Gesichtern der Menschen spiegelte sich das blanke Entsetzen. Einige wurden zu Tode gedrückt oder sie stürzten über das Geländer des Rundganges in die Tiefe hinab. Ein unbeschreibliches Chaos erfasste die Elbphilharmonie. Das Flugzeug war jetzt bedrohlich nahe gekommen. Es nahm Kontur an, wurde immer größer, immer präsenter und …

Als der Pilot die südliche Uferbefestigung der Elbe überquerte, nahm er den großen, halbrunden Ein- und Ausgangsbereich der Elbphilharmonie ins Visier, durch den die Besucher auf den außen liegenden Rundgang gelangen konnten. Er lag genau in siebenunddreißig Meter Höhe zwischen dem alten backsteinernen Kaispeicher und dem neuen, gläsern verkleideten Aufbau und zeigte in Richtung der Elbe. Dieser Durchgang, der die Innen- von der Außenplaza trennte, war so markant, dass er sich bei guter Sicht praktisch nicht verfehlen ließ.

Und seine Ausmaße waren geradezu geschaffen für die *Cessna*, die nur ein Ziel kannte: das Innere der Elbphilharmonie. Hier, auf der zentralen Plattform, die die Schnittstelle zwischen Alt- und Neubau darstellte, bündelten sich die Wege. Hier trafen die Besucher ein, die über die lange Rolltreppe vom unteren Eingangsbereich kamen. Von hier aus ging es zu den Foyers der beiden Konzertsäle, zum Hotel, ins Café, zum Shop und zu dem Parkhaus, das im unteren Teil der *Elphi*, dem alten Kaispeicher untergebracht war. Um hierhin zu gelangen, musste das Flugzeug punktgenau den

Durchgang der *Plaza* treffen und dann die riesigen, wellenförmigen Fensterflächen durchschlagen, die die innere Plattform vom Außenrundgang trennte.

In der Elbphilharmonie erreichte das Chaos seinen Höhepunkt. Im Angesicht des drohenden Todes fielen jetzt auch die letzten Hemmungen; der tobende Mob zeigte seine hässlichste Fratze. Wie die Gischt eines Ozeans schoben sich die Leiber der schreienden Menschen übereinander, um dem Unausweichlichen zu entgehen.

Doch die *Cessna* traf exakt die Mitte des Durchgangs und durchbrach mit einem berstenden Knall die massiven Scheiben. Hierbei wurde das Flugzeug fast vollständig zerstört und zahlreiche Menschen einfach hinweggefegt. Auch der Pilot gehörte zu den Opfern; den zeitversetzten Zünder hatte er allerdings bereits vorher aktiviert. Der Vorderbau, das Heck und die Flügel der *Cessna* brachen weg, doch der Rest des Wracks rutschte brennend in das Innere der *Plaza* hinein, bis es an einer der schrägen Säulen aufschlug und explodierte. Vom ersten Aufprall bis zur Detonation dauerte es nur einen Wimpernschlag lang.

Die Explosion des Plastiksprengstoffs war von ungeheurer Kraft. Weite Teile der Hafencity wurden erschüttert; umliegende Gebäude beschädigt; zahllose Fensterscheiben gingen zu Bruch. Ein glühend heißer Feuerball wälzte sich in alle Richtungen durch die *Plaza* der Elbphilharmonie und schoss auch die Aufgänge zu den beiden Konzertsälen hinauf.

Ein brennendes Inferno breitete sich aus.

Die Druckwelle suchte sich den Weg des geringsten Widerstandes. Und das war die *Plaza*, die Plattform zwischen dem ehemaligen, 1966 erbauten Kaispeicher, der als Sockel diente, und dem darauf befindlichen gläsernen Neubau, der auf dem Speicher zu schweben schien. Dies war die Achillesferse der Elbphilharmonie. Diese Schnittstelle war als Fuge ausgebildet, sodass die äußerste Stützenreihe am Gebäuderand komplett fehlte. Somit gab es wenig Material, das sich der Druckwelle entgegenstellen konnte. In alle vier Himmelsrichtungen schmetterte sie große Teile der Innenausstattung und sämtliche Fensterscheiben aus dem Gebäude heraus. Und mit ihnen die Menschen, die sich noch auf der *Plaza* aufhielten.

Die ausgeklügelte Statik des Kolosses kam schnell an ihre Grenzen. Damit der alte Kaispeicher die 95000 Tonnen schwere Last des Konzerthauses tragen konnte, wurden unter anderem leicht schräg verlaufende Betonstützen eingesetzt, von denen einige sichtbar durch die *Plaza* hindurchführten. Mehrere von ihnen waren jetzt beschädigt, sodass ein markerschütterndes Knirschen durch das Gebäude ging, so als wenn sich schroffe Felsenwände aneinanderrieben. An einigen Stützen platzte der Beton auf. Sie verloren an Stabilität, bekamen Risse und brachen wie morsches Holz auseinander. Irgendwann war der *Point of no Return* erreicht. Während sich das Feuer auf die Konzertsäle ausbreitete, sackte der gläserne Aufbau der Elbphilharmonie mit einem gewaltigen Ruck um fast einen Meter lautstark ab, so als hätte der Donnergott *Thor* seinen zerstörerischen Hammer darauf geschlagen.

Die routiniert arbeitende Hamburger Katastrophen-schutz-Einsatzleitung bot alles auf, was sie zu bieten hatte: Feuerwehr, Polizei, Hubschrauber, den Wasser-rettungsdienst, das Technische Hilfswerk und unzäh-lige Rettungswagen. Aus allen Teilen der Stadt rückten die Kräfte an, um die Katastrophe unter Kontrolle zu bringen.

Was sich ihnen bot, war ein Bild des Grauens.

Sie sahen zwei riesige Rauchwolken, die zum Himmel aufstiegen. Die Überreste der *Plaza* und Un-mengen an Trümmern und Glasscherben lagen ver-streut auf dem Asphalt zu Füßen der einstmals prunk-vollen Elbphilharmonie – dazwischen zahllose leblose Körper. Durch den beißenden Qualm züngelten Flammen aus dem Gebäude. Der gläserne Aufbau der *Elphi* wies eine gefährliche Schräglage auf. Fast sah es so aus, als würde der gesamte obere Teil vom Back-steinsockel herunterrutschen.

Auf dem Platz vor der Elbphilharmonie taumelten ihnen verletzte und traumatisierte Überlebende entge-gen. Unmittelbar neben der katastrophalen Szenerie dümpelte die angeschlagene Queen Mary 2 auf der Elbe: brennend, führerlos und schwer beschädigt. Das brackige Wasser um sie herum war voll von Passagie-ren, die panisch um ihr Leben kämpften.

Und überall in sicherer Entfernung standen zahllo-se Menschen, die ungläubig auf ein Ereignis starrten, das nie hätte geschehen dürfen.

An diesem sonnigen Tag verblasste der Rest der Welt ins Nichts …

36.

Die zwei Männer beäugten sich abschätzend. Beide waren leger gekleidet; zu den Jeans trugen sie einfarbige Hemden und darunter weiße T-Shirts mit Rundhals-Ausschnitt.

Auf dem Tisch zwischen ihnen stand eine schwarze Thermoskanne, eine Schale voller Kekse und zwei mit bunten Blumen hübsch bemalte Porzellantassen, die bis zum Rand mit schwarzem, dampfendem Kaffee gefüllt waren. Auf einer Anrichte standen Lautsprecher, aus denen leise klassische Musik erklang.

»Langen Sie hin, Calastana«, eröffnete Daniel Brechter das Gespräch. »Die Gastronomie hier ist ausgezeichnet.« Dann stopfte er sich lächelnd drei Kekse gleichzeitig in den Mund, sodass zahlreiche Krümel auf der Tischplatte landeten.

»Danke. Im Moment reicht mir ein Kaffee«, erwiderte der Mann mit der großen Warze im Gesicht. Rolf Calastana schlürfte vorsichtig an seiner Tasse und kratzte sich genüsslich den Bart. »Sagen Sie mir, Brechter. Was ist der Grund für unser heutiges Treffen hier? Warum haben Sie mich eingeladen?«

»Nun, wir haben so einiges gemeinsam, Calastana«, antwortete Brechter aufgedreht. »Sehen Sie es als eine Art … Erfahrungsaustausch.«

»Oh, verstehe«, sagte Calastana, obwohl sein Gesicht das Gegenteil ausdrückte.

»Wir sind beide in die Fänge eines Serienkillers geraten, stimmt's«?, sagte Brechter vage. »Sie wurden von Seidelberg, dem Glasaugen-Mörder erpresst, und mussten für ihn dieses ekelhafte Mobile aus den Augen toter Frauen anfertigen, und ich landete auf dem Folterstuhl von Wolfgang Möller, dem Terroristen und Altenheim-Killer.«

»Der, der sich auch der *Modellbauer* nannte«, bemerkte Calastana.

»Genau der.« Brechter nickte eifrig. »Und wissen Sie, wo er sich jetzt befindet, der … *Modellbauer*?«

»Ich nehme an, Sie werden es mir gleich sagen.«

Brechter deutete mit dem Finger auf seinen Kopf. »Hier drin. Er hat sich in mein Gehirn eingeschlichen, der Schelm«, sagte er kichernd und grinste diabolisch. »Aber er kontrolliert mich nicht, sondern ich ihn.«

»Wie ist es dazu gekommen?«, fragte Calastana neugierig und ließ seine kalten, blauen Augen aufblitzen. »Wie kam er da rein?«

»Das ist eine lange Geschichte«, stöhnte Brechter. Seine Blicke schienen ins Leere gerichtet, ein tiefer Atemzug hob seine schmale Brust.

»Ich habe Zeit.«

»Vielleicht sollte man die dunkle Vergangenheit besser ruhen lassen?«

»Aber Sie *wollen* doch darüber reden, oder?«

»Hmm … na gut«, gab Brechter nach. »Aber Sie bekommen die Kurzfassung zu hören. Einverstanden?«

Calastana nickte behäbig.

»Vor einigen Jahren waren wir hinter dem Altenheim-Mörder her«, sagte Brechter eifrig. »Ich war damals Mitglied der Soko hier in Hamburg. Der Killer stieg in der Nacht in Pflegeheimen ein und tötete bettlägerige Senioren, um ihnen ein Körperteil – zumeist ein Bein – abzutrennen. In seinem Folterkeller bastelte er dann aus den Knochen dieser Gliedmaßen seine bizarren Modelle. Deswegen der Name *Modellbauer*.«

Brechter schaute nachdenklich aus dem Fenster, dann fuhr er fort: »Ich kam ihm damals auf die Spur, allerdings auf unkonventionelle Weise und auf eigene Faust. Entgegen den Vorschriften sozusagen. Die Einzelheiten brauchen Sie nicht zu interessieren, nur so viel: Der Mann hieß Wolfgang Möller, ein ehemaliger RAF-Terrorist. Nachdem ich in sein Haus eingedrungen war, konnte er mich überwältigen, und als ich später wieder erwachte, saß ich festgeschnallt auf diesem Folterstuhl.«

Calastana kratzte sich am Kopf. »Wie wurde denn aus dem Terroristen Wolfgang Möller der Serienkiller Wolfgang Möller?«, fragte er und fügte hinzu: »Eigentlich waren das doch alles politisch motivierte Täter oder hatte Möller letztlich den Verstand verloren?«

Brechter zögerte. »Das …«, hauchte er kaum hörbar, »hat etwas mit meiner … Mutter zu tun.«

»Wie bitte?« Calastana starrte ihn fassungslos an. »Mit Ihrer Mutter? Das müssen Sie mir genauer erklären.«

»Nein …, muss ich nicht«, kam es bissig zurück. Brechter sprang vom Stuhl auf und ging unruhig im

Zimmer auf und ab. Er faltete die Hände vor den Mund und murmelte unverständliche Worte.

Calastana schüttelte den Kopf. »Setzen Sie sich wieder hin, Brechter. Sie machen mich nervös«, meinte er gereizt. »Berichten Sie weiter. Sie saßen also auf diesem Stuhl, und dann …?«

Brechter setzte sich und nickte in Gedanken versunken. »Stimmt, der Folterstuhl. Ich erinnere mich an dieses Wort, QUINTET, an den aufgeschlitzten Körper einer alten Frau, der neben mir von der Decke hing, und an einen halb toten Mann, der gefoltert wurde. Das war … furchtbar. Um mich herum nur Tod, Blut, Gedärme und Knochen. Und dann hat er versucht, ein Loch in meinen Kopf zu bohren, um …« Seine Stimme verblasste zu einem Flüstern.

»Ich hätte mir vor Angst in die Hose geschissen«, räumte Calastana ein. »Wie sind Sie da wieder herausgekommen?«

»Nicht ohne fremde Hilfe«, antwortete Brechter apathisch. »Sie müssen wissen, dass ich vorher ein Gespräch mit Bollweidenthaler hatte – dem Polizeipsychologen.«

»Worum ging es denn da?«, wollte Calastana wissen.

Brechter reagierte unwirsch. »Sie stellen zu viele Fragen, Calastana«, schmollte er wie ein kleines Kind. »Das gefällt mir nicht. Ganz und gar nicht.«

»Schon gut. Ich bin ganz Ohr.«

Sie schwiegen eine Weile.

»Matthias Bollweidenthaler. Wir hatten ihn alle den *dicken Bayer* genannt, weil er von München nach Hamburg übergesiedelt war«, sagte Brechter betrübt. »War ein netter Kerl. Er ist tot.«

»Was ist geschehen?«

Brechter lächelte traurig. »Er war mir heimlich gefolgt. Aus Sorge nehme ich an. Er sah mich wohl in dem alten Haus in Großseedorf verschwinden, und als ich auch nach Stunden nicht wieder herauskam, vermutete er, dass ich dort gefangen gehalten werde. Er hat die Kollegen informiert, wollte aber nicht untätig abwarten, bis Hilfe kommt. Dann ist er mit seinem Geländewagen in das Haus des *Modellbauers* hineingefahren. Eine Verzweiflungstat in allerletzter Sekunde.«

»Das Haus, in dessen Keller sie gefangen waren?«, fragte Calastana. »In Großseedorf?«

»Genau. Hätte er auf das MEK gewartet, wäre es zu spät gewesen«, erklärte Brechter. »Er hat mir das Leben gerettet, ist aber in dem eingekeilten Fahrzeug von Möller erschossen worden.«

»Und dann?«

»Davon habe ich eigentlich nicht mehr viel mitbekommen. Rauchvergiftung! Als das MEK und die Rettungskräfte eintrafen, brannten Teile des Hauses bereits, aber …«

»… die Kollegen haben Sie hinterher über alles informiert«, vervollständigte Calastana Brechters Satz.

Brechter betrachtete ihn ausdruckslos über die Brille hinweg. »Genau, haben sie. Es kam zu einer wilden Schießerei, allerdings hatte Möller einige Überraschungen im Repertoire, mit denen die Polizei nicht gerechnet hatte.«

»Er war vorbereitet gewesen?«

Brechter nickte. »Jede Menge Waffen, Handgranaten und sogar Sprengfallen.«

»Da kam der Terrorist wieder zum Vorschein.«

»Es kommt aber noch besser.«

»Inwiefern?«

»Hinter dem Haus lag ein unzugängliches Moor, in dem Möller sich gut auskannte«, erklärte Brechter. »Es gab einen unterirdischen Geheimgang und ein Versteck im Moor.«

»Genial, Möller gelang die Flucht!«, schlussfolgerte Calastana.

»Leider ja«, bestätigte Brechter zähneknirschend. »Mit einem geländegängigen Motorrad. Letztlich hat Möller es sogar noch geschafft, das Land zu verlassen, aber …«

»… aber Sie haben nicht locker gelassen, stimmt's?«

Brechter hatte die Hände vor den Bauch gefaltet und drehte Däumchen. »Sie liegen richtig«, antwortete er, ohne einen gewissen Stolz in seiner Stimme verhehlen zu können. »Ich habe ihn ausfindig gemacht, aber wiederum auf eigene Faust. Inoffiziell. Es ging nicht anders.«

»Und wie?«

Brechter zuckte kurz zusammen. »Das … bleibt mein Geheimnis. Kein Kommentar!«

»Und *wo* haben Sie ihn gefunden?«, fragte Calastana.

Brechters Herzschlag beschleunigte sich, er wurde zunehmend nervös. »In Florenz.«

»Florenz?« Calastana blickte ihn fragend an.

»Ich will es kurz machen«, sagte Brechter. »Ich bin

Möller nach Florenz gefolgt und konnte ihn mit der Waffe in der Hand davon überzeugen, zusammen mit mir zur dortigen Polizei zu gehen. Unterwegs, auf einer der Brücken über den *Arno*, geschah plötzlich etwas Unerwartetes. Die Sache ging leider schief. Die Einzelheiten gehen Sie nichts an. Möller wurde angeschossen und stürzte in den Fluss. Seine Leiche wurde nie gefunden.«

»Aber vielleicht ist er gar nicht tot?«, spekulierte Calastana.

»Natürlich ist das Schwein tot«, ereiferte sich Brechter und rutschte unruhig auf seinem Stuhl hin und her. »Sonst wäre ja sein Geist nicht in meinem Kopf, oder?«

»Das klingt einleuchtend«, gab Calastana zu. »Aber Sie haben ihn unter Kontrolle, wie Sie selber sagen, nicht wahr? Oder zwingt er Ihnen manchmal seinen Willen auf?«

Brechter reagierte nicht auf seine Frage. Sein Blick wurde emotionslos. »Haben Sie schon mal etwas von dem *Stockholm-Syndrom* gehört?«, fragte er stattdessen.

»Also, ehrlich gesagt …«

»Der Begriff geht auf eine Geiselnahme in Stockholm aus dem Jahr 1973 zurück«, unterbrach Brechter Calastana. »Ein psychologisches Phänomen, bei dem die Geiseln Sympathie für ihre Peiniger entwickeln. Sie kooperieren sogar mit ihnen; auf die Gründe will ich hier nicht weiter eingehen.«

»Interessant!«, sagte Calastana und fügte hinzu: »Eine Metapher? Dann sind Sie die Geisel und Möller Ihr Peiniger.«

»Das ist Möllers Plan.« Brechter lachte gequält auf. »Eine mentale Entführung sozusagen. Er nagt so lange an meinem *Ich*, bis ich freiwillig mit ihm kooperiere. Bis ich sein Handlanger werde, der alles für ihn tun würde.«

»Selbstverständlich haben Sie sein Spiel durchschaut?«, bemerkte Calastana fasziniert.

Brechter lächelte verschlagen. »Mehr noch«, hauchte er kaum hörbar. »Ich verstelle mich und tue ihm gegenüber so, als ob sein Plan funktionieren würde. In Wirklichkeit aber nutze ich sein Wissen und seine Art zu denken, um das Böse zu bekämpfen.«

»Als Serienkiller ist er ja auch ein Experte für das Böse«, bekräftigte Calastana und rieb mit dem Finger an seiner Warze.

»Serienkiller und … Terrorist«, ergänzte Brechter. »Der Mann ist hinterhältig, skrupellos und eiskalt. Sein neustes Projekt hätte Hunderten das Leben gekostet.«

»Welches Projekt?«

Brechter schaute sich mehrmals um, so als wolle er prüfen, ob jemand mithören würde, dann beugte er sich zu Calastana hinüber und flüsterte hinter vorgehaltener Hand: »Ein Terroranschlag auf das neue Wahrzeichen Hamburgs, die Elbphilharmonie – und auf ein Kreuzfahrtschiff. Zwei Flugzeuge vollgepackt mit Sprengstoff – zwei Treffer. Was für ein Wahnsinn, nicht wahr?«

»Sie haben die Sache im Vorfeld vereitelt, Brechter?«, fragte Calastana zaghaft. »Und wie üblich die Kontrolle über alles behalten?«

285

»Selbstverständlich«, antwortete Brechter wie aus der Pistole geschossen. »Das waren nichts weiter als die Wunschvorstellungen eines alternden Terroristen, dessen Geist im Kopf eines Polizisten herumspukt. Oder eher das traurige Abziehbild von einem Geist, der sich den falschen Wirt ausgesucht hat. Nichts davon ist tatsächlich geschehen. Oder haben Sie etwas von einem Anschlag auf die Elbphilharmonie gehört, Calastana?«

»Nein.« Nach einer kurzen Pause fügte er hinzu: »Ich glaube nicht eine Sekunde, dass so etwas möglich wäre.«

Die beiden Männer sahen sich an und lachten herzhaft.

37.

Als Cornelia die grüne Tür von Zimmer zwölf öffnete, überkam sie ein mulmiges Gefühl. In ihrem Kopf schwirrten bereits seit Stunden besorgniserregende Bilder umher, die sich zu verselbstständigen begannen. Chaotische Bilder. Dabei war die Brünette, deren Alter vermutlich irgendwo in den Vierzigern lag, ein alter Hase. Sie hatte schon viele spezielle Besucher erlebt, doch diesmal gab es eine neue Komponente zu beachten: Das öffentliche Interesse.

Denk an etwas anderes …!

Im Zimmer roch es nach kaltem Kaffee. Cornelia rümpfte die Nase und öffnete das Fenster. Ihre weißen Sportschuhe quietschten auf dem Linoleumboden und als sie den rothaarigen Mann ansprach, der vor ihr auf einem Stuhl saß, blieb sie auf Abstand.

Man konnte ja nie wissen!

»Es ist so weit«, sagte Cornelia und lächelte freundlich. »Bitte folgen Sie mir zum Gespräch, Herr Brechter.«

Daniel Brechter starrte aus dem Fenster und schien in sich selbst versunken. Dann reagierte er schließlich: »Das ist im Moment schlecht. Sie sehen doch, dass ich

Besuch habe. Wir beide hier ...«, er deutete mit der Hand auf die andere Seite des Tisches, »... haben noch so einiges zu besprechen.«

Cornelia atmete tief durch. »Der Termin ist aber außerordentlich wichtig, Herr Brechter«, beteuerte sie. »Die Damen und Herren möchten gern mit Ihnen sprechen. Es wäre doch sehr schade, wenn alles verschoben werden müsste. Es dauert auch nicht lange.«

»Und mein Besuch?«, fragte Brechter frostig.

Cornelia ging sofort aufs Ganze: »Es ist niemand hier im Zimmer, Herr Brechter, nur wir beide. Sehen Sie doch, der Stuhl Ihnen gegenüber ist leer. Dieser Besucher existiert lediglich in Ihrer Fantasie.«

»Aber ...!«

»Wirklich! Sie können mir vertrauen.«

Brechter zog eine Grimasse. »Was wollen diese Leute denn von mir? Geht es wieder einmal um die nationale Sicherheit?«

Cornelia zögerte. »Ja, ... natürlich«, log sie. »Es geht um die nationale Sicherheit. Diese Leute brauchen Ihre Hilfe.«

»O.K., dann wollen wir mal die Welt retten«, sagte Brechter, halb ernst-, halb scherzhaft. »Worauf warten Sie noch, kommen Sie, äh ... Frau ...?« Er stand auf und ging voraus.

»Hier nennen mich alle Cornelia«, sagte Cornelia erleichtert und überholte Brechter auf dem Flur, um ihm den Weg zu zeigen.

Fünfzehn Minuten später. Der Patient war folgsam gewesen, man musste ihn nur zu nehmen wissen. In einer Stunde würde sie Daniel Brechter wieder abholen. Cornelia hatte Erfahrung im Umgang mit schwierigen Fällen, doch für den Notfall gab es in der psychiatrischen Abteilung, in der sie seit zehn Jahren arbeitete, geschultes Personal, das sofort zur Stelle war, wenn etwas Unerwartetes geschehen sollte. Auf dem Rückweg in ihr Büro warf Cornelia noch einen Blick in das Stationszimmer, da dort offensichtlich der Fernseher in Betrieb war.

Tom und Jerry saßen an den PCs, um an der Pflegedokumentation zu arbeiten, doch beide hatten ihre Tätigkeit unterbrochen, da im Fernsehen die Nachrichten liefen. Cornelia gefiel die sportliche Lässigkeit der jungen, durchtrainiert wirkenden Kollegen, die beide eine Glatze trugen und sich dadurch ziemlich ähnlich sahen. Jerry hieß eigentlich Joachim, doch irgendein Spaßvogel hatte das Paar, das die Dienste in der Klinik am liebsten gemeinsam übernahm, nach den berühmten Trickfilmfiguren benannt: dem Kater Tom und der Maus Jerry. Mittlerweile hatte sich jeder daran gewöhnt; auch die beiden mit den Spitznamen Titulierten.

»Neuigkeiten?«, erkundigte sich Cornelia, während sie den kleinen Raum betrat, der mit Schränken und Regalen vollgestopft war, in denen sich neben der EDV-Technik auch endlose Ordnerreihen, zahlreiche Medikamente und sonstige Utensilien befanden.

»Es geht wieder mal um den Anschlag in der Hafencity«, sagte Tom und grinste.

Jerry schüttelte den Kopf. »Seit vier Wochen immer derselbe Qua…«

»Psst …«, mahnte Tom und hob die Hand.

Die verstörenden Bilder aus der Hafencity wurden ausgeblendet und eine hübsch anzusehende Nachrichtensprecherin erschien auf dem Bildschirm. Ihr rotes Kleid gefiel Cornelia gut, doch das Make-up hätte etwas dezenter ausfallen können.

»… konnten jetzt in Hamburg vier Personen aus der radikal-islamistischen Szene in Gewahrsam genommen werden, die vermutlich mit dem Anschlag in der Hafencity in Verbindung stehen. Ein Kriminalbeamter der Polizei Hamburg soll ebenfalls in die …«

»… das ist unser Mann«, stellte Jerry lautstark fest.

»Mann, halt doch mal die Klappe, Jerry!«, fuhr Tom ihn an.

»… auch vier Wochen nach dem Anschlag auf die Elbphilharmonie noch kein abschließendes Gutachten vorliegt, ob das Gebäude jemals wieder in Betrieb genommen werden kann, da …«

»Ha, ha, ich hab's doch gesagt, die reißen das Ding noch ab«, ereiferte sich Jerry.

»Jaaa … sie reißen es ab«, wiederholte Tom. »Du weißt natürlich wieder alles im Voraus.«

Cornelia hatte genug gehört. »Jungs, ich muss ins Büro. Der übliche Schreibkram.«

»Mach's gut, Conny«, sagten die beiden Männer wie aus einem Munde, während sie unverdrossen auf den flackernden Bildschirm starrten.

Im Büro setzte sie sich an den PC, nahm einen Schluck aus der Wasserflasche und begann zu schreiben. Der schwierige Text war voll von medizinischen Fachbegriffen; Cornelia musste sich konzentrieren.

Doch in einem untergeordneten Teil ihres Bewusstseins waren sie ständig präsent: diese unglaublichen Geschehnisse, die die Stadt seit Monaten in Atem hielt.

Der Killer mit der schießenden Drohne, die wie aus dem Nichts erschien und vor der sich niemand schützen konnte. Dann dieser schreckliche Akt des Terrors in der Hafencity mit über fünfhundert Toten und zahllosen Verletzten, an dem Daniel Brechter, der geheimnisvolle Patient, beteiligt gewesen sein sollte. Die Zeichen standen auf Sturm; auf allen Ebenen regte sich Unmut über die desolate Sicherheitslage. Dieses Land würde sich grundlegend verändern.

Als ihr der Pager signalisierte, dass der Patient zurück in sein – ausbruchsicheres – Zimmer gebracht werden sollte, speicherte sie das Dokument und verließ ihr Büro. Brechter war charmant und kooperativ. Von Schuldgefühlen keine Spur. Offenbar war sich dieser Teil seiner Persönlichkeit nicht bewusst, an einem der größten Terroranschläge der letzten Jahrzehnte beteiligt gewesen zu sein. Sie begleitete ihn in die Kantine, unterhielt sich noch eine Zeit lang mit dem Patienten und brachte ihn dann auf völlig unspektakuläre Weise in sein Zimmer zurück.

Später, Cornelia lag im Bett und konnte nicht einschlafen, ging ihr die Sache mit dem Polizisten durch den Kopf. Sie konnte kaum glauben, dass der sympathische Rotschopf in die Anschläge auf die Elbphilharmonie und die Queen Mary 2 verwickelt sein sollte, doch sie wusste auch, dass auf Äußerlichkeiten kein Verlass war. Cornelia war hin- und hergerissen. Sie kam nicht umhin einzugestehen, dass ihr der Mann gefiel. Das machte ihr ein wenig Angst, denn sie kannte diesen Menschen ja kaum.

Mehr als fünfhundert Tote: War er ein Massenmörder? Oder jemand, der zumindest eine Mitschuld daran trug? Da kam es auf den Mord an der Psychoanalytikerin, für den der smarte Polizeibeamte persönlich verantwortlich sein sollte, gar nicht mehr an. Konnte man sich in ein derartiges Monster verlieben? Ein Teil von ihm war bestimmt sehr charmant und liebevoll, und dieses Fragment seines Geistes hatte vermutlich keine Ahnung davon, was wirklich geschehen war. Keine Frage, für sein Alter sah Brechter sehr jugendlich aus – mit den roten Haaren fast wie ein Lausbube. Auf der anderen Seite hatte er etwas Diabolisches an sich, etwas, das sie nicht erklären konnte.

Mit gespaltenen Persönlichkeiten hast du doch Erfahrung, doch diesmal …?

Sie ertappte sich bei dem Wunsch, diesen Mann näher kennenzulernen. Und zwar auf eine Weise, die über den Klinikalltag hinausging. Das war ihr schon lange nicht mehr passiert; bereits seit Jahren hatte sie keine feste Beziehung mehr gehabt. Der Gedanke daran beunruhigte sie, denn sie wusste, dass er aller Wahrscheinlichkeit nach eine längere Zeit in der geschlossenen Abteilung der Klinik verbringen würde. Jede Menge Zeit, um sich ihm anzunähern. Auf unauffällige Weise natürlich, denn zu viel Nähe galt als unprofessionell – und führte unweigerlich zu Problemen.

Würde sie schwach werden, oder waren das alles nur Hirngespinste, die wie Menstruationsbeschwerden auftraten – und wieder verschwanden?

Kurz vor dem Einschlafen ließ sie ihren Gedanken freien Lauf. Was wäre, wenn auch er Interesse an ihr bekunden würde? Vielleicht würde die Sache dann außer Kontrolle geraten? War es nicht wünschenswert, dass das Leben endlich einmal außer Kontrolle geriet? So wie bei dem Terroranschlag! Oder war das den Opfern gegenüber ein zynischer Gedanke? Vielleicht, aber auf der anderen Seite war es durchaus legitim, in erster Linie an sich selbst zu denken.

Die eigenen Bedürfnisse …

Sie spürte ein heißes Kribbeln zwischen den Beinen. *Ich glaube, heute beginne ich zu verstehen, was wirkliche Liebe bedeutet …*

Dieser Mann wird vermutlich nie wieder in sein altes Leben zurückfinden. Er würde gar nicht die Gelegenheit hierzu bekommen, sofern sich die Vorwürfe endgültig bestätigen sollten, doch an ihrer Seite hätte er vielleicht noch eine Chance. Mit den richtigen Verhaltensregeln, einem perfekten Coaching und einigen wohlwollenden Gutachten könnte er irgendwann wieder auf freien Fuß gelangen. In ihrer Position hatte sie einen gewissen Einfluss darauf. Sie würde ihn unter ihre Fittiche nehmen, seine Identität schützen und ihn in die Pflicht nehmen.

Ich bestimme die Regeln, ohne mich wäre er ein Nichts.

Dann könnten sie gemeinsam aus dem Schatten der Bedeutungslosigkeit heraustreten. Diese namenlose Dunkelheit besiegen, die sie Tag für Tag einhüllte, und endlich das tun, was sie schon immer tun wollte:

Das Gefühl der Macht genießen …

EPIOLG

DAS VERMÄCHTNIS DES BIENENZÜCHTERS

Jahre später. In einer heruntergekommenen Dorf-
kneipe irgendwo zwischen Hamburg und
Lübeck.

»Ich kannte Dorn«, murmelte einer der beiden beleibten Männer, deren Alter sich jenseits der Achtzig
befand. »Hab ihn auf der Jagd kennengelernt. War
schon ein seltsamer Typ, aber die irre Geschichte mit
der schießenden Drohne hätte ich ihm niemals zuge-
traut.«

Der andere Mann schien bereits zu ahnen, was nun
kommen würde, und nickte nur. Er trug einen grünen
Filzhut, unter dem einige graue Haare hervorragten.

»Noch mal dasselbe«, rief er der dicken Tresenkraft
mit glasigem Blick zu, die daraufhin kommentarlos
zwei Bierhumpen ergriff, die hinter ihr an hölzernen
Griffen hingen.

Sie waren heute Nachmittag die einzigen Gäste in
der *Jägerschenke*, die ihre besten Tage bereits lange
hinter sich hatte. Das dunkle Eichenmobiliar und die
schweren, vergilbten Gardinen verbreiteten eine düstere Atmosphäre, gegen die auch die schummrige
Beleuchtung wenig auszurichten vermochte.

»Noch 'nen Korn dazu«, schob der Hutträger mit

kratziger Stimme nach und stupste seinem Gegenüber gegen die Schulter. »Na komm schon, Werner«, sagte er mit quälender Langsamkeit. »Jetzt musst du noch wie üblich erzählen, dass Dorn sich im Grabe umdrehen würde, wenn er wüsste, dass die Dschihadisten seine Forderung in die Tat umgesetzt haben.«

»Zum Wohl, die Herren.« Die Kellnerin brachte die Getränke. Die beiden Männer prosteten sich zu und tranken.

»Idiot …, so ist es ja auch, Kalli«, erwiderte Werner gereizt und wischte sich mit dem Handrücken den Bierschaum vom weißen Oberlippenbart. »Er wollte, dass die *Elphi* zerstört wird, ja, und jetzt ist sie im Arsch. Aber für die radikalen Islamisten hatte Dorn auch nichts übrig.«

»Und das weißt du, weil dir Dorn mal bei der Jagd begegnet ist?«, frotzelte Kalli, in dessen Gesicht eine rot leuchtende Nase wie ein Fremdkörper prangte. Werners Faible für Dorn trug er mit Fassung. Sein langjähriger Freund rühmte sich mit Vorliebe damit, die tragische Figur des Drohnen-Killers persönlich gekannt zu haben. Und er wurde nicht müde, die alten Geschichten gebetsmühlenartig zu wiederholen.

»Ja, ich kannte Dorn – besser als du denkst, Kalli«, nuschelte Werner und kippte den Korn in sich hinein. »Immerhin kommen jetzt nur noch Kreuzfahrtschiffe in den Hafen, die über ein modernes Filtersystem verfügen.«

»Du meinst, das wäre Dorns Verdienst? Posthum sozusagen, was?«

Die Männer schwiegen eine Weile.

»Warum nicht?«

»Na, ich weiß nicht. Das war sowieso überfällig.«

»Eine Sache hab ich dir aber noch nie erzählt«, behauptete Werner plötzlich grinsend.

Kalli dachte einen Moment nach. »Kann ich mir nicht vorstellen. Du redest doch praktisch von nichts anderem.«

»Es ist ja auch so irre, dass ich es zuerst selbst nicht geglaubt habe«, konterte Werner.

Kalli wurde hellhörig. Er kannte die Geschichten um Georg Dorn, den Drohnen-Killer, inzwischen in- und auswendig – auch die Presse schlachtete das spektakuläre Thema immer noch aus, zumal es ja einen Zusammenhang mit dem Anschlag auf die Elbphilharmonie gab –, doch Werner war kein Aufschneider. Wenn er wirklich etwas wusste, was bisher unbekannt war, dann wäre das eine echte Sensation.

»Und warum soll diese *irre* Sache jetzt auf einmal wahr sein?«, fragte Kalli.

»Wegen der aktuellen Fernsehmeldungen über Bienenangriffe auf schwangere Frauen.«

»Häh …?«

»Dorn war ja auch Bienenzüchter.«

»Ja, das weiß ich! Und …?«

Werner kratzte sich an der Stirn. Er schien einen inneren Kampf auszufechten und zögerte. »Dorn hatte damals ziemlich viel Hochprozentiges intus, als wir stundenlang in der Dämmerung auf dem Hochsitz saßen«, sagte er schließlich. »Da hat er mir von seiner neuen Bienenrasse erzählt – und von *Crispr*.«

»Ihr wart wohl beide besoffen, Werner«, juxte Kalli

296

und fügte hinzu: »Und was soll das sein? *Cris*... was?«

»*C-r-i-s-p-r*«, antwortete Werner gereizt und gab sich dabei große Mühe, das Wort korrekt auszusprechen. »*Crispr* ist eine revolutionäre, biochemische Methode, um die DNA eines Organismus zu manipulieren. Bei Honigbienen zum Beispiel.«

»Biochemisch?«, lachte Kalli amüsiert. »Du meinst, Dorn hatte ein geheimes Labor im Keller? Monster und Mutationen, was? Ha ... ha ... so ein Quatsch!«

»Für *Crispr* brauchst du kein Speziallabor«, sagte Werner etwas unsicher. »Die neue Technologie zur Formung des Erbguts ist leicht anzuwenden, billig und für jedermann zugänglich. Dorn hatte zwar einen Biologen, der ihm geholfen hat, aber im Prinzip kann man damit mit wenig Aufwand das Erbgut von allen möglichen Organismen manipulieren. Das geht sogar in einer Garage, wenn ...«

»Mensch, Werner, woher weißt du das alles?«, fragte Kalli überrascht, und in seiner Stimme schwang Bewunderung mit.

»Dorn hatte mich neugierig gemacht. Anfangs war ich skeptisch, ja, doch dann hab ich mich eingehend damit beschäftigt. Google das mal, und du wirst überrascht sein. *Crispr* verändert alles. Ein Präzisionsinstrument, um DNA gezielt zu schneiden und zu verändern. Gene können eingefügt, entfernt oder ausgeschaltet werden. Das Verfahren gibt es erst seit ein paar Jahren. Dorn hat damit eine neue Bienenrasse kreiert.«

»Wozu?«, fragte Kalli, der sich mittlerweile zu fragen begann, ob er seinen Freund Werner *wirklich* so gut kannte, wie er dachte.

»Um die Welt zu verändern.«

»Ein hehres Ziel«, befand Kalli. »Wollte er die Welt retten, indem er das Bienensterben aufhält?«

»Auch«, bestätigte Werner knapp, bevor er das Glas erneut ansetzte und in einem Zug leerte. »Die neue Rasse ist extrem widerstandsfähig und robust, aber sie soll noch zu ganz anderen Dingen fähig sein.«

Kalli seufzte lange und tief. »Das klingt ja wie bei einer von diesen Verschwörungstheorien. Nun mach es doch nicht so spannend.«

»Das ist fürchterlich kompliziert«, druckste Werner herum. »Und kaum zu glauben, Kalli. Ich kann dir das nur laienhaft erklären.«

»Umso besser!« Kalli blickte ihn fragend an.

»Du wirst mich für irre halten.«

»Ich warte …!«

»Dorn … hat mittels der klassischen Züchtungsmethode durch Selektion und Kreuzungen eine neue Bienenrasse erschaffen. Sehr sanftmütig und, wie gesagt, resistent und widerstandsfähig. Dann hat er mit *Crispr* weitere Veränderungen an der DNA der Bienen vorgenommen. Die mit *Crispr* eingeführte Mutation ist eine selbstreplizierende Technik, mit der sämtliche Nachkommen des Volkes die Veränderungen erben. *Gene-Drive* nennt man das. So verbreiten sich die Mutationen sehr schnell in der gesamten Bienen-Population. Also …, er hat die Zellen des Bienengiftes manipuliert und zusätzlich das Erbgut verändert, sodass die Tiere aggressiv werden und stechen – sofern eine schwangere Frau in der Nähe ist. Nur die werden gestochen. Bienen haben einen phänomenalen Geruchssinn; sie können damit sogar Krankheiten beim Menschen diagnostizieren. Seine Bienen erkennen also schwangere Frauen am Geruch, stechen zu und übertragen das modifizierte Gift. Normales Bienengift ist schon unglaublich vielseitig, es kann HIV-Viren und Tumorzellen töten und kommt bei verschiedenen chronischen Krankheiten zum Einsatz, aber dieses hier bewirkt eine Veränderung verschiedener Gehirnreaktionen im Gehirn des Fötus. Diese Veränderungen sind dauerhaft und nachhaltig, was soviel bedeutet, dass sie auch auf die Nachkommen dieses Menschen übertragen werden – auf alle Nachkommen. Dorn sagte, dass es vermutlich Jahrhunderte dauern würde, bis sich die Mutation in den Gehirnen aller Menschen etabliert hat, doch irgendwann hätten seine genmanipulierten Bienen die gesamte Menschheit verändert. Ihre Gehirne und ihre Denkweise ...«

Kalli verschlug es die Sprache. »Äh ... Noch mal dasselbe«, rief er schließlich heiser in den düsteren Raum hinein. »Und was für eine Veränderung verursacht das Bienengift in den Gehirnen der Menschen?«, fragte er ehrfurchtsvoll.

»Sie werden sanftmütig, die Menschen«, antwortete Werner. »So wie die Bienen. Stell dir mal vor, Kalli: Eine neue Spezies von sanftmütigen Menschen. Die Welt ohne Hass, Neid, Verbrechen, Fanatismus und Krieg. Eine berauschende Vorstellung, nicht wahr? Nach so viel Leid wäre das der endgültige Tod der Gewalt ... und der Beginn einer neuen Evolution.«

»Na ja, wenn das so ist ...«, sagte Kalli und runzelte

die Stirn, »… wird sie vermutlich auch wieder repariert werden, irgendwann, und dann majestätisch in ihrem altem Glanz erstrahlen – die Elbphilharmonie.«

ANMERKUNGEN DES AUTORS

»Der Pakt des Terroristen« ist eine in sich abgeschlossene Geschichte, doch es gibt immer einen Nährboden, auf dem die Saat des Bösen wächst. Um mehr über die grauenvollen Hintergründe der geschilderten Ereignisse zu erfahren, lesen Sie meinen Thriller »Der Modellbauer«, in dem sich der Hamburger Kommissar Daniel Brechter auf die Jagd nach dem Altenheim-Mörder begibt.

Bücher von Gerald Gräf

Thriller
»Der Pakt des Terroristen«
»Der Modellbauer«
»Gottes unsichtbare Armee«

Science-Fiction-Drama
»Der Schatten von Apophis«

Biografie
»Die Liquor-Strategie«
»Wo bitte geht's denn hier zum Leben?«
(letzteres zusammen mit Iris Lewe)